L'ALLÈGEMENT DES VERNIS

Paul Saint Bris, né en 1983, est réalisateur et directeur artistique. *L'Allègement des vernis*, son premier roman, a été récompensé par plus de vingt prix littéraires dont le prix Orange du livre 2023.

PAUL SAINT BRIS

L'Allègement des vernis

ROMAN

PHILIPPE REY

L'Allègement des vernis a été récompensé par les prix suivants :

Prix du Cercle littéraire Château de l'Hermitage 2023
Prix La Ponche 2023
Prix du Meurice 2023
Prix Orange du Livre 2023
Prix Montbarbon 2023
Prix du roman qui fait du bien 2023
Prix Poulet-Malassis 2023
Prix du premier roman du Baz'Art des Mots 2023
Prix Passion Passerelles 2023
Prix La ville aux livres littérature adultes 2023
Prix Hortense-Dufour 2023
Prix du premier roman des amis des médiathèques de Saint-Quentin-en-Yvelines 2024
Prix des Rendez-vous du premier roman hors Canada 2023-2024
Lauréat du Festival du premier roman de Chambéry 2024
Prix Emmanuel-Roblès 2024
Prix Cézembre 2024
Prix littéraire du LÀC 2024
Prix Inner Wheel District 151 2024
Prix Alain-Fournier 2024
Prix Premium de Villers-sur-Mer 2024
Prix Roland-de-Jouvenel 2024 de l'Académie française

ISBN : 978-2-253-24718-0 – 1re publication LGF

Aux inquiets, aux confiants,
à ceux qui embrassent dans une même étreinte
le passé et l'avenir

Au printemps de quoi rêvais-tu ?
Vieux monde clos comme une orange
Faites que quelque chose change.

Jean FERRAT

Prologue

Mue prodigieuse

Il a réduit la peinture à sa stricte matière, à sa quintessence, à ses deux dimensions : un mince film coloré aussi fragile que l'aile d'un papillon, un agglutinat de pigments et de liants fin comme une peau humaine, si fin qu'il a pu admirer le dessin au travers. Cette membrane gigantesque, il l'a séparée du panneau de bois pulvérulent qui lui servait de support, au prix d'une patience infinie, puis il l'a marouflée sur un châssis entoilé d'un coutil au point serré. Il aimerait qu'on fasse ainsi de son âme, qu'on la détache de sa vieille carcasse fatiguée pour l'arrimer à un corps neuf et vaillant. Qu'on lui donne la vie éternelle.

Le fils l'a aidé à installer la peinture sur le chevalet. Il a demandé que l'œuvre lui soit présentée sur son revers ; il a bien assez contemplé le saint en lévitation sur son rapace, c'est le dos du tableau qui l'intéresse désormais. Dans l'atmosphère enfumée de vapeurs nitreuses, ses mains douloureuses, cloquées et desséchées, ses mains attaquées par l'acide, déformées par de grotesques bubons, ses mains pourtant divines d'habileté, ses mains qui sont sa peine et sa fierté fouillent les étagères. Elles palpent, fébriles, les flacons aux formes variées, toute une pharmacopée fumante, et, parmi les fioles, elles trouvent une plume et un encrier.

Alors il grimpe sur un haut tabouret avec les précautions dues à son âge, et là, une fois calé sur l'assise, la plume dans une main et l'encrier dans l'autre, il s'immobilise. Le regard égaré dans la monotonie du tissu, il pense aux premières fois, aux expérimentations ratées, aux menaces et aux critiques assassines. Il pense à la foule bruissante du Luxembourg venue admirer sa *Charité*, à l'extase des bourgeois, aux compliments du roi. Il pense aux honneurs reçus, au logement à Versailles, à la fabuleuse pension. Surtout, il pense aux génies qu'il a côtoyés dans la chair de la matière, aux prodiges qu'il a fréquentés dans l'intimité de la peinture, réunis par-delà les espaces et le temps, valeureux compagnons de la beauté.

Ainsi, les doutes et la suspicion ont fait place à l'étonnement et à l'émerveillement. De fabulateur, il est devenu alchimiste, puis magicien, puis Dieu. Comme toute bonne chose, cela n'a pas duré. Malgré la pression, il s'est gardé de livrer son secret, croyant s'assurer par là qu'on ne pourrait se passer de lui. On s'en est passé. L'humanité se passe parfois de Dieu. On l'a écarté, rejeté. D'autres sont venus avec des techniques plus performantes et des prix plus avantageux. Il n'en conçoit plus d'amertume. C'est le destin des hommes. Rien d'autre que le destin des hommes. Au moins, il a connu la Gloire.

La plume plonge dans l'encrier et vient gratter la toile avec un crissement aigre. L'émotion qui l'envahit, brûlante, est légitime : il met ici un terme au travail de toute une vie. C'est sa dernière œuvre. Son chant du cygne.

D'une calligraphie prudente, appliquée, de celui qui a appris sur le tard, il écrit :

En 1510, peint sur bois par Raphaël d'Urbin. En 1773, la peinture a été séparée de l'impression restant sur le bois et adaptée sur cette toile par Picault.

Il prend un moment pour se relire à voix basse, plusieurs fois, comme s'il marmonnait une prière. Il éprouve un sentiment d'incomplétude. Non, ce n'est pas ça, ce n'est pas tout à fait ça. Ce n'est pas *assez* ça. Il incline la tête et soulève de nouveau la main. Suspendue en l'air, la plume hésite un temps avant de retourner au contact de la toile grise, à l'endroit exact du point final. D'un mouvement sec et nerveux, il transforme le point en virgule, puis avec application il complète la phrase. Il la complète avec le seul qualificatif qui lui revient, par-delà la technique et la profession, par-delà le savoir, le geste et le métier, le seul qualificatif qui convient à son talent, celui qui unit le peintre et le restaurateur dans un même élan de création, qui met sur un plan d'égalité Raphaël Sanzio d'Urbin et Robert Picault de Paris. Le seul qualificatif à sa divine mesure :

… et adaptée sur cette toile par Picault, ***artiste****.*

PREMIÈRE PARTIE

La Joconde *est condamnée*
à ne plus jamais être observée
comme elle devrait être observée,
c'est-à-dire dans un tête-à-tête.

Vincent DELIEUVIN,
conservateur en chef au musée du Louvre

Sweetie

Look at me like a Leonardo's paintin'
Look at me but don't touch me
I'm sexy like a Leonardo's paintin'
Just want me but don't touch me.

« C'est une star planétaire. Tu connais, c'est obligé ! » avait dit Zoé en lui glissant un de ses AirPods dans l'oreille. Aurélien avait balancé la tête au rythme de la chanson. La musique ne lui évoquait rien, pas plus que son interprète, mais elle avait le mérite d'être entraînante et, en tant que conservateur, il était plutôt en phase avec les paroles.

Daphné aussi s'était étonnée de son ignorance. D'un ton caustique, la présidente qui aimait les chiffres lui avait rappelé quelques fondamentaux pour rafraîchir sa mémoire : six Grammy, un milliard d'écoutes cumulées, une ligne de streetwear et des contrats d'égérie avec les marques les plus en vue du moment. Passer à côté de sa popularité, c'était vraiment ne pas vouloir faire partie du monde. Oui, s'était excusé Aurélien, maintenant qu'elle en parlait, ça lui disait peut-être quelque chose.

Après un divorce difficile qui l'avait éloignée de son public, la star opérait un retour aux sources et au RnB de ses débuts. À peine dévoilé, l'étendard féministe *Leonardo's Paintin'* s'était imposé en tête du hit-parade. Dans le cadre de sa tournée promotionnelle, l'artiste de passage à Paris avait tenu à se rendre au Louvre et avait explicitement demandé la présence du directeur du département des Peintures à ses côtés. S'il avait un peu rechigné, Daphné lui avait fait comprendre que certaines occasions de communication ne se refusent pas.

Quand Aurélien rejoignit le petit groupe au pied de la *Victoire de Samothrace*, Daphné était déjà là avec la directrice des relations extérieures ainsi que la chanteuse et la demi-douzaine de femmes qui constituait son entourage. Un caméraman filmait, légèrement en retrait. L'artiste arborait une longue crinière rose, une combinaison aux reflets irisés et des chaussures effilées comme des poulaines. Blotti contre son sein, un animal au pelage clair qu'Aurélien reconnut être une hermine ou un petit furet – le même que Vinci avait représenté dans les bras de Cecilia Gallerani – le regardait d'un air cruel en passant à intervalles réguliers sa minuscule langue sur ses canines pointues. La jeune femme lui caressait nonchalamment la tête de ses ongles immenses. «*She doesn't like men, my sweetie !*» Aurélien recula d'un pas.

«*Let's go !*» envoya la chanteuse avec autorité. Le conservateur guida le groupe dans l'aile Denon déserte. On avait retardé son ouverture pour éviter des bousculades et permettre à l'artiste de profiter des œuvres sans être importunée. Les gardiens se tenaient à distance, dans les oreillettes les consignes étaient claires, pas de demandes d'autographe ou de selfies pour le personnel.

Arrivé dans le Salon carré où siègent les primitifs italiens, Aurélien montra *Saint François d'Assise recevant les stigmates* du précurseur Giotto. C'était une bonne entrée en matière. Sur un fond d'or hérité de la tradition byzantine, saint François, genou en terre, paumes ouvertes, surpris, ébloui et peut-être même inquiet, recevait du Christ représenté en étrange séraphin les marques du supplice de la croix. Pour figurer l'opération, Giotto avait dessiné des rayons dorés reliant les mains et les pieds de Jésus à ceux du saint.

«*Lasers. It looks like fucking lasers!*» lâcha la chanteuse avant de tourner le dos au tableau. Aurélien hocha la tête. C'était une manière de voir les choses.

Si la star lui en avait laissé le temps, il aurait attiré son regard sur la composition en diagonale opposant le monde des hommes et la sphère céleste. Il aurait fait remarquer la posture expressive inédite du saint auquel tout un chacun pouvait s'identifier. Il aurait expliqué que dans cette volonté de rendre accessible le sacré, dans cette recherche du réel au détriment de l'idéalisation, il y avait là les germes vivaces de la révolution humaniste. Et si l'on y ajoutait les intuitions du maître en matière de perspective, toutes ces caractéristiques, aurait-il conclu, faisaient de Giotto un pionnier et certainement le père de la Renaissance italienne.

Il ne dit rien de tout cela; le groupe s'était désintégré et déambulait dans la Grande Galerie, puis disparut subitement dans la salle des États. Aurélien, un peu vexé, les retrouva sans se presser. La chanteuse se tenait face à *La Joconde.* De part et d'autre, les six amazones s'étaient réparties en arc de cercle le long de la rambarde de protection. Il hésita à se lancer dans un commentaire du tableau, mais l'Américaine posa son index sur ses lèvres violettes.

Ils restèrent là un moment sans rien dire quand elle imprima à sa colonne vertébrale une ondulation subtile, un frémissement qui naissait quelque part dans ses cuisses et se propageait vers sa nuque comme une brise sur un champ de blé. Les yeux dans la peinture, le corps parcouru d'une houle à l'amplitude croissante, l'artiste descendit lentement sur ses talons jusqu'à s'accroupir complètement, avant de se redresser dans une oscillation serpentine dont la fluidité était interrompue d'à-coups et de tremblements, comme si cette généreuse enveloppe de chair abritait une armature mécanique. La tête, mobile au bout de son cou, dodelinait de droite à gauche. Ses longs doigts déployés en éventail caressaient l'air d'une gestuelle nécromancienne. Autour, les jeunes femmes se balançaient comme un chœur gospel. Certaines envoyèrent quelques vocalises. L'hermine juchée sur l'épaule de sa maîtresse accompagnait le rythme de mouvements de sa queue à l'extrémité charbonneuse. Elle tournait de temps en temps vers Aurélien un faciès haineux.

Prise entre l'œil avide d'un iPhone et celui bienveillant de *La Joconde*, l'Américaine poursuivait une chorégraphie à la sensualité robotique, vaguement obscène si l'intention n'apparaissait pas si pure ; dans l'étrange atmosphère qui était tombée comme une chape sur la salle des États, cette démonstration ressemblait davantage à l'offrande d'une prêtresse païenne qu'à une parade de boîte de nuit. La grâce se tenait là, quelque part entre la manucure extravagante, les cils papillons, la chevelure acide, les mouvements scandés de son corps, les brillances moirées du vêtement, la cambrure de Vénus. La grâce tenait tout ça ensemble. La fille du Bronx au destin de Cosette élevée dans les clubs de striptease, devenue l'un des visages de réussite de l'Amérique, confrontait sa propre célébrité à celle d'une dame de Florence disparue il y a cinq cents ans. Ce n'était pas la première, mais si d'autres étaient venus se mesurer avec les chefs-d'œuvre dans une compétition d'ego, son hommage à elle était touchant de vérité et de candeur.

Daphné chuchota à l'oreille d'Aurélien, avec gourmandise : « On va exploser les compteurs ! » Derrière sa vitrine, bon public, Lisa souriait. La légende disait que, pour obtenir sa délicate expression, Léonard avait fait appel à des musiciens et à des troubadours qui jouaient sans interruption pendant qu'il la dessinait. Son sourire éternel devait aux artistes ; peut-être qu'il nécessitait parfois d'être entretenu par eux.

La danse finit brutalement, comme elle avait commencé, et le musée replongea dans un silence religieux. La chanteuse se tourna vers Aurélien. C'était peut-être le bon moment pour prodiguer quelques explications sur la peinture. À peine ouvrit-il la bouche que l'hermine bondit de l'épaule de la jeune femme pour fondre sur lui. Il eut juste le temps de protéger son visage. Les crocs du mustélidé s'enfoncèrent dans le gras de sa paume. La douleur vive lui arracha un cri et l'animal effrayé disparut dans la Grande Galerie.

En un instant, le groupe se disloqua. Une nuée d'amazones en talons de douze coururent comme elles pouvaient sur le parquet ciré tandis que la star hurlait des « *Come back sweetie !* » sans effet. Daphné avait dégainé son portable et, instantanément, six membres de la brigade des pompiers du Louvre arrivèrent à la rescousse. On fouilla derrière les cadres d'Arcimboldo, sous les banquettes bornes de Paulin. On répandit des boulettes de viande pour appâter la fugitive. Aurélien s'était fourré la plaie dans la bouche et suçotait sa blessure sous le regard noir de l'Américaine. Après une heure de recherche, on dut s'avouer vaincu. L'hermine avait remporté la partie de cache-cache. La star pleurait maintenant sur un banc et ses assistantes se pressaient pour lui offrir des mouchoirs. Aurélien se confondit en excuses. La bête finirait bien par revenir. On promit que dès qu'on la retrouverait on l'enverrait à Los Angeles. En première classe, tout à fait.

Aurélien regagna son bureau avec une certaine lassitude tandis qu'une foule désordonnée et bruyante reprenait possession du Louvre. Il songea que les chefs-d'œuvre n'avaient pas été conçus pour être observés dans les conditions du monde actuel : quelque part, il devait admettre que le concept même de musée, en les offrant à la vue de tous, avait dénaturé la relation aux œuvres. À la Renaissance, les toiles ou panneaux peints dans l'intimité des ateliers étaient destinés à des endroits tout aussi confidentiels, pour la plupart réservés à de rares privilégiés : l'appartement d'un prince ou le réfectoire d'un couvent interdit aux laïcs. Et quand ils étaient disposés dans des lieux accessibles au commun des mortels, les fresques et les retables se donnaient dans le secret des flammes vacillantes des cierges, à la lueur faiblarde des vitraux, dans la ferveur et le mystère. Certainement, il y avait une incongruité à ce qu'aujourd'hui les œuvres se retrouvent scrutées sous toutes les coutures, détachées de tout contexte, diffusées à si grande échelle, dépliant leur vérité crue sous des flots de lumens ou sur des millions de pixels rétroéclairés.

Présidente

En avril dernier, le président-directeur du Louvre, un homme issu du sérail des conservateurs du patrimoine, avait pris sa retraite après deux mandats au bilan controversé. Son départ avait appelé une nouvelle nomination à la tête du musée.

Aurélien avait un temps caressé ce rêve avec mollesse et distance, si peu convaincu lui-même qu'il ne fut pas surpris de voir que les autres ne l'étaient pas plus que lui : malgré son expérience et sa longévité, son nom ne fut jamais murmuré dans les couloirs ou lancé à la cantonade dans les dîners, pas plus qu'il ne fut griffonné sur les notes des secrétaires d'État ; nul n'avait pensé à lui pour le poste. Son collègue Karim Bouteief du département des Antiquités égyptiennes avait plus d'ambition. Il avait entrepris une campagne qui consistait principalement en une série de déjeuners gras dans les alcôves du café Marly avec tout ce que la Culture comptait d'influents et de décideurs.

Contre toute attente, mais surtout contre toutes les règles, le président de la République avait nommé, sur proposition du ministère, la directrice des relations extérieures de l'institution, ce qui était inédit dans son histoire et avait suscité une vive levée de boucliers. Jusque-là, les présidents-directeurs avaient toujours été choisis parmi le corps des conservateurs du patrimoine. Pour la première fois, la tête du musée n'était pas issue de la recherche scientifique et du monde de l'expertise. Devant la bronca, la ministre s'était défendue. Non, il ne s'agissait pas seulement de parité ou de jeunisme, même si le choix d'une femme de quarante-sept ans était un geste historique aligné avec les valeurs que voulait incarner le gouvernement, mais bien une question de compétences. Un article du *Point* avait apporté une explication plus approfondie à cette nomination hors norme. Le Louvre appartenait à l'État et, malgré ses millions d'entrées, son budget était pour moitié subventionné par les fonds publics. Cette part devait diminuer et le meilleur moyen pour cela était de redonner à l'établissement une plus grande autonomie financière, autrement dit, il convenait de maximiser sa rentabilité. Donc, dans le paysage culturel français de cette année-là, la seule personne apte à prendre la tête de ce paquebot de deux mille employés, à redresser la fréquentation sinistrée par les différentes crises économiques et sanitaires, à faire entrer le Louvre dans une nouvelle ère, celle de la *startup nation*, n'en déplaise à Karim Bouteief et à tous les conservateurs du patrimoine qui s'attendaient à ce que la succession se fasse parmi leurs pairs, cette personne ne pouvait être que Daphné Léon-Delville.

Après une première partie de carrière dans le privé, dans l'industrie cosmétique puis dans l'hôtellerie, l'énergique Léon-Delville avait fait une entrée fracassante au service communication du Louvre où elle ne s'était guère attardée dans les fonctions subalternes, gravissant les échelons à vitesse grand V pour devenir en quelques années sa directrice des relations extérieures.

Avec un talent et une intuition hors pair, elle avait considérablement amélioré la visibilité de l'établissement dans les médias et sur les réseaux sociaux. Le pouls de Daphné battait au rythme du monde, et même un peu en avance sur celui-ci, tant elle savait précéder les désirs de ses contemporains. Du musée elle avait fait une marque puissante et attractive. Une marque décomplexée. Avec elle, maintes barrières étaient tombées, les stars de la pop se pressaient au Louvre pour tourner leurs clips, les créateurs de mode pour défiler devant ses illustres marbres et les géants de la Silicon Valley pour nouer de fabuleux et juteux partenariats. La *brand awareness* s'était hissée à des sommets jamais atteints. Sa compréhension des enjeux numériques, sa capacité à s'approprier les codes des nouveaux moyens de communication avaient sidéré le milieu du patrimoine et les recettes de la billetterie s'en étaient directement ressenties.

« Avant moi, c'était l'âge de pierre ! » aimait-elle répéter à longueur des entretiens qu'elle donnait aussi bien dans *Connaissance des Arts* que dans *Elle*. Daphné mettait la même énergie à sa publicité personnelle qu'à celle de l'institution. Elle avait compris que l'époque, plus que toutes les précédentes, réclamait du récit, un récit sans fard, intime et continuel, et son aptitude à se raconter avec un naturel déconcertant avait contribué à sa popularité autant qu'elle avait déstabilisé les instances culturelles. Au fil des longs billets d'autopromotion dont elle abreuvait les réseaux, on croisait de la *#résilience*, de la *#disruption* et quelques *#businessroutines* impactantes, des exploits sportifs de type semi-marathon, des doutes et des rebonds, des citations de Steve Jobs que venaient avantageusement compléter les paroles de Gandhi ou de René Char. Sa *success-story* s'y racontait en pleine lumière. Pas de second degré ici, tout était à prendre au pied de la lettre, le discours était direct, assumé, délicieusement impudique. Addictif. Le soir de sa nomination, elle s'était contentée de partager un précepte de *Zarathoustra*.

Sois le maître et le sculpteur de toi-même.

Dans les premières semaines de son mandat, Daphné Léon-Delville s'était astreinte à une sévère diète de communication. Même la logorrhée de son profil LinkedIn s'était brusquement tarie. Ce répit, à mettre sur le compte d'une prudente tactique d'observation, avait permis à la nouvelle présidente de lister toutes les incohérences et les points d'amélioration de l'établissement. Il était assez fascinant de constater que rien de ce qui n'allait pas ne lui échappait. Son regard aigu était magnétiquement attiré par le dysfonctionnel, l'inesthétique ou le bancal. Elle l'analysait avec une rapidité saurienne. De la typographie – hors charte – des badges du personnel d'accueil jusqu'à l'empreinte carbone – perfectible – du transport des œuvres, Daphné était sur tous les fronts.

Au début du mois de juin, la période d'observation terminée, elle avait convoqué un à un les différents corps du musée. C'était une chose que de relever les manques et défaillances, c'en était une autre que de les remonter aux intéressés. Là était son véritable talent. Elle le faisait avec force encouragements et une bienveillance revendiquée, en adepte du *nudge*, une technique de management visant à suggérer le changement plutôt qu'à l'imposer. Elle répandait sur ses équipes un enthousiasme débordant porté par un éternel sourire, et il semblait prodigieux et presque suspect qu'ils demeurent ainsi l'un et l'autre, toujours intacts et inébranlables. Il y avait de l'autorité dans un tel entrain, tant il était difficile d'y opposer la moindre contestation.

Efficace, elle privilégiait une gestion directe des dossiers et s'était débarrassée de l'aréopage d'énarques, de conseillers et de sous-directeurs de cabinet qui entourait l'ancien président. Certains parlaient de micromanagement, mais cette simplification de la chaîne de décision était à mettre à son crédit.

Si elle était globalement appréciée parmi le personnel du Louvre et au-delà, le pragmatisme désinhibé de Léon-Delville rencontrait quelques résistances chez certains des plus anciens membres de l'institution. Quant à Aurélien, il lui avait trouvé un air de ressemblance avec le *Portrait d'une jeune femme de Lübeck tenant un œillet* de Jacob van Utrecht et s'était permis de déplacer le tableau dans un recoin où il le verrait moins.

Rabeha

Homéro était le fruit d'une union singulière. Sa mère, Rabeha, avait émigré du Maroc avec ses parents, ses oncles et ses frères à la fin des années cinquante, sous la présidence de René Coty, au moment où la France peinait à trouver dans sa population les ressources nécessaires à sa reconstruction. La famille, musulmane et très pratiquante, avait vu d'un mauvais œil grandir la nature émancipée et effrontée de la petite dernière, si prompte à épouser les mœurs occidentales et à tourner le dos aux traditions. Elle avait quatorze ans quand on avait retrouvé un 45-tours de Johnny caché sous son lit et qu'importe si elle ne possédait pas de tourne-disque pour l'écouter, elle le chérissait à cause de sa couverture. On y voyait celui qui était déjà l'idole des jeunes à genoux avec sa guitare dans un flamboyant costume rouge. En lettres jaunes, il était écrit « Je cherche une fille ». Conscients du danger qui guettait la réputation de la famille, le père, les oncles et les frères s'étaient relayés pour tenter de raisonner la petite sur cette idolâtrie, mais c'était peine perdue : Rabeha n'en faisait qu'à sa tête. Les différentes méthodes essayées n'eurent aucun effet pour contrer le souffle de liberté qui s'était emparé de la jeunesse jusque dans leur propre foyer. La coercition, la privation et même la torgnole ne dissuadèrent pas la jeune fille de vibrer à l'unisson avec sa génération. Quelques mois plus tard, comme on devait s'y attendre, Rabeha sortait en minijupe, fumait des P4 et écoutait les yéyés.

Tout juste majeure, elle avait rencontré un Brésilien largement plus âgé qu'elle et dont elle ignorait tout des activités professionnelles. Cela avait à voir avec le commerce international, mais elle n'était pas certaine d'avoir bien compris et cela aurait tout à fait pu être autre chose. L'annonce ou plutôt la découverte de son idylle avait jeté un froid glacial dans les relations familiales et cela ne s'était pas arrangé quand Homéro était venu au monde quelque part au début des années soixante-dix. Cette naissance hors mariage, avec un chrétien de surcroît, scella la séparation de Rabeha et des membres de sa famille. Elle ne les revit plus.

Avant de déserter leur vie d'une façon soudaine et définitive, le père d'Homéro avait insisté pour que son fils soit baptisé dans la religion catholique, ce qui avait fait l'objet de vives tensions dans son couple. Quand bien même Rabeha avait pris toutes ses distances avec sa propre religion, il y avait là un enjeu culturel qu'elle n'était pas disposée à lâcher tout à fait. Las de discuter, le père s'en était allé trouver un prêtre avec son fils et le prénom qu'il lui avait choisi : Homéro. Heureux de cette initiative, mais tatillon, le prêtre s'était inquiété qu'il n'y ait pas de saint portant ce nom. Alors le père – biologique – avait proposé celui de Roméo, un peu par dépit, car il l'aimait moins. Roméo étant tout aussi dépourvu de saint patron qu'Homéro, l'homme d'Église avait suggéré Romain, mais le père agacé avait rétorqué que, puisque c'était ainsi, on irait se faire baptiser ailleurs, peut-être même chez les musulmans. Après avoir considéré le risque de voir s'échapper un agneau, le prêtre avait admis qu'il valait mieux incrémenter le troupeau d'un Roméo, voire d'un Homéro, que de le laisser filer à la concurrence.

Une fois le baptême effectué et avec le sentiment de sa tâche accomplie, quelque temps après le père avait donc abandonné femme et enfant, sans explications et sans un mot. Au milieu de l'après-midi, après sa sieste, il avait quitté le modeste appartement qu'ils louaient porte de Saint-Cloud et on ne l'avait plus jamais revu.

Homéro s'était souvent demandé à quel point sa vie aurait été différente s'il avait été prénommé Romain ou Mohammed. Quand bien même il aurait préféré qu'il soit le fruit d'un consensus parental, il aimait son prénom qui racontait l'aventure et l'ailleurs, et qui, pour la plupart des gens, était un territoire vierge, ouvert à tout imaginaire et dénué de préjugés. Il en tirait une certaine liberté. Et puis c'était son unique héritage paternel.

Rabeha délaissée, fauchée, mais libérée de la tyrannie d'un compagnon autoritaire, était enfin disponible pour épouser sa destinée. Depuis son adolescence, la jeune femme nourrissait des velléités pour la chanson. Malheureusement, être mère célibataire n'était pas facilitateur de carrière. Une opportunité s'était présentée par l'entremise d'un cousin très éloigné, Mickaël, le dernier lien qu'il lui restait avec son sang.

Lui-même avait rompu toutes relations avec sa propre famille qui le suspectait, à raison, d'aimer les garçons. Mickaël était un nom d'emprunt – son vrai prénom était Brahim – et Rabeha, qui avait du mal à s'y habituer, l'appelait Mickaël Brahim. Elle le disait d'une traite, sans respirer, à voix un peu basse, liant les quatre syllabes comme s'il s'agissait d'un seul prénom. Mickaël Brahim était couturier et travaillait pour la maison Vicaire, spécialiste des costumes de scène, de cirque et de music-hall. Elle était tombée sur lui par hasard boulevard de Rochechouart et il l'avait invitée à passer à l'atelier. Là, elle avait été émerveillée par les imprimés chatoyants, les strass, les soies irisées et mousselines délicates qui servaient de matière première aux créations Vicaire : vestes à galon, boléros manches bouffantes, tutus à fronces, corsets bustiers, jupons de cancan et les fabuleux habits de clown qui valaient à la maison sa renommée. Ils avaient discuté un court moment, faisant rapidement le point sur leurs vies, sans se livrer totalement, comme s'il persistait entre eux une certaine défiance de se retrouver en famille alors qu'ils en étaient tous deux bannis. Changeant de conversation, Mickaël Brahim montra à sa cousine les justaucorps à sequins qu'il était en train de concevoir pour la troupe des danseuses de Claude François quand il suggéra que Rabeha pourrait faire une parfaite Claudette si elle en avait envie. Ça lui était venu comme ça, il ne l'avait même pas vue danser. Elle avait le physique. De là à la chanson, il n'y avait qu'un pas qui serait vite franchi, avait-il dit. Dès lors qu'on avait formulé ce projet pour elle, Rabeha l'embrassa de tout son être et se soumit à un entraînement spartiate qui occupait tous les rares moments de répit que lui laissaient les nombreux petits boulots qu'elle exerçait. Est-ce que Rabeha avait du talent ? Ce n'était pas certain. En revanche, elle avait un enfant. Mickael Brahim en l'apprenant – curieusement, elle avait omis de l'évoquer en traçant le bref récit de son existence – avait eu l'air très ennuyé. « Aïe », avait-il dit sobrement. Un entretien avec une Claudette qui passait à l'atelier pour essayer une tenue avait confirmé la difficulté. « As-tu une solution de garde longue durée ? Quelqu'un à qui tu pourrais le confier pendant les tournées ? Les voyages, les répétitions ne laissent pas de place pour un chiard, avec Claude. » Non, pas de famille, peu d'amis, personne pour s'occuper de l'enfant plus d'une soirée. Avant même qu'on l'ait vue danser, on lui mettait des bâtons dans les roues. En rentrant chez elle, Rabeha avait récupéré son Homéro laissé à la voisine. Devant la bouille charmante du bambin, son regard doux et plein de cils, elle s'était dit que, décidément, c'était tout ce qu'elle avait et qu'elle trouverait un autre moyen de réaliser son destin. Elle se coucha en visualisant la vie de tournées et de clips TV qu'elle abandonnait derrière elle, les milliers de costumes qu'elle ne porterait pas, les applaudissements qu'elle n'entendrait pas, les fans transis qu'elle n'éconduirait pas, la concurrence ravageuse entre les filles, les répétitions épuisantes au moulin de Dannemois et les engueulades du patron caractériel. Claude François s'électrocuta l'année d'après, ce qui rétrospectivement la conforta dans l'idée qu'elle avait fait le bon choix.

Rabeha prenant de l'âge, le rêve de la danse s'était éloigné, mais celui de la chanson perdurait, sans date de péremption – il n'y avait qu'à voir le nombre de vieilles chanteuses qui poussaient leurs rengaines dans les émissions du samedi soir, des femmes qui devaient déjà s'égosiller dans les bals à la Libération, alors que de danseuses, passé vingt-cinq ans, *wallou*, il n'y en avait plus aucune. Pour gagner sa vie et nourrir son garçon, elle accepta une proposition de ménages chez un grand producteur de l'époque. Peut-être espérait-elle ainsi se rapprocher de sa passion, mais son employeur était rarement là et, quand cela arrivait, il semblait préférer le silence aux reprises *a cappella* de Dalida. Ce n'était pas faute d'avoir essayé. Elle tenta encore quelques radio-crochets, sans succès, et se fit longtemps balader par un musicien fauché qui lui promit un duo sur son futur album, dans la seule optique de concrétiser ledit duo dans son lit. De propositions bancales en espoirs déçus, la voix de Rabeha se tut. Du producteur, elle passa à une clientèle moins flamboyante mais tout aussi fortunée dans le XVIe arrondissement de Paris. Elle garda une passion sincère pour Dalida et consacra son existence à améliorer le quotidien de sa minuscule famille avec courage et résilience.

Homéro grandit dans une insouciance relative, bien peu conscient des efforts de sa mère pour lui assurer un confort de vie correct. C'était un garçon affable, un peu replet, qui savait se faire aimer de son entourage. De son enfance il avait peu de souvenirs, sinon que ce fut une période agréable où on lui avait à peu près foutu la paix. Alors qu'il entrait dans l'âge adulte, Rabeha déclara un cancer foudroyant. En quelques mois, l'affaire fut pliée. En plus de son incommensurable tristesse, Homéro se trouva désemparé, absolument pas prêt à affronter la vie sans la présence de sa mère à ses côtés. Dans le vide immense qu'elle lui laissait, il prit la pleine mesure de tous les sacrifices auxquels elle avait consenti pour lui.

Chêne et roseau

La réunion avait lieu dans la salle du Conseil, une grande pièce de style rocaille décorée de boiseries sur le thème de la chasse, assez spacieuse pour contenir l'ensemble des directeurs des huit départements et des onze directions de service. Depuis la nomination de Daphné, ce collège qui se tenait deux fois par mois avait pris une nouvelle tournure : on y débattait davantage des scores de la billetterie que de prêts ou d'acquisitions des œuvres. Aurélien arriva légèrement après l'horaire et eut la désagréable surprise de s'apercevoir qu'il était le dernier. Daphné Léon-Delville siégeait à l'extrémité de l'immense table en noyer, du moins la place lui était réservée. Elle ne l'occupait pas, car elle était appuyée contre un radiateur près de la fenêtre, ce qui lui conférait une position en surplomb. Les directeurs de département s'étaient regroupés d'un côté de la table et les directeurs de service de l'autre. Près de ces derniers se tenaient quelques personnes qu'Aurélien aurait peut-être identifiées s'il avait lu l'ordre du jour.

La seule place libre était en bout de table, à l'opposé de celle de Daphné. La présidente se tourna vers lui et, avec ce sourire immuable qui chaque fois plongeait Aurélien dans une drôle de perplexité, elle le fixa de son regard clair jusqu'à ce qu'il se soit complètement immobilisé sur sa chaise.

« Pardonnez-moi, je suis prêt.

— Bien, commença Daphné toujours appuyée sur le radiateur. Nous accueillons aujourd'hui Culture Art Média Patrimoine à qui j'ai commandé à mon arrivée un audit sur la fréquentation du musée. »

Un jeune homme roux et barbu se leva, salua l'assemblée. D'allure athlétique, il portait un costume gris sur un tee-shirt immaculé. En observant le chignon positionné au sommet de son crâne, Aurélien se demanda comment cette mode avait pu se frayer un chemin des plateaux de téléréalité jusqu'à ce genre de réunion ; il n'avait pas vu venir cette révolution silencieuse.

Matthieu avait créé l'agence Culture Art Média Patrimoine, CAMP en abrégé, spécialiste des questions muséales. La société encore jeune, grâce à l'énergie de son fondateur et à un certain nombre de clients peu indisposés par son *man bun*, s'était taillé en un peu moins de cinq années une place de choix dans son secteur, raflant d'importantes missions de conseil auprès d'institutions culturelles, à la faveur de frontières toujours plus poreuses entre la sphère publique et les affaires privées.

En préambule, Matthieu remercia Daphné pour sa confiance dans des termes qui donnaient l'impression d'un lien au-delà d'une relation strictement professionnelle, accentué par un tutoiement inédit. Avec une connivence appuyée, il exprima sa fierté d'accompagner la présidente dans cette nouvelle ère du musée, une ère trois point zéro, et indiqua que les meilleurs talents de son écurie avaient été sollicités pour mener à bien cette mission. Avant de passer la parole à « Ben qui allait entrer dans le dur », Matthieu conclut son laïus par un proverbe chinois qui disait en substance qu'il fallait rester souple tel le roseau pour ployer sous le vent du changement et absorber ses contraintes. Ce matin, Aurélien se sentit plutôt comme un chêne séculaire particulièrement rigide et enraciné.

Ben connecta sa tablette sur le système vidéo qui équipait la pièce et l'en-tête de la présentation s'afficha sur le visage d'Aurélien, malencontreusement placé entre la machine et l'écran. Le conservateur se décala et Ben, après avoir lancé le chronomètre sur son Apple Watch, entra effectivement dans le dur, et d'une façon magistrale : il attaqua son auditoire par une série de chiffres qu'il appelait *data* ou *metrics*, dont il tirait tout un tas de *KPI*, pour la plupart dénommés par d'obscurs acronymes qu'il ne prit jamais la peine de traduire. Ben naviguait du *CX* au *DQM*, du *SMO* aux *KOL*, abandonnant parfois ces abréviations pour des anglicismes énigmatiques, *seeding*, *mapping*, *funnel* ou *insights*. Aurélien en était certain, l'essentiel de ce sabir n'avait jamais été prononcé dans l'enceinte du musée. De temps en temps, égaré dans ce marigot imbitable, un mot gracieux réveillait son attention comme celui de « cohortes » qui lui évoquait d'impavides armées antiques ou le très poétique « lac de données » dans lequel il aurait volontiers noyé ses soucis, aussitôt souillé par d'affreux *benchmark* ou *scrapping*. Il pensa qu'une des exigences de sa pratique était de rendre intelligibles des propos compliqués ; pour les consultants, au contraire, le jargon mouvant et sans cesse renouvelé ne semblait avoir d'autre intention que de créer chez le client le sentiment de dépassement et de désuétude nécessaire à leur économie.

Le jeune homme ne portait pas de chignon, mais un collier de barbe naissant. En léger surpoids, il faisait des phrases courtes, qu'il débitait sans expression, rapidement essoufflé. Cette diction hachée, exempte d'émotion, accentuait l'aspect technique de son propos. Ben délivrait des données.

Heureusement, la projection permettait davantage de compréhension. Ce qui fascinait Aurélien, c'était la manière dont les chiffres s'animaient sur les *slides* et il prit conscience de l'urgence de mettre à jour sa propre version de PowerPoint, si toutefois il s'agissait bien de PowerPoint. À la réflexion, c'était trop perfectionné ; ce devait être une présentation effectuée par un designer professionnel, peut-être même un *motion designer*, ce ne serait pas étonnant tant les nombres se mouvaient avec grâce et légèreté, fondaient et disparaissaient pour être remplacés par de meilleures versions d'eux-mêmes, aux couleurs toujours plus acidulées et aux tailles plus avantageuses, aux montants toujours plus élevés.

Cette introduction, « afin de se remettre les idées en place » comme l'avait annoncé Ben, avait duré une vingtaine de minutes. Pour résumer, la situation était bonne, mais pas optimale. Et il était évident qu'on ne pouvait se satisfaire d'une bonne situation quand il existait quelque part la possibilité d'une situation optimale.

Le musée fleuretait avec les dix millions de visiteurs annuels. Ce chiffre mirifique avait été atteint en 2018 pour ensuite se stabiliser autour de neuf millions. Avec sagesse, l'ancien président avait fait de la limitation des flux une politique revendiquée, avec le constat qu'à dix millions l'expérience de la visite était comparable à celle du Salon de l'agriculture : foule compacte, piétinement et bousculade, énervement, odeurs de transpiration, de pieds et de flatulences, agressivité envers le personnel de sécurité, consignes transgressées, œuvres touchées du doigt, perches à selfie brandies dangereusement ; autant de désagréments qui ruinaient les résultats des enquêtes de satisfaction et menaçaient la note TripAdvisor. Il avait donc volontairement restreint les entrées à neuf millions, ce qui était un bon compromis entre une circulation dense, mais compatible avec le parcours de visite, et le respect des collections.

En conséquence de cette limite, la croissance devait dorénavant passer par les boutiques toujours plus grandes, des partenariats toujours plus ambitieux et médiatiques, et l'augmentation des tarifs de la billetterie. Mais si le panier moyen dépensé en boutique avait progressé, si les retombées des collaborations étaient fructueuses, si le prix du billet était au maximum de ce qui était acceptable, rien ne remplaçait le manque à gagner d'un million de visiteurs supplémentaires et potentiellement beaucoup plus si l'on s'en donnait les moyens. Les moyens étaient là : c'était tout l'objet de l'étude de Culture Art Média Patrimoine.

Matthieu reprit la parole après avoir remercié Ben pour cette démonstration imparable. « Vous le savez, l'accueil des foules a été considérablement amélioré par la récente rénovation du grand hall. Ces travaux d'infrastructure couplés à vos efforts de numérisation massifs, e-billets, réservation de plage horaire, contribuent à lisser le flux entrant des visiteurs. L'enjeu réside désormais dans la répartition du public au sein du parcours muséal.»

Encore une fois, la technologie était là pour nous aider; grâce à des capteurs judicieusement placés et à l'intelligence artificielle, un système de barrières automatiques pourrait rediriger en temps réel les visiteurs vers les parties les moins fréquentées du musée. Cela posait néanmoins quelques problèmes quant au modèle de barrière à utiliser: barrières abaissantes type passage à niveau, parois coulissantes sur rail, aucune des solutions n'était satisfaisante à ce stade, mais on continuait d'y réfléchir. En attendant, des opérateurs positionnés aux endroits stratégiques, reliés à l'IA par une oreillette, pouvaient tout aussi bien tendre un cordon tressé pour dérouter le flux, cela ferait l'affaire.

D'autres mesures visant à accélérer le temps passé dans l'enceinte du musée furent exposées: l'une d'entre elles préconisait de raccourcir les commentaires des audioguides au strict nécessaire pour la compréhension des œuvres, mais aussi d'en multiplier la vitesse de lecture par 1,3, voire 1,5. Il fallait fluidifier. Moins les gens resteraient devant les cimaises, plus on serait en mesure d'en accueillir.

Dans le même sens, CAMP suggéra de créer un programme de visite express présenté sous le nom flatteur de «5 à 7 avec le Louvre»: le meilleur du Louvre au pas de course emmené par un opérateur en rollers ou en Segway, une expérience intense en quarante-cinq minutes chrono, un arrêt devant toutes les œuvres culte et les points de perspective les plus photogéniques du musée. Sur l'écran, l'infographie 3D était saisissante. Recommandée à un tarif à peine plus cher que le prix du billet officiel, cette visite guidée correspondait de toute évidence au goût de l'époque dans sa quête d'essentialité.

Ces types étaient prêts à tout. Aurélien adressa quelques coups d'œil incrédules à ses collègues qui semblaient absorber le choc de ces propositions avec facilité et résilience.

« Comme vous venez de le voir, résuma Matthieu, il est possible d'accélérer significativement les flux. Nous pensons qu'en mettant en œuvre nos pratiques, le Louvre pourrait faire circuler trente pour cent de visiteurs supplémentaires. Et maintenant, Léa va nous expliquer où les capter ! »

Photogénie

Léa avait été plutôt discrète jusque-là. Autant il était difficile d'oublier le style capillaire de Matthieu qui, malgré sa facilité d'élocution et la maîtrise parfaite de son langage corporel, jetait un léger flou sur sa personne, autant Ben démontrait sa technicité au prix d'un effort particulièrement visible, Léa au contraire dégageait une assurance tranquille qui la rendait d'emblée convaincante. Elle remercia Matthieu et observa un long silence qu'elle étira jusqu'au seuil du malaise. Quand elle fut certaine d'avoir l'attention de toutes et tous, elle attaqua d'une voix claire.

Maintenant qu'on savait comment absorber davantage de visiteurs, encore fallait-il les attirer. Ce n'était pas si simple, le contexte apparaissait compliqué.

La billetterie du Louvre dépendait principalement du public étranger. La récente crise pandémique avait mis à mal les flux touristiques internationaux qui n'avaient jamais récupéré leur niveau d'avant 2020. On observait par ailleurs que l'empreinte carbone était en train de devenir une préoccupation individuelle au même titre que l'alimentation bio. Déjà on notait un ralentissement des intentions de voyage chez les Japonais et tout portait à croire que ce n'était que le début.

Et puis l'intérêt des jeunes générations pour les lieux de patrimoine – pardonnez l'euphémisme – n'allait pas en s'accroissant. Partout, l'âge moyen du public ne cessait d'augmenter. Le Louvre s'en sortait moins mal que d'autres, mais à quel prix ? Il fallait que Beyoncé ondule, sexy en diable, sous la *Victoire de Samothrace*, que des breakdancers en jeans nippons effectuent d'époustouflantes figures au pied de la *Vénus de Milo* pour contenir l'inéluctable désertion.

Enfin, la mise à disposition sur Internet de l'intégralité de la collection de peinture en très haute définition, dans la lignée du Met, de la National Gallery et du Rijksmuseum, constituait à terme une menace pour la fréquentation. Cette initiative honorable avait largement dépassé l'engouement prévu ; d'innombrables start-up s'étaient jetées sur ces bases de données pour proposer des visites virtuelles ultraréalistes compatibles avec la nouvelle génération de lunettes 3D. À quoi bon se coltiner la foule, le bruit et les odeurs quand on pouvait déambuler dans les salles rouges sans quitter le confort de son canapé ? Alors évidemment, aujourd'hui c'était encore marginal, mais ajouté aux motifs précédemment exposés, cela pouvait expliquer que neuf millions de visiteurs ne soient pas en réalité une limite voulue, mais plutôt un plafond subi.

Pas de quoi s'affoler, on avait des solutions. Dans un premier temps, Léa s'efforça de souligner les points forts de la communication. Sur les réseaux sociaux, le musée était au coude à coude avec le MoMA, en tête de la concurrence. Sonia, la nouvelle directrice des relations extérieures, rougit d'aise. Léa tempéra : on pouvait améliorer le nombre d'abonnés en investissant mieux les plateformes des plus jeunes. Sonia voulut se défendre en produisant quelques chiffres, mais Daphné l'interrompit d'un geste ferme de la main.

Léa déroula ensuite quelques propositions de communication : événements *disruptifs*, partenariats exclusifs, stratégies d'influence, etc. Au milieu d'une phrase, elle s'arrêta net, de manière un peu théâtrale, et contourna la table pour se placer à côté de l'écran. « Je pourrais continuer comme ça pendant longtemps, mais vous savez ce qu'il faut faire pour attirer davantage de monde : faire mieux que ce que vous faites déjà très bien. » Elle marqua une pause et lança : « Seulement, je ne crois pas que ce soit suffisant. » Aurélien était sous le charme. La jeune femme avait du cran. Alors qu'il guettait les mots sur ses lèvres, il se rendit compte qu'il lui souriait un peu bêtement et se ressaisit.

« Ce que je vais vous présenter maintenant demande de l'audace et même du courage. Mais peut-être est-ce l'occasion de laisser une trace de votre passage ici. »

Il sembla à Aurélien qu'elle le regardait spécifiquement.

Elle manipula la tablette et relança la projection. L'écran affichait à présent un *time-lapse*, une vidéo accélérée de la salle des États. Du fait de l'effet visuel, l'activité humaine formait un mouvement incessant et flou qui s'agitait autour d'un point fixe au centre de l'image dont la caméra s'approchait inexorablement. Au fur et à mesure du travelling avant, les déplacements colorés de la foule masquaient par intermittence la vision de l'œuvre jusqu'à l'occulter tout à fait. Dans de brèves incursions de lumière, l'apparition furtive du tableau, toujours plus près, toujours au centre, était le seul repère. La bande-son au départ presque inaudible devenait plus présente et l'on distinguait maintenant des nappes de synthétiseur sourdes et graves qui conféraient au discours de Léa une tonalité étrangement dramatique.

« Ces gens que vous voyez ne viennent que pour elle. Pour elle, ils ont fait le tour de la terre, parfois ils ne connaissent qu'elle et cela leur suffit. »

L'image était désormais complètement noire, seulement perturbée par des mouvements incompréhensibles, et l'on devinait l'opérateur tentant de se frayer un chemin au milieu de la foule moite qui lui tournait le dos. Le brouhaha ambiant s'ajouta aux nappes de synthé et Aurélien admira l'habillage sonore, à la fois ample et dense, hollywoodien ; des basses bourdonnantes aux textures granuleuses, des murmures insaisissables et des clameurs soudaines, enchevêtrés dans une montée progressive et haletante.

« Elle est l'art, sa figure incarnée. Ils la miment, la copient, l'adulent ou la détestent. Ils n'en détournent jamais le regard. »

La voix de Léa ne couvrait plus totalement la bande-son devenue oppressante. Dans un instant de recul, Aurélien s'interrogea sur le comique de la mise en scène. À part lui, cela ne semblait choquer personne et Léa continuait, avec emphase :

« C'est le cœur du musée. Son ultime joyau. Sa raison d'être. »

Aurélien se raidit. C'était excessif. On ne pouvait pas dire ça. Des milliers d'œuvres au Louvre étaient sa raison d'être. Dans son département d'abord, Raphaël, Titien, Véronèse, Géricault, Delacroix, Ingres, Vermeer, Rubens, Rembrandt, Poussin, ailleurs *Samothrace*, *Milo*, *Le Scribe accroupi* – pour les plus connus. Il allait interrompre Léa, mais elle s'était retournée vers la projection. La caméra avait désormais percé la foule, l'image était baignée d'une lumière nouvelle et le diaphragme avait pris un moment pour s'adapter au passage du noir vers cette luminosité éclatante, comme l'œil du conducteur qui sort d'un long tunnel est soudain ébloui par le soleil de midi. Un silence aérien avait succédé aux nappes anxiogènes. Plus rien ne venait parasiter la vue du tableau qui occupait maintenant la totalité de l'écran.

« *La Joconde*. Vous connaissez ses traits par cœur, avait repris Léa d'une voix douce. Vous pouvez fermer les yeux et la ressusciter à l'envi, tant vous y avez été exposés, tant l'œuvre a imprimé votre mémoire de sa trace indélébile. Pourtant vous tous ici savez que cette vision est dégradée par les outrages du temps. Les vernis oxydés et jaunis ont déréglé ses contrastes, opacifiant le portrait qui année après année s'enfonce un peu plus dans la pénombre. Je ne vous apprends rien, dit-elle en regardant spécifiquement Aurélien, *Monna Lisa* baigne dans une marée verdâtre. Vous avez parlé cent fois de la restaurer, mais jusqu'à présent vous n'êtes jamais passés à l'action. Qu'est-ce qui vous en empêche ? La difficulté technique ? Je ne crois pas que ce soit un problème aujourd'hui. Sans doute craignez-vous que toucher au symbole de l'art occidental entraîne des répercussions planétaires ? Pourtant, c'est exactement ce que vous devriez faire. »

Un frémissement parcourut l'assemblée. Chacun ici pouvait mesurer la portée de ce qui était en train d'être dit.

« Réfléchissez-y : grâce à l'allègement de ses vernis, la peinture retrouvera son éclat originel. Redonner ses vraies couleurs à *La Joconde*, c'est créer un événement mondial et vous assurer la venue de millions de gens empressés d'admirer sa photogénie nouvelle. »

Léa fixait Aurélien de son regard franc et volontaire. Il en éprouva de la gêne. D'ailleurs, toute l'assemblée le dévisageait comme si l'on attendait de lui une réaction. Il resta silencieux. Que pouvait-il dire ? Fallait-il se lancer dans une discussion avec une agence marketing sur la technique de Léonard, les risques d'une telle restauration, le tollé que cela provoquerait dans le monde des arts et à l'extérieur, et mille autres répercussions dont il n'avait encore aucune idée ?

Matthieu reprit la parole : « En restaurant *La Joconde*, vous êtes à peu près sûrs de capter chaque année onze à douze millions de visiteurs avides de voir et revoir le chef-d'œuvre, de faire parler du Louvre comme jamais depuis le cambriolage de 1911, de susciter un débat profond dans l'opinion. Il n'y a pas à notre sens de meilleure solution pour faire venir le public en nombre. »

Les membres de l'assemblée, éprouvés par l'intensité de la présentation, restèrent hébétés. Alors Matthieu conclut : « Merci de nous avoir écoutés. La fortune sourit aux audacieux ! » Cette nouvelle ineptie irrita un peu plus Aurélien. Daphné félicita l'agence et son directeur pour leurs idées enthousiasmantes. Dans un relatif désordre, chacun se leva de sa chaise et Aurélien en profita pour s'échapper.

Homéro

Sans qu'il l'eût anticipé, Homéro avait repris les ménages de sa mère à la mort de celle-ci et la raison principale, d'après lui, c'est qu'il n'avait pas su dire non aux employeurs qui s'étaient plaints, à peine leurs condoléances envoyées, de leur difficulté à trouver quelqu'un pour la remplacer. Plus prosaïquement, il était à la peine dans ses études et désormais seul au monde, renié par ce qui lui restait de famille, il avait un impérieux besoin d'argent.

De fil en aiguille, il était devenu homme de ménage dans les foyers aisés de l'Ouest parisien. Sa rigueur et sa discrétion étaient particulièrement appréciées et, un beau jour, une famille de diplomates libanais lui proposa un emploi à plein temps. On lui confia, en plus du ménage, des fonctions d'accueil et de conciergerie, si bien qu'il pouvait dorénavant se présenter en tant que majordome, ce qui était un avancement notable. Il logeait sur place, dans une confortable chambre de bonne qui jouissait d'une vue imprenable sur la tour Eiffel. La famille se montrait bienveillante, les enfants, deux filles, étaient drôles et charmantes. Dans l'appartement continuellement rempli de fleurs et de musique, on riait volontiers. La joie y avait élu domicile et c'était une chance que d'avoir emménagé avec elle. Homéro était aimé, loué pour son travail et son humeur toujours égale. Les filles le comblaient d'attentions et s'amusaient à lui faire découvrir les tubes du hit-parade ainsi que les dernières expressions à la mode. Il arrivait qu'à la veille d'un départ en vacances elles l'embrassent simultanément sur ses joues rebondies, chacune une joue, dans un sincère et bruyant élan d'affection. Jamais il n'avait reçu autant de tendresse.

Les années passaient, heureuses et tranquilles, nimbées d'une monotonie agréable, jusqu'au jour où un couple d'amis de la famille était venu dîner. Entre le fromage et le dessert, l'homme qui avait une grande entreprise d'entretien avait témoigné de la difficulté à trouver des gens de confiance pour un nouveau contrat d'offre publique, un contrat fantastique, avait-il souligné. Son hôte s'était penché et avait murmuré quelque chose à voix basse. Homéro avait un talent peu avouable pour faire comme s'il n'entendait pas. Ses oreilles étaient précises comme des sonars directionnels, et son cerveau dissociait facilement la conversation lointaine du bruit des casseroles dont il se servait pour faire diversion. Il avait compris ce soir-là que sa position idyllique de majordome était sur le point de se terminer, que la famille partait pour de nouvelles contrées et qu'il n'était pas prévu qu'il fasse partie du voyage même si on y avait songé un temps.

Quelques jours après, Homéro passa un entretien dans un bureau gris au quatrième étage d'un immeuble rococo qu'il jugea presque aussi pimpant que le Teatro Amazonas de Manaus dont il s'était fait le symbole mental de sa vie alternative si son père l'avait emmené au Brésil. Car, il en était certain, s'il avait suivi la voie paternelle il y aurait été danseur de ballet. Une recherche sur Internet l'avait convaincu qu'il n'y avait plus bel ouvrage en Amérique du Sud que ce bâtiment appétissant comme un fraisier rehaussé de chantilly. Cette vie parallèle se développait dans son imaginaire et pendant qu'Homéro faisait des ménages à Paris une autre version de lui-même, peut-être un peu plus svelte, peut-être un peu plus leste, exécutait des sauts de chat et des arabesques sous les acclamations d'un public en smoking et robe longue. Et tandis qu'il s'appliquait à des tâches somme toute rébarbatives, son alter ego brésilien s'étirait, améliorait souplesse et grâce pour franchir divers obstacles sur la route qui le menait tout droit vers le succès et la reconnaissance.

En attendant, la version parisienne d'Homéro s'étonna qu'une telle splendeur de bâtiment puisse abriter en son sein un bureau aussi terne et triste. Il fallait vraiment que la personne chargée de la décoration soit aveugle pour ne pas avoir essayé d'accorder un tant soit peu l'intérieur avec l'extérieur.

La Socoprop, SOciété COmmerciale de PROPreté, venait de remporter l'appel d'offres de l'entretien du Louvre, remis en jeu après les grèves à répétition des agents de l'ancien prestataire qui avaient fragilisé sa santé financière. Homéro n'avait aucune expérience dans le nettoyage professionnel, mais sa lettre de recommandation était convaincante, élogieuse sans excès, sa personnalité semblait souple et docile, et il n'avait pas l'air syndiqué ni même préoccupé par le droit du travail puisqu'il ne posa aucune question sur son contrat, ce qui acheva de rassurer la responsable des ressources humaines qui devait pourvoir rapidement à près d'une centaine de postes. À l'issue de l'entretien, une franche poignée de main signifia à Homéro qu'il était jugé apte à intégrer le corps privilégié des employés de l'entreprise.

Les chiffres de ce nouveau marché étaient ébouriffants et M. Castella qui dirigeait la bienheureuse Socoprop se plut à les rappeler dans un discours d'ouverture mémorable, où, juché en haut des escalators sous la pyramide, il s'adressa à la foule des agents et techniciens massés en contrebas. Inspiré par la harangue impériale de la campagne d'Égypte, il attaqua avec une éloquence vibrante : « Sous ces plafonds et ces moulures, sous ce zinc et ces verrières, à l'ombre de ces œuvres millénaires, sous le regard des illustres et des anonymes figés ici pour l'éternité, deux cent soixante-dix mille mètres carrés de surface attendent avec impatience que vous les arpentiez : parquet, pierre, carrelage, marbre, granit, ciment, roche de lave… Sept mille mètres carrés de vitrines et trente mille mètres carrés de vitrages guettent vos reflets appliqués. » Il déroula ainsi toute une série de chiffres aux grandeurs abstraites, puis, après avoir rappelé le cadre de travail idéal qui permettait de « lier l'utile à l'agréable », il termina par une curieuse association en comparant le labeur des techniciens à celui des artistes : « Dans ces lieux qui abritèrent les ateliers de David, Ingres et Benoist, soyez dignes de leur mémoire ! N'ayez de cesse de démontrer votre créativité, aiguisez votre regard, traquez la poussière comme le peintre traque la lumière, soyez délicats comme la main de l'artiste, faites de vos plumeaux – ici il prit une profonde inspiration –, faites de vos plumeaux des pinceaux ! »

Malgré l'emphase de ces derniers mots, l'assemblée resta singulièrement mutique et Castella masqua mal la déception que son envolée finale ne débouchât pas sur le tonnerre d'applaudissements attendu. S'il ne fut pas lui-même très expressif, Homéro trouva ce discours fort bien tourné et retint avec intérêt que l'institution dépensait cinq cent cinquante mille mètres linéaires de papier toilette par mois.

Homéro fut affecté au département des Antiquités grecques, étrusques et romaines – l'AGER dans le jargon du Louvre. Alors qu'il n'avait aucune expérience, on lui confia la responsabilité des sols des salles de la statuaire gréco-romaine et l'usage exclusif d'une magnifique autolaveuse Comac autoportée. Ce genre d'engin nécessitait une formation de qualification, mais, la Socoprop n'étant pas très à cheval sur les protocoles, un collègue lui expliqua rapidement les rudiments et pour le reste, en tâtonnant par lui-même, il en comprit bien vite l'utilisation. La machine, 280 kilos d'ingénierie sophistiquée, permettait dans le même mouvement 1) de déposer sur le sol une solution nettoyante contenue dans un réservoir de 150 litres, 2) de laver la surface à l'aide de brosses rotatives performant à 170 tours/minute, puis 3) d'aspirer l'eau sale dans un second réservoir et enfin 4) de sécher le revêtement pour le rendre immédiatement praticable. Maniable et plutôt rapide, l'engin se déplaçait grâce à des batteries et bénéficiait de quatre heures d'autonomie. Sa capacité de nettoyage de 4200 mètres carrés à l'heure en faisait une bête de rendement. L'assise était confortable, le volant de type automobile, ergonomique, et la somptueuse couleur rouge n'était pas pour lui déplaire.

La vie avait été rude avec lui, Homéro ne s'en plaignait pas, c'était ainsi. Elle avait parfois été chienne, enfin n'importe qui se serait accordé sur ce point. Mais ce jour-là, elle lui avait fait un cadeau inestimable. Certes, la famille libanaise lui manquait, les taboulés persillés, l'odeur du jasmin, les chansons de Fayrouz et le rire des filles, mais cette nouvelle situation lui convenait à merveille. Plus que tout, il aimait conduire son engin dans les dédales des statues antiques à l'heure où les derniers visiteurs éjectés de la quiétude du musée regagnaient le tumulte des échappements ou les bouches malodorantes du métro.

On lui foutait une paix royale. Il était pour ainsi dire seul, il croisait vaguement un collègue en début de parcours, quelquefois un régisseur venu inspecter une œuvre, mais c'était plutôt rare. Il avait pris l'habitude d'effectuer sa mission en musique. Muni d'un anachronique baladeur à cassette, il sillonnait les sols du bâtiment en écoutant une playlist de sa confection qui mélangeait des styles éclectiques : Dalida pour sa mère, de la bossa pour son père – pure invention, car il ne connaissait rien des goûts musicaux paternels – et du classique, notamment Vivaldi qu'il appréciait beaucoup.

Deux petites années après son arrivée, de la même manière qu'il avait appris la fin de son emploi de majordome grâce à ses excellentes facultés auditives, Homéro surprit, depuis son autolaveuse, un bout de conversation entre son responsable de la Socoprop et une régisseuse du musée. « Voilà pourquoi on ne veut plus de vous », avait lancé la régisseuse avec amertume en pointant une plinthe couverte de poussière. Homéro en conçut une grande tristesse. Lui faisait bien son travail. Il aimait la compagnie des statues, l'autolaveuse et le silence religieux du musée.

L'entreprise mit moins d'ardeur à communiquer sur la fin de sa mission que sur ses débuts triomphants et, pour la plupart, les employés apprirent la nouvelle dans les tout derniers jours, au mépris des règles les plus élémentaires du droit du travail. On affirma qu'un courrier avait bien été envoyé et l'on suggéra qu'il n'avait peut-être pas été ouvert, les cas de phobie administrative étant légion, ou alors qu'il s'était perdu à cause d'erreurs d'adressage, très courantes elles aussi. Il n'y eut pas de pot d'adieu ou de laïus de la part des chefs, seulement une note scotchée dans le vestiaire qui disait que celui-ci serait fermé le lendemain et que les effets personnels oubliés ne seraient pas restitués.

Par la magie de l'offre et de la demande, une autre société, la Coprotec, récupéra le contrat. Toutes les agences d'emploi de la région parisienne virent fleurir dans leur vitrine des annonces de recherche de techniciens de surface et d'agents d'entretien auxquelles répondirent naturellement tous ceux que la Socoprop avait mis sur le carreau, si bien que, pour la plupart, les effets personnels oubliés dans les vestiaires retrouvèrent leurs propriétaires.

Le lundi suivant, vers 22 h 05, c'est en grande pompe qu'Homéro fit son retour sur son autolaveuse dans la salle des Caryatides, non pas affublé du triste polo gris de la Socoprop, mais avec la livrée éclatante de la Coprotec, bleu roi et or, sa cassette favorite sur la face B, celle de Vivaldi. Il enclencha le bouton « play » de son walkman et engagea à pleine vitesse l'autolaveuse parmi les groupes antiques. Tout en dessinant des arabesques entre les vénus et les apollons, Homéro accompagnait chaque virage d'un ample mouvement de bras circulaire vers la droite ou la gauche, comme s'il présentait les œuvres à un public invisible. Il les effleurait de ses doigts, faisait mine de les écheveler ou frôlait de la paume le galbe d'une cuisse, caressait un sein délicat, fouettait un fessier bombé, prolongeait une main tendue, appuyait un geste vengeur, comme s'il cherchait à réactiver la circulation sanguine de ces fantômes de marbre, tournoyant autour à une vitesse toujours plus élevée, emporté par le rythme effréné du staccato des violons dans ses écouteurs.

Danser avec les statues était une des grandes joies de son existence. Il se l'autorisait de temps en temps, quand le lui dictait son humeur. Les années qui suivirent sous les armes de la Coprotec furent particulièrement heureuses. Homéro, consciencieux, s'appliquait à sa tâche. Personnalité affable, mais solitaire de fait, il ne pouvait s'appuyer sur aucune passion extérieure, ou communauté ou même famille pour tromper sa solitude. Il était absolument seul, mais ne le faisait jamais subir aux autres. Ni en les fuyant comme un animal sauvage ni en leur imposant une proximité embarrassante. Il était là, égal à lui-même, enthousiaste et pudique à la fois, s'effaçant dès qu'il sentait son existence peser sur celle d'autrui.

Insomnie

La nuit qui suivit la présentation, Aurélien rêva qu'il était le *David* du Caravage brandissant au bout de son bras fluet la tête de Matthieu sanguinolente retenue par son chignon.

Il se réveilla en sursaut et se releva sur son séant, le temps que ses yeux s'habituent à l'obscurité de la chambre et que la désagréable impression du rêve – quoique assez jouissive par certains aspects – se soit complètement dissipée. Claire dormait à côté de lui. Il se couchait souvent alors qu'elle n'était pas encore rentrée et sa présence au réveil avait certains matins quelque chose de miraculeux. Leur couple n'allait pas très bien. Il la regarda un moment, elle semblait paisible et lui souriait dans son sommeil, comme revenue aux états primitifs de leur amour.

Il se leva doucement et marcha jusqu'à la cuisine où il se servit un grand verre d'eau, puis ouvrit son MacBook sur la table de la salle manger. Dans la barre de recherche, il tapa : symptômes d'anxiété aiguë ; Doctissimo avait quelques réponses. Claire disait volontiers qu'il était hypocondriaque, mais c'est un reproche courant des femmes envers leurs maris.

Pourtant, objectivement, il avait quelques sérieux motifs d'inquiétude.

Le projet de restaurer *La Joconde* ne datait pas d'hier. Il avait été maintes fois évoqué. Aurélien s'y était toujours opposé avec vigueur et, jusque-là, il n'avait pas eu trop de mal à faire entendre sa voix. L'ancien président-directeur avait fait une croix dessus, déléguant cette responsabilité à ses successeurs. Il avait malgré tout préparé le terrain en reconnaissant sur CNN que la question se posait, car le tableau devenait de plus en plus opaque. Pour Aurélien, c'était une idée dangereuse, contrairement à ce qu'avançait Léa avec assurance. D'une part, du fait de la technique si particulière de Léonard, il y avait un risque d'altérer l'œuvre de façon irréversible et, d'autre part, on n'en avait pas l'absolue nécessité : depuis l'amélioration du système d'éclairage, un spot de trente-quatre LED élaboré par Toshiba, on distinguait bien mieux les détails de la peinture. Et puis on l'avait toujours connue comme ça, on l'avait aimée comme ça. À quoi bon vouloir remonter le cours du temps ? Est-ce que les Égyptiens réclamaient de recouvrir les pyramides de Gizeh de leur peau de calcaire disparue ? Est-ce que l'on se voyait repeindre la statuaire gréco-romaine dans ses couleurs d'origine ? Et les cathédrales dans leur polychromie tapageuse ? Pour les œuvres comme pour les êtres, remonter le temps était une quête vaine et forcément décevante, Aurélien en était convaincu. Sa mission à lui était de conserver, de prendre soin des œuvres, de les chérir, de faire peser sur elles le moins d'aléas possible. Un Aurélien après un autre

Aurélien, le monde irait mieux ; du moins il dépérirait moins vite.

Qu'on ne s'y méprenne pas, il n'avait rien contre les restaurations ! Il savait y recourir quand il y avait urgence, si la santé du tableau l'exigeait, quand par exemple on observait des décollements de la couche picturale. Mais, jusque-là, il s'était abstenu de toute restauration esthétique. Dans leur spécialité, les autres faisaient ce qu'ils voulaient. Certains confrères prenaient beaucoup de plaisir à ces opérations de nettoyage et y voyaient une composante essentielle de leur pratique. Le conservateur du XVIIIe restaurait à tour de bras ; grand bien lui fasse ! Pour ce qui était de la peinture Renaissance au Louvre, Aurélien l'aimait dans son jus. Et plus le temps passait – plus son humeur se dégradait –, plus il l'aimait obscure, enténébrée, orageuse, comme si elle pouvait contrebalancer les images clinquantes de la publicité et la luminosité excessive des smartphones. Il était romantique, peut-être.

Il trouvait d'ailleurs que « restaurer » était un mot un peu dégueulasse, utilitaire et froid comme un vocable de fonctionnaire de police ; des gens qui disent « uriner » pour « pisser » ou « régurgiter » pour « vomir ». Un mot juste bon à décrire l'assouvissement d'un besoin physiologique. Et puis il avait l'angoisse du scalpel. L'entendre racler la surface des œuvres lui donnait la chair de poule.

Pour en revenir à *La Joconde*, il ne nourrissait pas une passion pour ce tableau de Léonard. Il lui préférait *La Vierge aux rochers* ou *La Dame à l'hermine* au sourire tout aussi énigmatique. De son humble avis, on n'était plus en mesure aujourd'hui de porter sur elle un regard objectif. Pour Aurélien, si les gens aimaient *Monna Lisa*, c'est qu'ils y avaient été exposés des milliers de fois depuis leur tendre enfance, qu'elle leur était familière. Qu'ils la connaissaient d'une manière presque intime. « Plus on connaît, plus on aime », avait écrit Vinci.

D'autres critères pouvaient expliquer la popularité universelle du portrait ; efficace et accessible, l'œuvre se donnait facilement. Son caractère profane permettait à chacun de s'y retrouver. Pour autant, elle n'était pas complètement dénuée d'une aura sacrée : le voile sur les cheveux, la sincère bonté de son regard, le paysage cryptique qui évoquait les origines du monde établissaient un lien subtil avec la religion. Évidemment, l'histoire du tableau – son vol en 1911, les détournements de Léger, Duchamp, Dalí, le pop art de Warhol – l'avait érigé en icône. Sa célébrité était une sorte d'inflation, l'attention attirant l'attention. Et puis la Joconde n'était pas une beauté intimidante comme la Simonetta de Botticelli, éthérée et elfique. Ce n'était pas non plus un modèle de richesse ou de puissance, ni une figure tragique malmenée par le sort. Non, Lisa était une Mme Tout-le-Monde, une bourgeoise lambda de la classe moyenne, mère de famille et femme de commerçant, à la joliesse mesurée, raisonnable. Son visage un peu large, attendri d'une mollesse pouponne, ses yeux foncés, qu'on disait noisette pour ne pas dire marron, la mettaient à portée de tous. Elle exprimait une simplicité heureuse et rassurante. Et c'est peut-être ce qui fascinait les gens, qu'une inconnue comme elle ait traversé les temps, damant le pion aux reines et aux vamps.

Surtout, en tant que conservateur, Aurélien trouvait regrettable que cette œuvre, si majeure soit-elle, écrase toutes les autres de sa présence cannibale. Il haïssait l'idée que les visiteurs montent quatre à quatre les escaliers, parcourent au pas de course la Grande Galerie pour s'agglutiner sur la vitrine de *Monna Lisa*, en négligeant ses malheureux voisins de cimaise, les Véronèse, Titien et Bassano. Il détestait ce paradoxe qui faisait de *La Joconde* à la fois le tableau le plus célèbre au monde et le moins regardé. Il maudissait le fait qu'une fois leur pulsion rassasiée ces mêmes visiteurs ne se retournent pas pour contempler à quelques mètres de leur sœur si fameuse les autres chefs-d'œuvre de Léonard, désespérément seuls malgré leur immense intérêt pictural. Il voyait bien dans les yeux de la foule la déception que l'on n'osait formuler. Tout ça pour ça ? Ces milliers de kilomètres parcourus en vol charter, ces nuits d'hôtel si cher payées, les serveurs désagréables, les embouteillages, le RER bondé et nauséabond, les Parisiens jamais contents, et ce tableau si petit, si loin, si vert. Merde, ils avaient raison. Il était vert. Vert et crépusculaire. Enfin on pouvait s'y habituer, on pouvait vivre avec, comme tout le monde. On pouvait aussi regarder ailleurs. On n'était pas obligé de se farcir toute cette polémique. On en avait trop fait, l'énorme écrin, la vitrine blindée, le labyrinthe de cordons qui asphyxiait toutes les œuvres environnantes, les distances de sécurité, les sept gardes du corps. On disait que le Louvre avait de la chance d'avoir une telle tête de gondole ; certains musées payaient de coûteux audits pour déterminer quelle était leur œuvre phare. Aurélien s'en serait bien passé.

Mais peut-être que le pire pour Aurélien était que cette idée de restauration soit dictée par des contraintes marketing et commerciales. Comment se retrouvait-il mêlé à ce pacte faustien ? Que faisait-on de sa compétence, de son expérience ? Que faisait-on de son libre arbitre ? Qui était le directeur du département des Peintures, musée dans le musée, douze mille tableaux et dix conservateurs ? C'était lui, Aurélien, diplômé de l'Institut national du patrimoine promotion Charles Garnier, conservateur général, spécialiste de la peinture italienne des XVe et XVIe siècles, commissaire d'expositions acclamées, auteur d'un ouvrage de référence sur Vasari historien de l'art : *Vasari, une vie parmi les meilleurs*, et d'une monographie sur le merveilleux Andrea del Sarto. Pourquoi devrait-il endosser la responsabilité d'une opération qu'il n'avait nullement sollicitée ? Sur quelles épaules reposerait la pression monumentale, sinon les siennes ? Personne n'avait idée du merdier qu'entraînerait l'annonce d'une telle restauration. Est-ce que ces gens-là savaient ce qu'ils disaient ? Toucher *La Joconde* provoquerait un émoi planétaire. Y penser le mettait hors de lui. Il pouvait entendre le grondement de la polémique qui venait, une vibration sourde qui faisait vrombir les entrailles du musée.

Aurélien était entré au Louvre pour sa propre protection, pour se mettre à l'abri d'un monde changeant. Ici, il chérissait ce qui partout avait disparu. Il était un gardien de la mémoire. Il avait choisi une autre temporalité. Cela avait à voir avec la nostalgie certainement. Le musée était pour lui un lieu de dévotion, un territoire séculier, un temple de la contemplation. C'était un refuge sacré, un asile hermétique aux vents tournants de l'air du temps. Mais même ici, dans ce décor immobile, figé dans son idéal, même ici le changement s'était immiscé.

La parole scientifique, celle des experts et des historiens, s'était effacée derrière la communication, bien plus à même de garantir des entrées et de faire progresser les chiffres de la billetterie. Le savoir n'était plus assez vendeur, de toute façon Wikipédia avait réponse à tout. L'expérience ou plutôt la promesse d'expérience avait pris le relais de la connaissance.

En conséquence, les lieux de patrimoine mettaient en œuvre des stratégies marketing sophistiquées. Le discours dit aspirationnel promouvait le musée comme un décor pour la mise en scène de soi, au même titre qu'un intérieur scandinave ou qu'une crique déserte à l'eau turquoise. Visiter un musée participait du statut social, un marqueur fiable d'un *lifestyle* éclairé comme la dégustation de jus pressés à froid ou le port d'une montre connectée. À condition de pouvoir en témoigner. Les réseaux sociaux étaient là pour ça. Qu'importe si les populations narcissiques, absorbées par leur reflet, tournaient le dos aux plus beaux chefs-d'œuvre de la peinture.

En face, les nouvelles générations de conservateurs, nées un téléphone à la main, savaient parler à ce monde neuf et avaient délaissé l'académisme sentencieux pour une vulgate appropriée à leur audience digitale. Quelle était la place d'Aurélien dans tout ça ? Il pouvait toujours courir après le train, il ne serait jamais cet homme idéal, détendu et connecté, transmettant le savoir dans la novlangue à la mode, satisfait d'apporter, entre deux traits d'humour, les bribes de ses connaissances. Il en était incapable, indéfiniment dépassé, déjà périmé dans sa cinquantaine imminente. Au cœur de la nuit, Aurélien était un peu dur avec lui-même.

Il alla se recoucher en espérant que la proposition farfelue de CAMP reste lettre morte. Vœu pieux ; au petit matin, un message laconique de la présidente le conviait à un rendez-vous dans son bureau.

Pourparlers

Le bureau de la présidente était une grande pièce aux boiseries noires rechampies d'or. Situé dans le pavillon Mollien, il offrait le même panorama sur la rive gauche que celui d'Aurélien.

« Salut ! lui lança-t-elle sans lever la tête, occupée à répondre à un e-mail. Je finis quelque chose et je suis à toi. »

Aurélien s'assit sur la chaise en face d'elle et attendit qu'elle lui accordât son attention, ce qui lui donna l'occasion de l'observer un moment. C'était une grande femme, à la carrure encombrante. Son visage avait du caractère, plein et large, encadré d'argent jusqu'aux épaules – elle assumait un gris lumineux plutôt seyant. Elle avait un nez long et sculpté, assez chic, un haut front bombé, des yeux clairs couleur vert-de-gris, francs et espacés. Alors qu'elle malmenait son clavier, ses traits prirent furtivement une expression froide, presque sévère, qui contrastait avec l'éternel sourire qu'elle présentait au monde. Il détourna son regard qui balaya le bureau et s'arrêta sur un cadre couvert de coquillages qui devait être un cadeau de fête des Mères ou la manifestation d'un goût douteux. Sur la photo qu'il contenait, on voyait la présidente et son mari, un homme maigre et jovial vêtu d'une marinière à large encolure d'où son cou sortait comme celui d'une tortue, ainsi que trois adolescents blonds dans un contexte balnéaire type l'île de Ré ou le bassin d'Arcachon. On imaginait de grandes tablées, des salades de pâtes, des régates en dériveur et des joies simples.

Au bout de longues minutes de tapotements frénétiques, elle se tourna vers lui. Les muscles de son visage recomposèrent une expression affable ; elle paraissait tout à coup sincèrement contente de le voir.

« Excuse-moi, ça n'arrête jamais ici ! Je prends un café, tu en veux un ? »

Aurélien déclina poliment. Elle se leva pour atteindre une machine Nespresso dissimulée dans une boiserie et il constata qu'elle était pieds nus. Tout en se servant, elle posa quelques questions sur le département, et s'inquiéta de la tenue d'une commission qui menaçait de préempter un tableau de Poussin prochainement proposé aux enchères, qu'il faudrait financer ensuite.

« A-t-on besoin d'un énième Poussin ?

— Hortense y tient beaucoup, c'est un sujet intéressant, petit, assez inhabituel chez le peintre.

— Et d'après toi, il va sortir à combien ? »

Aurélien hésita un peu.

« Il devrait faire au moins quatre millions », avança-t-il du bout des lèvres.

Daphné leva les yeux au ciel.

« Mais comment va-t-on financer ça ? Vous y pensez parfois ? On se démène pour faire des économies et vous, les conservateurs, ne faites que dépenser ! »

Il y eut un silence assez pesant, après quoi ses traits s'assouplirent de nouveau.

« Je vais parler à Hortense, ce n'est pas le musée Poussin ici ! Ce n'est pas… un poulailler ! » Elle chassa un rire d'un geste de la main, secoua la tête et s'assit sur le coin de son bureau.

« Et puis sérieusement, il nous faut plus de femmes dans nos collections. Regarde le Getty ! Depuis qu'ils ont accroché leur Artemisia, leur billetterie explose !

— On a d'excellents Vigée Le Brun, Benoist, Vallayer-Coster…

— Je sais bien, mais le public veut des pionnières. À la Renaissance, qu'est-ce que tu as ?

— C'est-à-dire qu'à cette période les femmes sont malheureusement rares dans les ateliers.

— Oh, il doit bien y en avoir quelques-unes qui ont tenu un pinceau. Ce serait formidable d'accrocher quelques femmes dans la Grande Galerie ! »

Il acquiesça machinalement.

« Oui, formidable… »

Elle regagna son fauteuil.

« Bon, as-tu réfléchi à la présentation de CAMP ? Géniales, leurs recos, non ? Ils sont forts les mecs ! Super *mindset*… On est là, on patine, on tourne en rond, on s'épuiserait presque, et ils viennent nous oxygéner, nous tirer de notre zone de confort !

— Oui, enfin… C'était intéressant… Assez intéressant. » Aurélien cherchait ses mots. « Des propositions surprenantes !

— Excellentes, tu veux dire ! La restauration de *La Joconde* ! J'adore. Tu en penses quoi, toi ? »

Aurélien inspira et rassembla ses esprits.

« C'est une idée audacieuse… mais ce n'est pas sérieux, n'est-ce pas ? »

Daphné affecta un air étonné avant de rétorquer calmement :

« C'est sérieux, Aurélien, c'est tout à fait sérieux. »

Un long silence s'installa et il fallut un moment avant qu'Aurélien s'élançât, avec gravité, le menton un peu levé, la tête un peu penchée, dans une expression d'affliction sincère. Des accents de révolte dans sa voix douce trahissaient sa fébrilité.

« Mais tu sais bien ce que cette opération représente. Ce n'est pas quelque chose qui se décide comme ça, sur un PowerPoint, ce doit être le fruit d'une concertation, l'objet d'un consensus, le résultat d'une longue, très longue maturation, avec les conservateurs du patrimoine, les experts, le laboratoire, les régisseurs. Les risques sont inimaginables. Le panneau est fendu, on peut à peine le déplacer, il faut être extrêmement précautionneux avec la technique de Léonard, c'est une œuvre très fragile, et puis *La Joconde*, c'est une responsabilité immense », les mots lui manquaient, « c'est… impossible. Personne ne nous laissera faire cela dans notre coin, il faudra rendre des comptes à tout moment. Tu sais ce qu'il s'est passé pour la *Sainte Anne*. Crois-moi, ce n'était rien par rapport à ce que pourrait être le cas de *La Joconde* ! Tu n'as pas idée de ce qui nous attend. »

La restauration de la *Sainte Anne, la Vierge et l'Enfant Jésus jouant avec un agneau* à laquelle Aurélien faisait allusion avait été exécutée sous le mandat de son prédécesseur et avait provoqué une vive polémique. Des experts avaient démissionné de la commission avec fracas. L'institution s'était efforcée d'agir avec la plus grande discrétion, mais la presse avait été mystérieusement informée des multiples rebondissements de l'affaire et l'avait abondamment relayée. C'était devenu un feuilleton culturel qui agitait à intervalles réguliers les rédactions des magazines spécialisés et de quelques titres généralistes. Le résultat avait divisé. Certains s'étaient indignés d'une opération clinquante et aguicheuse. D'autres accusaient l'allègement des vernis d'avoir provoqué la disparition de modelés si caractéristiques de l'œuvre de Léonard. Mais d'autres encore admiraient la luminosité nouvelle qui s'était emparée du ciel, les couleurs ravivées des vêtements de la Vierge, le pourpre délicat de sa robe et le cyan de son manteau, les détails apparus dans le lointain des sommets, le filet d'eau vive désormais visible qui coulait aux pieds des femmes et la fraîcheur de leur teint retrouvée.

Daphné hocha la tête, l'air authentiquement concernée. « Je comprends que tu portes quelques angoisses. On va prendre notre temps. On va évidemment réunir une commission scientifique pour décider de ce qu'on fait. » Son ton adopta une inflexion rassurante. « On avance à notre rythme, entre nous. En famille. Tu as raison, convoquons les experts, cachons-leur l'objet jusqu'au jour de la réunion et assurons-nous de leur discrétion. » Tout en parlant, elle se leva et le raccompagna vers la porte. « C'est aussi comme ça que je vois les choses. On est sur la même longueur d'onde. C'est super, Aurélien, super ! »

Sans qu'il puisse réaliser la scène qui venait de se dérouler et dont il avait été le piètre acteur, Aurélien se trouva éjecté du bureau de la présidente. Il s'en voulait, il n'avait pas été assez convaincant pour couper court à cette idée. Il le devait à son caractère conciliant, trop doux – faible, aurait tranché Claire sans tergiverser. Il avait eu par le passé des discussions parfois longues et difficiles avec l'ancien président sur bien des sujets. Malgré quelques divergences de point de vue, il avait toujours eu le sentiment d'être écouté et considéré, et dans la quasi-totalité des cas ses recommandations avaient été suivies. À l'évidence, la donne avait changé. Heureusement, il ne se faisait pas trop d'illusions sur les conclusions d'un débat concernant la restauration du chef-d'œuvre de Léonard en commission. Chaque fois que, de près ou de loin, cette question avait été évoquée, elle avait suscité parmi les experts une telle levée de boucliers qu'il ne voyait pas comment *Monna Lisa* pourrait se retrouver un jour dans les ateliers. Cette pensée le rassura un peu.

Hélène

Les premières fois, elle n'y avait pas accordé trop d'attention. Des énergumènes, il y en a partout, les musées ne font pas exception à la règle et les gens s'inquiètent pour bien peu. Mais Serge avait insisté : « Il faut que tu viennes voir ça. » Dans la cabine de surveillance, elle avait fini par se laisser convaincre de regarder la vidéo. « Accroche-toi », avait dit Serge en rembobinant la bande jusqu'au passage désiré, et le moins que l'on puisse dire c'est que le sentiment d'Hélène était partagé : bien sûr, en tant que régisseuse et responsable des salles de la statuaire antique, elle avait ressenti une anxiété irrépressible en voyant l'autolaveuse rouge frôler la *Diane de Versailles*. Mais d'une certaine manière, le spectacle de cet homme liant dans une chorégraphie burlesque les figures de Praxitèle à celles de Léocharès la touchait autant qu'elle la ravissait. Son visage s'illuminait devant l'inventivité du pilote de la machine, sa dextérité dans le maniement de l'engin et sa gestuelle emphatique.

Toutefois, il était évident que maintenant qu'elle l'avait vue elle ne pouvait faire comme si cette vidéo n'existait pas. Sur l'écran, le technicien flattait la croupe musclée du *Centaure Borghèse*. Serge rigolait comme une baleine en ressassant : « Ah, le con, ah, le con ! Il devrait se douter qu'il y a des caméras partout ici ! » Hélène souriait en silence.

« Tu as son nom ?

— Je te trouve ça, répondit Serge, gloussant.

— Envoie-moi une copie de la bande aussi ! »

Le lendemain, Homéro toqua à la porte de son bureau. C'était un homme de petite taille qui se tenait devant elle les bras ballants. Hélène avait fait en sorte qu'il soit prévenu directement, sans que soit averti son responsable à la Coprotec. Elle s'approcha du combi TV/DVD dont elle se servait pour visionner les bandes de vidéosurveillance en cas d'incident et y introduisit le disque gravé que Serge lui avait apporté.

La vidéo était édifiante mais, à sa surprise, l'homme à ses côtés ne paraissait pas spécialement gêné. Il trifouilla dans la poche d'une banane en cuir qu'il portait autour de la taille et en sortit un baladeur à cassette Panasonic. Elle n'en avait pas vu depuis des années. Elle le laissa faire, circonspecte, quand il écarta l'arceau du casque pour poser sur ses oreilles les deux coussins de mousse orange, après l'avoir interrogée d'un timide « Je peux ? » prononcé du bout des lèvres, pour la forme. Qu'espérait-il vraiment ? Hélène, les bras croisés, hésitait sur la conduite à tenir. Néanmoins, sa curiosité la poussa à ne pas enlever le casque. L'homme était touchant. Il était quelque part dans cet âge indéfinissable qui allait du milieu de la trentaine jusqu'au début de la cinquantaine. Il avait un physique agréable, mais manquait d'exercice. L'expression de ses traits était bienveillante, et quelque chose dans son regard disait qu'il avait enduré son lot de souffrance et qu'il en avait tiré une profonde humanité.

Homéro rembobina la vidéo sur le lecteur jusqu'à un moment qu'il choisit avec précision, puis appuya simultanément sur les boutons « play » du combi et du walkman. Alors que l'autolaveuse s'ébranlait sur l'écran en noir et blanc, les premières notes grandiloquentes de *L'Été : Presto* résonnèrent dans le casque. Il sembla à Hélène que la musique eut instantanément le pouvoir d'ôter l'effet comique de la vidéo pour lui substituer un souffle épique, magistral et, en même temps, infiniment poétique. Transformé par le déferlement des violons, le délire de cet homme sur sa machine, d'un spectacle touchant, mais un peu cocasse, était devenu un ballet sublime. L'autolaveuse tournoyait, emportée par les mouvements sinueux des cordes. Le technicien répondait par sa gestuelle à toutes les impulsions données par le rythme, alternant douceur et intensité, moments de fausses accalmies et vivacité fiévreuse.

Tandis qu'elle était absorbée par cette étrange pantomime, il la regardait, elle, guettant sa réaction. C'était un peu déconcertant. Sur l'écran, la silhouette d'Homéro avait lâché le volant et, la tête rejetée en arrière, les bras écartés, paumes vers le ciel, franchissait le rang des caryatides vers la sortie. Elle sourit devant cette posture christique qui rappelait les célébrations footballistiques des sélections sud-américaines et, la voyant sourire, le visage d'Homéro s'éclaira. Elle enleva son casque et le lui remit. « Il faut faire attention aux statues, Homéro, ce sont des œuvres inestimables.

— Promis », dit-il simplement. Est-ce que cet événement méritait d'être reporté à la Coprotec ? Elle savait que ces gens-là ne s'embarrassaient pas de sentiments et Hélène préféra garder cet incident pour elle.

Reprends ton vol

Son port de reine l'élevait au-dessus de la cohorte dépressive des quidams porteurs de *tote bags*. Vêtue d'un long manteau Isabel Marant et d'une tunique Margiela terre de Sienne, Claire avait la cinquantaine magnifique, chaque année supplémentaire confirmait sa beauté originelle. Elle était faite pour cet âge, plus encore qu'elle n'avait été faite pour les précédents, celui-ci gommant un peu de la netteté incisive de son visage, harmonisant l'ensemble de ses traits, tous ces attributs qui jusque-là avaient été en concurrence – bouche démesurée, yeux félins, sourcils en chapeau de gendarme – trouvant désormais parfaitement leur place, ses lèvres un peu moins bombées, son regard attendri d'un léger et sensuel affaissement des paupières, son tempérament patiné d'une douceur sage.

En traversant la rue à sa rencontre, Aurélien cacha mal sa fierté d'être celui qu'elle attendait. Il la retrouva au pied de l'étendard de soie moirée des frères Bouroullec, aux ondulations lascives – fort réussi, pensa-t-il –, sous lequel des skateurs au look queer tentaient quelques figures. En pénétrant dans l'enceinte de l'ancienne Bourse du commerce, Claire, à qui il avait pu arracher un baiser sur la pommette, lui chuchota : « Pas sûre que cela te plaise, mais Randy est un ami d'enfance, tu gardes pour toi tes remarques désobligeantes. » Habitué à ce genre de saillies de la part de celle qui partageait sa vie, Aurélien haussa les épaules nonchalamment et avisa le flyer qu'elle lui avait tendu, sur lequel il était simplement écrit en lettres irisées : *Reprends ton vol. Randy Devanlet.*

Ils présentèrent leurs invitations à l'accueil, attrapèrent une coupe de champagne et s'avancèrent à l'intérieur du monumental cylindre de béton dessiné par Tadao Ando. Levant les yeux au plafond, Aurélien eut le regard accroché par la fresque superbement restaurée qui épousait les pourtours de la coupole. Il était paradoxal que cette ode au capitalisme bourrée de stéréotypes domine un temple de la création contemporaine et sa présence avait dû donner du fil à retordre aux équipes de communication.

Quelques pas les amenèrent au centre de l'espace, à l'aplomb du dôme, où se dressait l'installation intitulée *Reprends ton vol*, en fait un imposant tambour de verre rempli d'un liquide opaque, couleur rouille et peu engageant, surplombé d'une grue qui retenait par une chaîne un objet immergé. Aurélien s'approcha de l'aquarium avec curiosité. Il lui sembla discerner dans l'eau saturée de microparticules une forme rectangulaire. Il se retourna pour faire part de ses impressions à Claire quand le bras automatique se mit en action et retira du bouillon de culture ce qui s'avéra être un panneau de bois noirci et oxydé. Le public bruissa d'une excitation contenue, le contexte du vernissage n'étant pas particulièrement favorable aux transports d'émotion. Aurélien contempla l'objet, dubitatif. L'eau opaque continuait à s'écouler du support par ses extrémités pour rejoindre l'aquarium dans un goutte-à-goutte de plus en plus espacé, découvrant ce qui était de toute évidence une peinture. Sur celle-ci, il distingua une figure de trois quarts coiffée d'un chaperon turban caractéristique de la première partie du XVe siècle. Il était persuadé de l'avoir déjà vue quelque part.

Il chercha Claire du regard, mais elle était en grande conversation avec un groupe de personnes, dont un type bodybuildé vêtu d'un pantalon de cuir et d'un tee-shirt noir exagérément échancré, qu'Aurélien présuma être l'artiste.

Sur l'application en ligne qui servait de guide pour la visite, la note d'intention indiquait ceci :

« Reprends ton vol », installation de Randy Devanlet, né en 1972, questionne frontalement les effets du temps sur la perception des œuvres. Le plasticien, adepte de la prise de risque, établit un geste polémique et lourd de sens qui contracte l'échelle du temps en une durée appréhendable par l'homme. L'œuvre de Cosimo Rosselli, propriété de l'artiste, est ainsi soumise à un milieu bactériologique acide qui accélère son oxydation. L'état de la peinture révélé toutes les demi-heures par une grue automatique permet au spectateur de se rendre compte de l'effet du temps, de la corruption de la matière, de la destruction de la chair, ici picturale, de son inéluctable érosion. Lorsque la peinture est plongée dans son bain, le visiteur est invité à s'imaginer l'état réel de sa dégradation. Randy Devanlet s'est distingué par ses œuvres

« Nounours » en 2020 et « Noushka » en 2022, où ont été soumis au même processus d'oxydation accélérée les sujets de l'ours en peluche de son enfance et de sa chienne décédée, œuvres qui font également partie de la collection Pinault.

Cosimo Rosselli. Aurélien s'en souvenait maintenant. Le tableau avait été proposé chez Sotheby's quelques années plus tôt. Il s'agissait du portrait d'un notable, une œuvre de jeunesse à la manière hésitante datant probablement de la période florentine du peintre. Aurélien avait considéré son acquisition pour le compte du département, avant de renoncer ; l'œuvre n'avait rien de particulier si ce n'est la modeste réputation de son auteur. Peu importait sa valeur, la détérioration délibérée d'une peinture de la Renaissance avait de quoi scandaliser. Une parfaite abjection, pensa Aurélien, traversé par un haut-le-cœur. Il s'étonna que la presse ne s'en fût pas déjà indignée, et se promit qu'il suivrait l'affaire.

Aurélien rejoignit à contrecœur le petit groupe qui entourait l'artiste. Claire fit les présentations, mais les deux hommes n'avaient rien à se dire et Claire, gênée, annonça qu'ils devaient y aller, mais que ce serait chouette de dîner bientôt ensemble, ce qu'Aurélien et Randy approuvèrent mollement, sans aucune intention de voir ce souhait se réaliser.

« Tu pourrais faire un effort ! » reprocha Claire alors qu'ils regagnaient la sortie.

Aurélien argua qu'il s'était bien gardé d'exprimer quoi que ce soit, même si l'envie l'avait démangé de balancer à cet imposteur le fond de sa pensée. Le procédé était répugnant, cette installation, une insulte à l'histoire de l'art, et son auteur méritait le pilori.

« C'est triste, Aurélien. Tout ce que tu dis est toujours tellement prévisible. J'ai trouvé ça bien, moi. »

Lâcher la rampe

Il y a un moment – et il vient assez vite – où vous ne savez pas qui est le groupe qui s'affiche en lettres rouges au fronton de l'Olympia. Vous n'en avez jamais entendu parler et vous vous en foutez royalement. Il y a un moment où le visage de l'égérie Chanel en quatre par trois dans le métro ne provoque aucun stimulus dans votre cerveau si ce n'est une admiration distraite pour la géométrie de ses traits. Vous ne le reconnaissez pas. Néant. Il y a un moment où des pans entiers du langage vous échappent. Il y a un moment encore où les jeunes générations vous semblent déguisées dans la rue. Vous les regardez, amusé, comme un sujet exotique plaisant et lointain.

Arrive ce moment où vous vous rendez compte que vous vous êtes lentement extrait du bruit du monde. Que vous vivez dans le confort d'une réalité parallèle, votre propre réalité, figée, façonnée selon vos goûts et vos envies, mais hermétique aux pulsions de la société. C'est en général à partir de ce moment-là que vous commencez à parler d'*avant*. Vous développez une empathie inédite pour des choses que vous n'aviez jusque-là pas remarquées. Vous portez sur votre entourage un regard empreint de nostalgie, comme si celui-ci était menacé d'une destruction prochaine. *Avant* pourtant reste votre présent, mais vous pressentez qu'il appartient déjà au passé, car vous-même avez subtilement glissé. Et si vous parlez d'*avant*, vous parlez aussi de *maintenant* comme si ce n'était pas de votre temps qu'il s'agissait, comme si *maintenant* était étranger, allogène, comme si *maintenant* n'était pas un bien commun à tous les vivants mais un privilège réservé à d'autres que vous ne comprenez plus.

Le joug de la beauté

En mourant alors qu'il venait d'avoir quarante ans, la mère d'Aurélien lui avait laissé le goût de la beauté en héritage – encore que « goût » soit un mot faible. « L'exigence de la beauté » était un précepte plus approprié. Elle le lui avait laissé comme on laisse à sa descendance une propriété à la toiture crevée et aux murs chancelants, un legs qui jour après jour devenait de plus en plus encombrant. Très vite, il avait compris que la beauté serait toute sa vie et qu'il ne pourrait échapper à son emprise. Non sa propre beauté, la sienne était banale, disons juste agréable, mais celle du monde qui l'entourait.

Sa mère l'avait entraîné dès la petite enfance à interroger sans cesse l'esthétique des choses. Elle avait affûté son sens critique comme on aiguise une lame, il était vif et tranchant. Vers cinq ans, il savait émettre une opinion affirmée sur une combinaison de couleurs, l'harmonie d'un bouquet ou la coupe d'un vêtement. Plus tard, il avait appris à distinguer les matières et la belle manière. Bien sûr, il ne faisait qu'appliquer le goût maternel qu'il se représentait en système à la hiérarchie complexe et aux règles précises. De la beauté, il n'avait retenu que les lois tacites qui régissent le bon goût et qui, davantage que des lois, sont avant tout des rejets selon l'implacable principe de Bourdieu que « nos goûts sont nos dégoûts ». Il avait confondu la règle et l'émotion.

En grandissant, il avait compris qu'une fois toute cette grammaire inculquée ces règles n'étaient là que pour être transcendées, à condition d'en avoir le talent. Sa mère l'avait, incontestablement. Elle en faisait sur elle-même la preuve magistrale. Le choix de ses tenues était toujours inspiré, elle avait un don pour accorder ses vêtements en évitant les évidences. Elle les assortissait avec originalité sans jamais sacrifier l'élégance. Elle était merveilleusement douée pour les accessoires. Chaque journée lui offrait une nouvelle manière de nouer ses cheveux. Sa prestance l'élevait au-dessus des autres mortels. Elle n'entrait pas dans une pièce, elle y apparaissait. Elle ne marchait pas, elle glissait, flottait, survolait, n'importe quel verbe qui exprime la fluidité et l'absence d'effort. Aurélien en était émerveillé.

Pendant longtemps, l'activité préférée d'Aurélien avait été d'observer sa mère. L'observer lire, travailler, cuisiner, arranger son environnement avec une assurance tranquille. L'observer vivre. Il le faisait sans se cacher, elle ne faisait pas tellement attention à lui. Aurélien partageait cette fascination avec son père et il leur arrivait parfois de s'asseoir à la grande table de la salle à manger, sans autre intention que de contempler cette créature divine.

Le père d'Aurélien se voyait comme un mécène ; le mécène de cette femme, artiste d'elle-même, dont il était follement amoureux sans qu'Aurélien ait jamais su dire si ces sentiments étaient tout à fait réciproques. La providence avait mis sur sa route cette alchimiste qui transformait tout ce qu'elle touchait en quelque chose d'harmonieux. Dès lors, il accédait à toutes ses demandes, il comprenait les impératifs de repeindre le salon en *jaune oracle*, ou de le fleurir d'urgence de pivoines.

Dans ce foyer particulier, la question esthétique était centrale et le bonheur de ses occupants en dépendait directement. Ce n'était pas facile tous les jours, c'était un poids dont parfois il se serait bien passé. Il se souvint des colliers de nouilles offerts à la fête des Mères qui allaient aussitôt à la poubelle. « C'est gentil, mais, mon pauvre chéri, est-ce que tu me vois porter ça ? » Il se souvint de cet ami au petit collège qui avait le malheur d'habiter un appartement sans charme dans un immeuble moderne et dont les parents, des intellectuels brillants, n'attachaient aucune importance à l'apparence des choses ni à la manière dont elles s'accordaient entre elles. En un mot comme en cent, c'était moche, rien n'allait avec rien et la mère d'Aurélien ne se privait pas de le faire remarquer à son fils chaque fois qu'elle l'y conduisait : « Il faut être myope pour supporter tant de laideur ! » Cela n'enlevait rien à l'amitié qu'Aurélien éprouvait pour son camarade ni à la sympathie que lui inspiraient ses parents – la mère était attentionnée et lui préparait de délicieux brownies –, mais quand même, il aurait aimé être moins sensibilisé à ce sujet. D'une certaine façon, son appréciation en était parasitée. Comme un virus dont il ne pouvait plus se débarrasser, il avait été contaminé par cette conscience esthétique aiguë.

À ceux que l'on voyait venir de loin qui disaient que la beauté est subjective, qu'il ne pouvait y avoir de consensus, on répondait que c'était une posture hypocrite. Que n'importe quel quidam savait s'extasier devant un coucher de soleil, se retourner sur un beau visage, s'émouvoir d'un chef-d'œuvre. Qu'il y avait bien une beauté universelle qui faisait balbutier les hommes et rougir les femmes, que c'était le mal du siècle de ne plus vouloir hiérarchiser les choses. Ici, on adhérait à l'idée kantienne de la beauté, celle qui relie l'individu au reste de l'humanité dans une conviction partagée. On soutenait qu'il y avait, dans cette reconnaissance commune du beau, le prélude nécessaire à la société. Bien sûr, on admettait l'émotion particulière, le délicieux sentiment de trouver beau en secret. Évidemment, on ne pouvait pas être touchés par les mêmes choses au même moment, évidemment, la beauté est dans les yeux de celui qui la regarde, évidemment, les goûts et les couleurs, mais quand même, on pouvait s'accorder de temps en temps pour dire d'une seule voix le beau. Pour la mère d'Aurélien, le refuser conduisait à la ruine de notre monde.

Et comme sa mère il la voyait, la beauté, de toute part agressée. Dans la rue d'abord, sur les affiches des abribus et les devantures des magasins. Dans le dessin des carrosseries des voitures, dans les accoutrements des gens, dans les sons qui sortaient de leurs bouches et des haut-parleurs des postes de radio, sur l'écran des télévisions. Partout la beauté était battue en brèche, repoussée au bénéfice de l'utile, du confort, de la sécurité, écartée en faveur de l'attractivité, de la rapidité, de l'efficacité. La mère d'Aurélien considérait qu'on avait atteint un âge d'or dans les années soixante et que depuis on déclinait, sur le plan esthétique du moins. C'était concomitant à la généralisation du plastique dans la plupart des biens manufacturés, à l'avènement de la société de consommation, une société globalisée gouvernée par le profit et la tyrannie du neuf qui ne se souciait plus des savoir-faire et des traditions. « Tu vois, Aurélien, lui avait dit sa mère, c'est une question de résistance. C'est ce que nous sommes, des résistants. » Résister impliquait de porter des shorts en flanelle bleue et des mocassins en cuir inconfortables quand d'affriolantes baskets à coussins d'air déferlaient aux pieds de la jeunesse occidentale. Résister impliquait de rejeter des pans entiers de la modernité et d'être mis au ban de sa classe en étant copieusement traité de ringard. Résister était politique.

Il en souffrait parfois et il aurait abdiqué s'il n'avait eu l'exemple de sa mère comme un étendard et la récompense ultime de les voir s'avancer à la sortie de l'école, elle et son aura magnifique.

L'idée de présenter une jeune femme à sa mère tétanisait Aurélien. Il s'imaginait le regard sans concession qu'elle poserait sur elle, il savait que rien ne lui échapperait. Bien qu'il ne fût pas du genre entreprenant, l'occasion était survenue dans sa dix-neuvième année, avec une dénommée Mathilde.

Aurélien aimait bien Mathilde, c'était une fille naturelle et spontanée qui l'avait initié avec beaucoup de douceur aux choses de l'amour. Elle riait volontiers et souvent. Elle était vive, avenante et sensible. Elle aimait le plein air, tailler Paris du nord au sud en roller. Elle était sexy, voluptueuse et un peu en chair. Elle aimait danser devant lui en sous-vêtements et Aurélien, embarrassé, insistait mollement pour qu'elle se rhabille. À ces âges d'obsession sexuelle, elle le gratifiait parfois d'une faveur à l'improviste, l'attirant dans une cabine d'essayage ou dans l'angle mort d'une cage d'escalier, faveur dont il ne savait jamais vraiment jouir, empreint de culpabilité et incapable de lâcher prise. Elle s'amusait beaucoup de sa gêne, elle la trouvait charmante. Mathilde avait vite compris que l'esprit d'Aurélien était gouverné par une force supérieure, qu'il n'était pas tout à fait autonome dans son jugement. Quelques semaines de relation lui avaient suffi pour constater l'influence immense qu'avait la mère d'Aurélien sur son fils. Il en parlait trop, il y faisait sans cesse référence. Il disait des phrases ridicules comme: « Maman n'aimerait pas. »

Intriguée, elle avait insisté pour la rencontrer. Pourtant, ce n'était pas exactement des préoccupations de son âge. À dix-neuf ans, on se fout pas mal de la mère d'un amoureux. Ce qu'on veut, c'est se voir dans le regard de l'autre, on veut se découvrir, on veut se trouver soi-même. Tout juste si l'on élargit le cercle aux amis. On ne fait pas des plans, encore moins avec la famille. Mais cette présence maternelle invisible avait fini par obséder Mathilde, elle désirait plus que tout connaître cette femme. Elle voulait comprendre la fascination qu'éprouvait Aurélien. Dans la fleur de son âge, sûre de sa jeunesse invincible, elle se croyait suffisamment armée pour la défier. Aurélien s'était mis dans un état d'anxiété pas possible, il avait tenté de différer et même d'annuler la rencontre. Cela ne faisait qu'attiser la curiosité de Mathilde. Qui était celle qui provoquait chez son petit ami de telles marées d'angoisse ?

En passant la porte de l'appartement familial du boulevard Flandrin, elle avait immédiatement vu dans les yeux de cette femme à la beauté foudroyante qu'elle, Mathilde, ne serait jamais à la hauteur de ses attentes. Ces choses-là ne s'expliquent pas. On les ressent. Peut-être qu'un observateur qui aurait assisté à la rencontre n'aurait rien remarqué de spécial. Il n'aurait constaté qu'une conversation polie entre deux personnes bien élevées, un échange cordial entre deux femmes dans deux âges différents de la vie. Du point de vue d'Aurélien, la perspective était tout autre. Maintenant qu'il la voyait à côté de sa mère, Mathilde avait l'air pataude. C'est à peine s'il osait la regarder. Son enthousiasme prenait soudain la forme d'une convivialité intrusive et familière. Sa spontanéité lui semblait un manque de retenue, une façon un peu gauche de combler les silences. Sa conversation légère et volubile lui apparaissait superficielle, presque stupide. Ce qu'il avait craint était en train de se réaliser : il se demandait ce qu'elle foutait là. Quant à Mathilde, elle n'était pas dupe. Quelque chose ici se refusait à elle. Elle avait bien tenté de réchauffer l'atmosphère avec son charmant naturel, mais un halo glacé émanait de cette femme, une subtile condescendance qui lui faisait penser qu'elle n'était pas à sa place et ne pourrait jamais y être. Bien que vaillante, Mathilde avait entrevu ses propres limites. Pour ne pas s'effondrer dans un torrent de larmes, elle avait prétexté un rendez-vous oublié et s'était échappée. La mère d'Aurélien s'était bien gardée d'exprimer son opinion, l'évidence était là. Les nuits suivantes, Mathilde les avait passées, hoqueteuse et joues ruisselantes, à côté du téléphone désespérément atone. De son côté, Aurélien avait été incapable d'appeler. Il lui aurait fallu expliquer. Expliquer quoi ? À quoi bon expliquer ? C'était comme ça. Ils ne s'étaient jamais revus. Mais le jeune Aurélien avait retenu la leçon ; il n'avait plus jamais exposé ses relations amoureuses au feu intransigeant du regard maternel.

Rodéo

Depuis le premier incident, Serge avait apporté un certain nombre d'extraits des bandes des caméras de vidéosurveillance gravés sur DVD qu'il laissait sur le bureau d'Hélène dans une enveloppe kraft accompagnée d'un commentaire, généralement un mot ou une courte expression. « Épique », « Mégalocomique », « 4 étoiles pour le final », « Mérite une médaille d'or aux JO ». Hélène regardait ces vidéos le soir, une fois sa journée terminée, après s'être assurée que personne ne viendrait la déranger. Elle y pensait souvent et s'était surprise à les désirer, ces enveloppes et les précieuses chorégraphies au grain noir et blanc qu'elles contenaient.

C'était pour elle chaque fois un ravissement. La créativité d'Homéro sur son autolaveuse ne cessait de l'émerveiller. L'homme était brillant d'inventivité et d'adresse. Elle aimait qu'il paraisse totalement dépourvu d'amour-propre ; l'entrain qu'il mettait à ces célébrations burlesques était tout à fait candide. Submergé par la beauté qui l'entourait, Homéro lui dédiait un hymne chorégraphié, sincère et spectaculaire, de plus en plus audacieux.

Depuis quelque temps, il avait trouvé le moyen de bloquer la pédale de l'autolaveuse et cette trouvaille avait grandement élargi le champ de ses possibilités : il pouvait à présent se tenir debout sur le siège en cuir, comme un cavalier de Zingaro sur la selle de sa monture. Toujours équipé de son antique baladeur clipsé à sa ceinture et d'un casque audio, il se dressait sur une jambe, l'autre repliée comme celle d'un flamant rose, pendant que l'engin continuait sa course entre les divinités gréco-romaines. Il rattrapait la direction *in extremis* pour éviter une collision certaine avec un angelot ou une naïade, tout en effleurant les marbres d'une paume caressante. Le plus impressionnant, c'était quand, débarrassé de ses chaussures, il sautait hors de la machine en marche pour se laisser glisser sur le sol parfaitement ciré, les mains cramponnées au volant. Tracté de cette manière, il effectuait quelques figures comme un skieur nautique sortant du sillage, rapprochant ou éloignant son centre de gravité de la carcasse de métal lancée à pleine vitesse. Puis, libérant une main, il adressait aux statues des gestes courroucés ou amicaux en fonction de ses interlocuteurs. Ainsi, un groupe guerrier recevait des signes vindicatifs tandis qu'une vénus voluptueuse récoltait des volées de baisers langoureux.

Parfois, en prenant appui sur ses avant-bras, il bondissait par-dessus le siège de la Comac, jambes jointes et tendues, pour se retrouver de l'autre côté, tel un gymnaste qui survole son cheval d'arçons. Cela donnait à la scène des allures de corrida où l'autolaveuse serait un taureau buté et Homéro, son matador intrépide. Hélène en tremblait d'inquiétude. Les cascades de plus en plus périlleuses avaient raison de ses nerfs, mais la grâce avec laquelle elles étaient effectuées lui arrachait des exclamations à voix haute, des ah d'allégresse et des oh d'étonnement.

Pourtant, Hélène ne pouvait se résoudre à le laisser agir ainsi. Si Serge se décidait à en parler à quelqu'un d'autre, elle risquerait son poste pour ne pas avoir empêché cette mascarade. Elle soupçonnait Serge d'avoir un béguin pour elle. Il était évident qu'il prenait un certain plaisir à lui faire parvenir ses vidéos et à les commenter, des cadeaux en quelque sorte pour se rappeler à son bon souvenir. Il lui semblait toutefois qu'il attendait quelque chose en retour, peut-être une invitation, et ça, c'était compliqué. Sans être un mauvais bougre, Serge était aussi lourdingue que son ex Patrick et elle considérait qu'elle avait suffisamment consacré de temps à ce genre de types à l'humour gras et collant pour savoir désormais que ce n'était pas pour elle.

Mais enfin, elle devait se montrer ferme. La menace que ces acrobaties faisaient peser sur les œuvres était réelle. Cette situation n'était pas tolérable : le technicien avait royalement ignoré son avertissement et continuait à faire le clown pendant ses heures de travail – même si, en dépit d'une méthodologie peu orthodoxe, ledit travail était parfaitement réalisé. Il fallait que cela cesse. Elle n'avait pas très envie de le convoquer de nouveau dans son bureau, la première fois n'avait rien donné. Au fond, elle craignait d'être désarçonnée par sa candeur juvénile et la profonde bonté qui émanait de son être. Elle aurait pu en parler à la hiérarchie d'Homéro, mais elle n'était pas certaine de vouloir son licenciement sur la conscience. Elle décida plutôt qu'elle irait le surprendre en plein délit.

Elle prit l'habitude, en quittant son bureau vers 21 heures, d'aller jeter un œil dans les salles des statues. Elle le voyait sur sa machine, concentré sur sa tâche, tirant des lignes appliquées le long des murs. Une fois, il avait senti sa présence et avait relevé la tête pour lui adresser un sourire qu'elle lui avait retourné, un peu gênée d'avoir été aperçue en train de le surveiller.

Un soir de novembre, elle le surprit enfin. Après avoir effectué un tour méticuleux de la salle pour cirer abondamment sa surface, Homéro avança sa monture au milieu de l'espace. Il manipula son baladeur, marqua une pause religieuse, prit une grande inspiration – une inspiration d'athlète de haut niveau – et s'élança. Le voir en vrai était autrement plus spectaculaire que sur un écran. C'était aussi bien plus inquiétant : quand Hélènc visionnait les vidéos sur son ordinateur, elle savait consciemment ou non qu'il n'était rien arrivé de néfaste aux œuvres dont elle avait la responsabilité. Cette fois, en direct, elle vivait avec le ventre noué de peur les trajectoires erratiques de l'autolaveuse.

Devant le portique des caryatides, sous leur regard impassible et celui d'Hélène terrifiée, l'engin basculé sur deux roues effectuait des tours serrés sur lui-même, gîtant comme un voilier dans le vent, un voilier en perdition pris dans l'œil d'une tornade ou les remous concentriques d'un tourbillon.

Un grand cri perça la galerie. L'autolaveuse retomba sur toutes ses roues dans un bruit mat et Homéro retira aussitôt son casque. Mue par son instinct profond,

Hélène s'était précipitée devant *Silène portant Dionysos* qu'elle avait cru un instant menacé, pour le protéger de ses bras en croix. Le temps s'était brutalement figé, leur chair s'était immobilisée comme les statues avoisinantes et elle pouvait lire la stupeur sur son visage.

« Homéro, vous aviez promis », souffla-t-elle.

Il baissa la tête, honteux.

Hélène ne dit rien de plus. Elle le fixait intensément.

Alors lentement il se redressa. Il leva les yeux et les plongea dans ceux d'Hélène et, tout en maintenant ce regard direct et doux, il tendit la main vers elle. Il y eut un flottement, un moment suspendu et précaire. Puis Hélène se vit répondre à son geste, sans qu'elle l'ait vraiment décidé. Leurs doigts s'effleurèrent et, tandis qu'une vague frissonnante lui parcourait l'échine, il lui vint l'idée qu'Homéro avait sciemment trahi sa promesse, qu'il lui avait adressé toutes ses célébrations par le médium des caméras de vidéosurveillance à dessein, sachant bien qu'elle les verrait. D'ailleurs peut-être qu'en ce moment même, au PC 3, Serge se gondolait derrière ses écrans. Ou qu'il tirait franchement la gueule. Elle s'en fichait. Il faisait nuit dehors et l'aile entière était déserte. En maintenant le contact fragile de leurs dernières phalanges, tel un aimant, Homéro l'attira vers la machine. Il la hissa près de lui, puis comme il l'avait fait dans son bureau lui posa son casque sur les oreilles, et tout en la rassurant d'une expression bienveillante il redémarra l'autolaveuse.

Alors elle comprit que ce spectacle n'était pas seulement destiné à être vu. Il était fait pour être vécu. Les statues tourbillonnaient autour d'eux et les envolées vivaldiennes les animaient de toutes les intentions que leur avaient vouées les mains qui les avaient sculptées. Ici, de leur point de vue mouvant, elles prenaient vie, les figures de marbre retrouvaient l'élasticité des modèles qui les avaient inspirées, les seins galbés se soulevaient de désir, les bras s'enroulaient sur les tailles comme des lianes et les doigts resserraient leurs étreintes. Les satyres dansaient, les faunes tumultueux grimaçaient, Artémis courait, légère, au côté de sa biche, l'hermaphrodite soupirait sous la froide approbation des nymphes et des bacchantes. Le *Gaulois blessé*, héroïque, n'en finissait plus de voir le sang s'épancher de sa cuisse, Silène berçait Dionysos avec la tendresse d'une mère, Éros agrippé au centaure riait de ses vaines ruades. Et tandis qu'un infime souffle de vie traversait, frémissant, les côtes saillantes de *Marsyas agonisant*, le gros lézard indolent rampait sur son tronc, ignorant pour quelques instants encore qu'Apollon aurait sa peau.

Avec souplesse, Homéro manœuvrait dans la salle. Il tournait régulièrement le visage vers Hélène. Elle posa la tête sur son épaule et des larmes coulèrent sur sa joue.

Le lendemain, elle trouva une enveloppe sur son bureau. Un commentaire l'accompagnait, écrit en capitales directement sur le papier kraft.

« CLASSÉ X ».

La fille-jonquille

Elle lui était apparue la première fois, dans la vingtaine éclatante, assise sur le dosseret d'un banc devant la Sorbonne, discutant avec deux amies, vêtue d'une robe jaune plissée qu'une légère brise rendait fébrile comme la corolle d'une jonquille. Elle avait un sourire merveilleusement large et, avec sa bouche, tout son visage riait. Ses yeux, ses pommettes, même son nez riait. Il l'avait fixée de manière maladroite et il lui avait semblé qu'elle lui avait souri en retour, mais il n'en était pas tout à fait sûr, avant qu'elle ne reprenne dans un grand éclat sonore le cours de sa conversation.

Plus tard, il l'avait revue par hasard dans une soirée à Saint-Germain où il ne connaissait personne. Les murs de l'appartement étaient noircis de fusain. Au milieu de la pièce trônait un lit à baldaquin que se disputaient les invités les plus cool. D'immenses tirages d'Avedon et de Paolo Roversi étaient disposés à même le sol, contre les murs. On ne s'était pas donné la peine de les accrocher. C'était exactement comme ça qu'il s'imaginait les appartements de Saint-Germain, des lieux pour s'enivrer ou pour tracer sur des formats raisin les contours sinueux d'odalisques alanguies, dans la relative bohème qu'autorisait le prix indécent du mètre carré. Comment s'était-il trouvé ici ? Un ami l'avait entraîné et avait vite dégoté une fille à galocher, le laissant en tête à tête avec son whisky Coca. Et là, elle était apparue devant lui, divine. Elle portait une robe d'été, ses jambes étaient immenses. Il avait reconnu instantanément la fille-jonquille. Elle lui avait demandé du feu, il avait saisi une bougie Diptyque figue providentiellement placée derrière lui et, pour rester un peu plus avec elle, il lui avait taxé une clope alors qu'il ne fumait pas. Il avait posé quelques questions, elle connaissait Jeanne et Chloé, et aussi Alex au Perfecto de cuir là-bas. Et lui ? Lui, il avait inventé deux-trois prénoms, mais il s'était étouffé avec la fumée de la cigarette et avait été pris d'une quinte de toux terrible. Elle lui avait tendu son verre pour faire passer la toux, il avait bu une gorgée du rouge râpeux et le lui avait rendu. Après quoi elle l'avait embrassé, très près de la bouche, à la commissure des lèvres, et elle était partie. Il était tellement troublé qu'il en avait oublié de lui demander son prénom.

Longtemps, il s'était accroché à cet ersatz de baiser. Il avait gardé un contact platonique avec elle, par le biais d'amis communs. Il grappillait quelques modestes informations à droite, à gauche, collectait quelques menus indices. Il avait obtenu son prénom, Claire. Ça lui plaisait, Claire, il aimait à se le répéter. Un jour il lui parlerait, en attendant il affinait son discours, il améliorait sa situation. Il y aurait un moment opportun et, ce jour-là, il serait prêt. Mais évidemment, l'occasion ne s'était pas présentée. Peut-être aurait-il pu demander un numéro de téléphone, prendre les devants ? Cela lui était impossible. Timide et indécis, faire le premier pas le paralysait. Et puis, dans ce statu quo, tout était envisageable.

Sa carrière lancée, il avait pris davantage confiance en lui. Il s'était rendu compte qu'il plaisait, sans qu'il fasse d'effort particulier les femmes venaient à lui. S'il avait noué quelques relations, elles avaient été chaque fois brèves et peu satisfaisantes. Ses partenaires lui reprochaient d'être encombré d'idéaux. Elles n'avaient pas tout à fait tort ; il avait certaines attentes.

Et puis soudain, alors qu'il n'espérait plus grand-chose à ce sujet, la vie lui avait fait un cadeau. Il venait d'avoir trente-huit ans, il inaugurait *La Perfection del Sarto*, sa première exposition d'envergure. Cela lui avait coûté quatre ans de travail pour rassembler des pièces qui, jusque-là, n'avaient jamais été montrées ensemble. Il l'avait vue s'avancer vers lui tandis qu'elle regardait les œuvres, accaparée, la tête penchée, le menton un peu relevé, concentrée. Un flot d'images lui était revenu, une sensation de chaleur s'était répandue le long de sa nuque, son souffle s'était raccourci et il s'était figé, au bord du malaise. Quinze ans n'avaient rien effacé de ses émotions qui s'en étaient trouvées instantanément ravivées, urgentes et brûlantes. Décuplées.

Il aurait pu faire le choix de disparaître, un pas de côté aurait suffi, elle ne l'aurait pas vu, tout absorbée par l'accrochage. Mais, paralysé, il n'avait pas bougé et elle lui était littéralement rentrée dedans. « Claire. » Cela lui avait échappé. Il avait prononcé son nom du bout des lèvres. Elle n'avait pas paru tellement surprise d'être reconnue, comme si cela lui arrivait souvent – peut-être le privilège de sa beauté. Alors qu'il tentait laborieusement de se rappeler à son souvenir, il avait été alpagué par une jeune journaliste à l'intérêt pétillant. Claire avait observé avec curiosité cet homme qui prétendait la connaître décrire avec tant de justesse ce qui était visible sous ses yeux et qu'elle n'avait pas vu. À l'écouter, tout prenait sens ; la perfection des compositions monumentales comme la palette éclatante des couleurs vénitiennes, la délicate expression des visages, leur sfumato emprunté à Léonard – mais plus marqué encore –, l'attention naturaliste aux détails et l'emploi remarquable du clair-obscur. La peinture dévoilait non un secret caché, qui serait seulement accessible à un regard initié, mais au contraire son évidence universelle. La journaliste, elle aussi sous le charme, noircissait fébrilement un carnet Moleskine, buvant les paroles du conservateur. Claire, d'instinct, s'était rapprochée d'eux pour mieux l'entendre dans le brouhaha du vernissage. Elle ne voulait plus le quitter. Aurélien lui-même avait compris qu'il ne pouvait y avoir de conditions plus favorables que cette soirée. Sortant de sa réserve, il avait entraîné Claire par le bras et, délaissant la journaliste, ils avaient parcouru ensemble le reste de l'exposition. Avec son talent naturel et son enthousiasme merveilleux quand il s'agissait de peinture, il lui avait parlé des œuvres.

Elle avait bu ses paroles, captivée. Émue même, quand il lui avait montré, sous les traits de toutes les madones, le beau visage de Lucrezia del Fede, la bien-aimée du peintre, celle pour qui del Sarto avait abandonné le roi de France. Elle s'arrêta un moment sur le regard sombre et quelque peu brouillé de la jeune femme ; elle comprenait sans peine que l'artiste l'ait préférée aux vertiges de la cour.

Elle ne se souvenait pas d'Aurélien, mais qu'importe. Il l'avait présentée au ministre qui s'était précipité pour le féliciter, puis à un chanteur connu amateur d'art. On venait à lui pour le fleurir de compliments, on l'acclamait pour cette mise en lumière réussie d'un peintre qui avait été un peu délaissé. On disait que, quelque part, il l'avait ressuscité. Autour d'eux, les visages tourbillonnaient, ils ne les distinguaient plus. Le temps de cette soirée, ils formaient un couple radieux au centre de toutes les attentions. La foule se pressait contre eux et elle contre lui. Au moment de se quitter, il l'avait raccompagnée au pied de la pyramide. Ils avaient échangé leurs numéros de téléphone. Elle l'avait noté avec empressement, car son mari l'attendait.

Son mari.

Cette déception avait effacé l'immense succès de la soirée, les joies ne tiennent à rien. C'était comme si l'on avait ouvert une fenêtre pour lui laisser entrevoir un horizon rayonnant et d'un mot, d'un seul, on la lui avait brusquement refermée au nez. Il s'en était voulu de ne pas avoir décelé chez elle l'existence de quelque lien conjugal. Elle devait certainement porter une alliance, mais tout occupé à contempler sa chance il n'y avait pas fait attention.

Il avait parcouru avec une morgue inhabituelle chez lui les messages de félicitations qui affluaient sur son portable. D'elle, il reçut quelques lignes laconiques qui le remerciaient, mais qui n'ouvraient sur rien. Il y avait répondu poliment.

Quelques années après, quand elle avait quitté son mari, ou quand celui-ci l'avait quittée – cela n'avait jamais été très clair pour Aurélien –, elle l'avait appelé. Il l'avait invitée à dîner dans un japonais de la rue Sainte-Anne, et là, dans un geste sublime de spontanéité, il lui avait proposé de l'accompagner à Rome pour admirer l'exposition Fra Angelico au palazzo Caffarelli.

En y réfléchissant, c'était une fausse promesse. Non le séjour à Rome, mais cette impulsion, cette fougue : cela ne lui ressemblait pas. Elle le découvrirait bien assez tôt. Quoi qu'il en soit, ils s'étaient retrouvés quelques jours après à Orly et, dans l'avion, Aurélien s'était demandé comment il avait réussi ce tour de force.

De visites de palais en marchands de glaces, de découvertes architecturales impromptues à une reconstitution historique aux abords du cirque Maxime, leur escapade ressemblait à une vidéo promotionnelle de l'office du tourisme. Il la guidait parmi les ruines et les églises avec une exaltation adolescente. Sur le mont Palatin, séduite par son enthousiasme charmant, elle l'écoutait raconter des anecdotes sur Brunelleschi et Donatello déterrant les statues à mains nues pour les étudier au milieu des moutons. Ils avaient terminé en apothéose, dans les faubourgs du Trastevere, et s'étaient embrassés sous la pergola illuminée d'un restaurant, enivrés de chianti et de l'air romain. Rome avait été un succès. Quatre mois après, elle emménageait chez lui. Passé quarante ans, les histoires d'amour ne perdent plus de temps. Avec sa chambre d'ami et sa mezzanine, son appartement était assez grand pour accueillir une semaine sur deux César et Zoé, les deux adolescents de Claire.

C'est ainsi qu'Aurélien avait cueilli la fille-jonquille. Sur un malentendu. Il l'avait mystifiée malgré lui. Peut-être s'était-elle aussi laissé avoir. Il n'était rien de tout ce qu'il avait prétendu être : il n'était pas impulsif, mais réfléchi, il n'était pas aventurier, mais casanier. Il aspirait à une existence réglée.

Un peu moins d'une décennie après, l'image qu'il avait de leur couple s'était progressivement écartée de la réalité. Il avait toujours dans son esprit l'idéal figé de leur jeunesse et de la légèreté de ces journées romaines. Tout ça était loin. Non qu'ils aient cédé à la facilité des mots vulgaires, ou du mépris. Ils n'étaient plus ensemble, ou plutôt ils n'avançaient plus ensemble, ce qui est encore différent. Ils habitaient le même toit, partageaient leurs repas, leurs amis et même leur lit. Mais leurs routes avaient pris des chemins divergents. Et ce n'étaient pas tant les directions de leur chemin qui divergeaient – à la moitié de la vie, on a une idée plus précise de là où elle finit – que leur topologie. Claire cherchait par tous les moyens à tromper l'ennui, Aurélien ne se sentait heureux que dans le silence du musée et la bienveillante compagnie des œuvres.

Dégradation de l'humeur

Dans le hall de son immeuble, Aurélien avisa son reflet. Il était dans un entre-âge qui pouvait encore donner l'illusion qu'il appartenait à la jeunesse. Il savait cette condition éphémère. D'ici à quelques années, il ne serait plus possible de retrouver dans le masque du vieux les traces du jeune homme qu'il avait été. Bientôt, ses tempes poivre et sel seraient complètement blanches et la ride du lion imprimerait sur son front la marque d'une préoccupation permanente. La jovialité originelle et l'innocence juvénile de ses traits s'estompaient chaque année, et il ne pouvait dire si cette déchéance physique avait influencé son caractère devenu plus maussade, ou si c'était l'altération de son humeur qui était à l'origine de son vieillissement.

S'il y réfléchissait, son moral avait commencé à se dégrader franchement quand il avait été désigné à la tête du département six ans auparavant. Ses années de conservateur avaient été des moments de plénitude, de recherches stimulantes et de rencontres passionnantes. En prenant davantage de champ, son regard sur le musée avait changé. La surcharge administrative et ses nouvelles responsabilités avaient peut-être douché son enthousiasme. L'aspect politique de sa mission pouvait aussi justifier sa fatigue ; le Louvre était le prolongement de l'État, le bras armé de la culture, un enjeu diplomatique et forcément le théâtre de luttes de pouvoir dont l'âpreté et les mouvements sous-jacents lui échappaient. Mais cela n'expliquait pas tout, son mal était plus profond.

Au-delà de l'emprise du marketing sur son métier et des changements radicaux induits par les nouveaux usages numériques, un sujet le souciait particulièrement : les clefs de compréhension de la peinture se perdaient. Les grands thèmes des œuvres peints, sacrés et profanes, s'éloignaient inéluctablement des préoccupations de ses contemporains. La plupart des allégories et des figures antiques représentées demeuraient un mystère, mais un mystère ennuyeux qui ne valait pas la peine d'une recherche Wikipédia. Rares étaient ceux qui savaient encore qui étaient les Horaces, et quelle était la nature de leur serment. Sondage après sondage, l'athéisme gagnait des parts du grand marché des religions et de plus en plus les guides devaient expliquer aux groupes scolaires qui était saint Jean-Baptiste, parfois même Jésus et Marie. Quantité de références n'étaient plus perçues. Et au même titre qu'Aurélien n'avait jamais été touché par l'art des pharaons dont il ne comprenait ni la cosmogonie ni les rites, il voyait bien que ses contemporains peinaient à dépasser une appréciation purement esthétique de la peinture, et que dans la plupart des cas, les œuvres, si belles soient-elles, demeuraient dépourvues de sens. C'est comme si peu à peu cet art-là, le sien, perdait son pouvoir d'expliquer le monde.

On lui rétorquait qu'il ne fallait pas être alarmiste ; quatre cents ans avant Jésus-Christ, Socrate déplorait aussi le délitement de la société. Si les gens ne savaient plus lire les chiffres romains, ce n'était pas bien grave, on les remplacerait par des chiffres arabes. On rallongerait les cartels pour donner davantage de contexte. Des applications sur smartphone faisaient un travail didactique remarquable. Sur les réseaux, les influenceurs offraient de nouvelles possibilités de médiation et s'adressaient à un large public. On n'allait pas regretter le latin non plus. C'était la marche du monde.

Pourtant, cette évolution l'affectait. Il se sentait moins l'envie de transmettre, comme s'il n'avait plus les outils pour toucher les gens. Et puis, si cela ne suffisait pas, un regard nouveau se posait sur le musée, un regard qui n'y voyait qu'une succession de viols et de persécutions des minorités, d'oppression patriarcale, de *male gaze*. Il ne niait pas le rôle de l'art dans la perpétuation du système dominant, il ne réfutait pas sa portée idéologique, bien souvent au service des puissants, mais il faisait la part des choses. Il n'éprouvait pas le besoin de réparation. C'étaient d'autres temps. Malgré lui, le musée devenait un territoire de luttes politiques qu'il maîtrisait mal.

Sa passion s'érodait et parfois le découragement l'accablait. Il combattait sa nostalgie comme il pouvait, mais elle l'assombrissait pernicieusement.

Hernani

Une clameur embrasa l'assemblée quand elle entra dans la salle des États et prit place sur les chaises pliantes disposées en arc de cercle au milieu de l'espace, face à *Monna Lisa*. Aurélien, debout près de la vitrine, observait les réactions. Certains levèrent les yeux au ciel, d'autres répétaient «Je le savais». Il les dévisageait.

Deux anciens directeurs du département des Peintures, ses prédécesseurs qui, s'ils avaient quitté le navire, s'en croyaient toujours les capitaines, quelques restaurateurs de renom à la retraite, la main tremblante et l'œil cataractique, deux conservateurs d'institutions étrangères, alibis d'une coopération internationale, ainsi qu'un petit nombre de spécialistes léonardiens, d'historiens de l'art et d'universitaires «amis» du Louvre composaient la vingtaine de membres de ce groupe de travail chargé d'examiner l'épineuse question de la restauration. Tous se connaissaient.

Il serait exagéré de dire qu'ils tombèrent des nues en réalisant le motif de leur convocation. La restauration de *La Joconde* était un serpent de mer qui faisait régulièrement surface, mais c'était bien la première fois que le sujet dépassait les palabres informelles pour être débattu lors d'une réunion officielle. C'était assez excitant. L'ambiance était relâchée ; les experts blaguaient, badins et heureux de se retrouver dans cet entre-soi joyeux et de bénéficier d'un tête-à-tête privilégié avec l'œuvre, un mardi alors que le musée était fermé. L'institution, pour s'assurer de leur discrétion, leur avait fait signer un engagement de confidentialité. En les voyant, Aurélien pensa qu'il leur serait difficile à respecter.

Daphné, retenue par une interview pour le *Time Magazine* dont on lui avait promis une double page, n'assistait pas à la réunion ; Aurélien se trouvait seul pour animer le débat et contenir les hostilités. Il avait toutefois le support du C2RMF, le Centre de recherche et de restauration des musées de France qui épaulait le Louvre dans ces missions, et dont Sigrid Imbert était la présidente.

Il introduisit les participants un à un et exposa la situation avec sobriété : s'ils étaient là aujourd'hui, c'est que le Louvre souhaitait entreprendre une réflexion sur la restauration de *La Joconde*. Le volume sonore monta d'un cran. Certains levaient déjà la main pour donner leur point de vue. Aurélien désamorça les velléités d'intervention des uns et des autres : l'objet de cette commission était justement de sonder l'avis des spécialistes émérites réunis ce jour, toutes les opinions seraient considérées, mais avant il fallait se plier à l'organisation de la séance et à son déroulement.

Il reprit sa présentation. Il se garda bien de parler des conclusions de CAMP et des motivations mercantiles qui pouvaient justifier l'opération. Il se plaça uniquement sur le terrain de l'appréciation de la couche picturale et redit ce que tout le monde savait : du fait de l'oxydation des vernis, les couleurs de la peinture s'étaient éloignées des teintes originales et il serait intéressant de réfléchir à s'en rapprocher de nouveau.

Pendant que l'équipe du C2RMF distribuait aux participants le dossier médical de *Monna Lisa*, Sigrid rappela en quelques phrases synthétiques que le chef-d'œuvre de Léonard, comme quantité de tableaux, avait fait l'objet de nombreux revernissages au gré des époques. Souvent effectuée à la demande de copistes désireux de mieux discerner les détails de leurs modèles, l'application d'une nouvelle pellicule de vernis sur des vernis anciens avait l'avantage de leur rendre pour un temps leur transparence. On appelait ce procédé « régénération » – ce qui faisait davantage penser à une crème de L'Oréal qu'au Titien. Mais inéluctablement la nouvelle couche s'oxydait pour devenir elle-même un film opaque et jaune, réclamant un autre revernissage. C'est ainsi que s'empilaient sur *La Joconde* de multiples couches de vernis, de formulations variées, gomme-laque, résine, qui la plongeaient dans une brume obscure et dénaturaient ses couleurs.

Sigrid présenta ensuite un bilan des analyses réalisées au laboratoire. Différentes techniques d'imagerie permettaient, sans toucher à la matière, d'éplucher la peinture comme un oignon, de l'effeuiller pour rendre compte de toutes les strates de sa composition. Si elles fournissaient de précieuses informations sur la conception du tableau et son histoire, cela n'apportait rien de nouveau sur son aspect ; les vernis avaient jauni, la question était de savoir s'il fallait, oui ou non, les enlever.

Un vent fébrile parcourut la salle, une rumeur lancinante faite de chuchotements, de hochements de tête, de grimaces et d'exclamations contenues. Aurélien invita tout le monde à se lever pour s'approcher de la peinture dont on avait exceptionnellement ouvert la vitrine blindée. Cela n'arrivait en principe qu'une fois par an pour l'inspection des capteurs d'humidité et de température. C'était d'ailleurs un tel événement qu'une année, la participation à ce rituel avait été mise aux enchères ; pour la modique somme de quatre-vingt mille euros, un pékin fortuné avait remporté le droit d'y assister. On trouvait l'argent où l'on pouvait.

Comme une classe dissipée, le petit groupe s'ébroua et se massa devant l'œuvre. Aurélien se posta à droite du tableau et les spécialistes s'approchèrent deux par deux, les uns après les autres, afin de pouvoir constater de près l'oxydation des vernis, les craquelures, tout ce qui avait été exposé précédemment et qui leur était du reste déjà archiconnu. Plusieurs fois, Aurélien dut écarter d'une tape sur la main un index imprudent pointant sa phalange à quelques millimètres de la peinture. Puis chacun regagna sa place, piaffant d'impatience d'exprimer à haute voix son avis.

André Mesclun, ancien directeur du département, ouvrit les hostilités. Il expliqua avec une indignation contenue qu'il s'opposait d'emblée à tout projet de restauration, fût-elle minime. Que de son temps, il s'était bien gardé de faire une chose pareille et qu'il estimait que ce n'était pas sérieux de jouer ainsi avec le feu. Il parlait lentement, en prenant de profondes inspirations qui semblaient surtout destinées à calmer son courroux. Son mécontentement était prévisible : depuis son départ de l'institution, André Mesclun s'était systématiquement élevé contre toutes les initiatives du département. Cette première objection donna lieu à un brouhaha intense et déclencha une salve de réactions. On échangea vivement par petits groupes. On s'interpellait, on s'échauffait, on avait quelques mouvements d'humeur.

Jean Vannot, qui avait précédé André Mesclun et qui éprouvait la même inimitié pour son successeur que son successeur pour Aurélien – conformément à une règle tacite qui prévaut dans la plupart des organisations –, décida à la surprise générale de se rallier à lui.

« Une fois n'est pas coutume, je me range à l'avis de Mesclun. Ce serait tout à fait irresponsable de toucher à *La Joconde*. Elle ne nous appartient pas ! C'est un bien commun dont nous sommes seulement dépositaires, un bien qui appartient à huit milliards de personnes et aux milliards à venir qui nous suivront sur cette terre. Nous sommes les garants de ce patrimoine inestimable et je vois dans cette entreprise la marque d'une grande vanité. Et puis nous n'en avons aucune nécessité, *Monna Lisa* n'est pas en danger !

— Tout à fait ! renchérit Mesclun, brièvement interloqué par ce soutien inespéré. Il faut cesser avec cette manie de restaurer les peintures pour des raisons douteuses, pour les conformer à je ne sais quel idéal publicitaire ! Il faut en finir avec ces opérations esthétiques et cette quête du spectaculaire ! *La Joconde* n'a pas besoin d'une restauration ! »

Ses boucles blanches revenaient à l'avant de son crâne cramoisi comme une couronne de lauriers, toute tremblante sous le coup de son agitation.

Aurélien se retint d'acquiescer à ces arguments qu'il partageait. Son rôle lui imposait une certaine neutralité. Il y eut un silence grave avant que la cacophonie ne reprenne de plus belle. Du fond de la salle, une voix fusa à l'adresse des anciens directeurs : « C'est justement notre devoir que d'agir ! Que voulez-vous : qu'elle disparaisse dans les limbes ? »

D'autres abondèrent : « Illisible ! Elle est devenue illisible !

— Elle est jaune !

— Elle est verte !

— C'est honteux de montrer une œuvre dans un état pareil ! »

Le volume monta d'un cran. Aurélien s'efforçait mollement d'apaiser la situation et de faire circuler la parole.

Mesclun, à moins que ce fût Vannot, s'écria : « Cet aspect que vous semblez déplorer, c'est l'état historique de *La Joconde* !

— His-to-rique ! assena l'autre.

— Elle a toujours été comme ça !

— Léonard n'a pas besoin de couleurs ! » éructa Mesclun tandis que Vannot secouait vivement la tête en signe d'approbation.

Après tant d'années de haines et de coups bas, de confidences assassines, de médisances disséminées au vent mauvais, après tant d'années d'une détestation connue de tous, les voir soudés derrière une cause commune réchauffait les cœurs ; c'était même un sacré espoir pour la condition humaine.

Quant à leur argument, il était vieux comme Hérode. Dans son *Naturalis Historia*, Pline l'Ancien avait déploré l'apparition de nouveaux pigments venus d'Inde, jugeant l'augmentation de la gamme chromatique responsable d'un déclin de l'art pictural. Selon Pline, les meilleurs peintres n'avaient pas besoin de couleurs, la grisaille suffisait à exprimer leur talent et pour illustrer son propos il avait pris l'exemple d'Apelle de Cos, le plus grand de son temps, adepte d'une palette restreinte. Et puisque Apelle et Léonard partageaient certains traits, à commencer par leur génie et un goût pour l'inachevé, l'opinion de Pline sur Apelle, peintre sans couleurs, s'était naturellement transposée à Léonard. « Miroir profond et sombre », avait écrit Baudelaire. Pourtant, cette réputation était infondée. Au fil des restaurations, on découvrait la richesse de la palette de Vinci. Dans son *Traité de la peinture*, le maître lui-même faisait grand cas de l'utilisation des couleurs. Et puis récemment une intervention sur *La Joconde* du Prado, une copie d'atelier, contemporaine de Léonard, avait mis au jour des tons plutôt vifs qui pouvaient donner un aperçu des véritables nuances de *Monna Lisa*. Mais Aurélien conserva un silence de mauvaise foi.

Une frêle silhouette se dressa au milieu du capharnaüm. On reconnut la doyenne de l'assemblée, restauratrice de renom, et par respect pour son âge on se tut. « Mesdames, messieurs, chers confrères – bien qu'elle soit particulièrement menue, sa voix portait dans la salle des États –, comme vous le savez tous ici, la difficulté avec Léonard, c'est l'usage qu'il fait de glacis très fins et très légèrement teintés grâce auxquels il obtient son modelé inimitable, le sfumato. *La Joconde* est le tableau où il est à l'apothéose de cette technique. Dissoudre les vernis, c'est risquer de dissoudre les glacis en dessous. Enlever trop d'épaisseur de vernis pourrait conduire à perdre des informations de couleurs, à durcir les dégradés et à faire disparaître de subtils détails, à altérer définitivement la couche picturale. Voilà pourquoi nous nous sommes toujours gardés d'intervenir sur ce tableau. Pourquoi les choses seraient-elles différentes aujourd'hui ? »

Le brouhaha recommença de plus belle. On rétorqua que les techniques avaient évolué. Le solvant en gel, en demeurant en surface, permettait d'éviter la dissolution trop rapide du vernis et offrait un meilleur contrôle de l'opération. On ajouta qu'avec les technologies actuelles, on pouvait mesurer avec précision l'épaisseur des couches de vernis restantes. Des sondages réguliers empêcheraient toute erreur fatidique, ils pourraient avoir lieu pratiquement en temps réel. Ce dernier argument sembla particulièrement convaincre. Le dossier du C2RMF mentionnait quarante à soixante-dix microns, et plus encore dans les parties inférieures du tableau ; on avait de la marge avant d'atteindre les glacis. Et puis il y avait la commission. Ses membres surveilleraient attentivement la progression de l'allègement. Non, la vraie question était esthétique. Ceux pour qui la nécessité d'une restauration ne faisait pas de doute s'interrogeaient : jusqu'où devait-on aller dans l'amincissement des vernis pour quel résultat ? Était-on prêts à voir surgir des couleurs éclatantes en lieu et place des jaunes verdâtres, sombres et opaques ?

« Les vernis harmonisent les tons, apaisent les contrastes, fondent les différents plans de la composition dans un ensemble cohérent ! Ils permettent la *finestra* d'Alberti ; sans eux, le tableau n'est que matière stridente et brute !

— Foutaises, on n'y voit rien ! Il faut les enlever ! »

On épilogua longtemps.

Alors Mesclun reprit la parole. Il parla de mission et de responsabilité, il parla de vocation et d'héritage, il parla des pyramides antiques et de l'impermanence des hommes, de l'élégance des vieilles dames et de l'amour protecteur, paternel, oui, c'est ce qu'il dit, l'amour paternel pour les œuvres. Il parla des affreux bouleversements qui agitaient l'époque, la perte des repères, l'orgueil fou des nouvelles générations. Il fustigea les yeux insatiables de la société du spectacle, il pointa le wokisme et la *cancel culture*. On avait un peu du mal à suivre mais il était en verve, sa prose bondissait d'une idée à l'autre, élargissant les concepts bien au-delà de la peinture, ressuscitant de vaillantes figures du passé pour combattre les épouvantails du présent, convoquant Huysmans et Péguy, déroulant un monologue éloquent, incisif, fleuve vif et tortueux. Il décrivit encore d'arrogantes vanités et le veau d'or tout clinquant, il faillit évoquer Dieu mais il se retint. Il mentionna Rosenberg, ancien président du Louvre, ce qui était à peu près comme évoquer Dieu. « De son temps, jamais nous n'aurions osé ! » et cela sonnait presque comme un regret maquillé *a posteriori* en volonté. Puis il conclut sur une supplique étranglée : « Mes amis, je vous le demande… Pourquoi changer ? » Et là, il ne parlait plus seulement de *La Joconde*, c'était bien plus vaste, cela concernait des milliers d'autres choses, des milliers de choses qu'il avait connues et aimées ; les douces images de son enfance, la petite école de la Providence et les jeux de billes à l'ombre du gros marronnier, les costumes croisés de son père, les lignes bonhommes de la Facel Vega, les sourires ingénus des jeunes filles, l'imparfait du subjonctif, toutes ces choses disparues et regrettées, soufflées par le vent du changement. Il répétait « Pourquoi changer ? » et cela ne concernait plus *La Joconde*, non, cela concernait le monde tout entier. Alors son timbre se brisa sous le coup de l'émotion et on s'aperçut qu'il sanglotait. Mesclun s'était effondré sous le poids de sa nostalgie ; il avait l'air maintenant d'un oisillon abandonné, sa pomme d'Adam faisait des va-et-vient rapides dans son cou maigre et ses épaules étaient secouées de petits tremblements. Sa sincérité était désarmante, on avait une furieuse envie de le réconforter, et Vannot, magnanime, faisant fi de décennies de conflit, passa la main sur le dos de son successeur avec une tendresse maladroite.

La commission était un peu sonnée et Aurélien proposa de voter à main levée un accord de principe. Pendant quelques instants, l'assemblée resta figée et il espéra qu'elle s'en tiendrait à cette situation immobile. Mais un doigt timide, puis un autre entraînèrent un mouvement général et presque tous levèrent finalement la main. Au résultat du vote, Mesclun et Vannot se dressèrent d'un seul bond. Alors qu'ils s'éloignaient, l'aile Denon résonna un moment de leurs pas et de leurs invectives : *sacrilège*, *orgueil démentiel* et *terre brûlée*.

À contrecœur, Aurélien dut conclure que l'institution prenait bonne note de la volonté collégiale de restaurer le chef-d'œuvre et que l'on serait amené à se revoir bientôt. Il aurait pu tenter d'influencer ce jugement ; il s'était contenté de laisser faire, comptant sur le conservatisme des experts qu'il avait de toute évidence surestimé. Avant de quitter la salle, quelqu'un fit remarquer que, en définitive, l'ultime responsabilité reviendrait à la main chargée de manier le coton-tige imbibé de solvant.

En rejoignant le hall Napoléon, Aurélien trouva Daphné en train de se faire photographier en robe longue au pied de la *Victoire de Samothrace* sous le regard attentif de la correspondante du *Time*. La présidente se prêtait au jeu de bonne grâce. Un make-up artiste et une styliste s'affairaient autour d'elle avec des gestes vifs et précis. Un technicien orientait un ventilateur pour animer ses cheveux et semblait éprouver quelques difficultés avec le réglage de l'intensité. Le photographe donnait des instructions contradictoires et deux stagiaires filmaient sur leur portable un making-of à destination des réseaux sociaux. Aurélien contourna discrètement le groupe, gagna le Carrousel, monta les escalators et sortit rue de Rivoli.

Farrow & Ball

Dans le bus qui le ramenait chez lui, la vision d'Aurélien se troubla subitement. La cage thoracique oppressée dans un étau invisible, il haletait, le souffle court. De grosses gouttes de sueur roulèrent le long de ses tempes pour venir s'écraser à ses pieds. Alors qu'il se cramponnait à la barre, un passager remarqua son état et l'aida à descendre quelque part sur le boulevard Saint-Germain. Il reprit ses esprits sur un banc. La nuit tombait, il avait plu, le sol était lustré et les phares s'y reflétaient, flous et étirés. Sur les trottoirs, les silhouettes se pressaient à petits pas rapides, courbées pour fendre le soir vers des foyers qu'il imaginait chaleureux et accueillants. Il se leva au moment où un SDF s'approcha pour lui tenir compagnie et s'éloigna sous les imprécations de celui-ci. Il décida de regagner son appartement à pied et cela lui fit du bien de sentir sur ses joues le baiser mordant de la nuit.

Paris, que la pluie avait rendu brasillant, était beau et mélancolique. Cela lui mit du baume au cœur et il respirait un peu mieux à présent. Il s'étonnait d'être toujours aussi sensible aux charmes de la ville, d'être aussi émotionnellement réceptif à tout ce qu'elle présentait d'attendu et de cliché. Il remonta la rue Monsieur-le-Prince jusqu'à la place Edmond-Rostand et, de là, gagna la rue Malebranche. Il trouva l'appartement vide. Il n'enleva pas son manteau et s'affala dans un des fauteuils du salon. Il laissa flotter dans l'espace un regard désabusé. Il ne reconnaissait plus tout à fait l'endroit.

En emménageant chez lui, Claire lui avait fait promettre que ce serait transitoire, qu'ils chercheraient bien vite un lieu à eux, qui leur ressemble. Il avait opiné mollement, car au fond il ne tenait pas à bouger. Il aimait son quartier et ne se voyait surtout pas vivre ailleurs. Quand Claire s'y était installée, l'appartement était rempli de livres, ses murs couverts de tableaux, des coffres en bois sculptés et des buffets disproportionnés faisaient office de rangement. Chaque objet avait été choisi avec soin pour son intérêt sentimental ou historique. Si de prime abord elle avait trouvé amusantes les chaises cathèdres néogothiques et la grande tapisserie décolorée, elle avait rapidement relégué tout ça à la cave pour le remplacer par un mobilier scandinave aseptisé. Il avait lutté comme il le pouvait, mais de mois en mois l'appartement avait été dépouillé de tout ce qui faisait son identité.

La vision de ce dénuement fasciste l'oppressa et Aurélien se leva pour gagner son bureau. La pièce était un asile, la seule encore qui pouvait témoigner de qui il était, un sanctuaire perpétuellement assiégé par les suggestions décoratives de Claire : « Comment peux-tu travailler dans ce foutoir ? Tu ne veux pas faire entrer la lumière ? Que dirais-tu de le repeindre ce week-end ? Regarde ce Pavilion Gray chez Farrow & Ball, c'est lumineux, non ? » Il résistait.

Des centaines de livres et de catalogues d'exposition encombraient les étagères, des monographies en plusieurs volumes étaient posées à même le sol et servaient de supports à des lampes et à des bibelots. Une armoire compilait une importante collection d'ouvrages consacrés à Andrea del Sarto, dont quelques-uns étaient de sa main – peut-être jusqu'ici sa meilleure contribution au monde.

Il en saisit un qu'il feuilleta pensivement. Il s'arrêta sur une représentation pleine page de la *Charité*. L'œuvre avait été réalisée en 1518, alors qu'Andrea était à Amboise. Au même moment, dans la même ville, Léonard entrait dans la dernière année de sa vie. La cité était petite, les deux Florentins s'y étaient forcément rencontrés. Que pensaient-ils l'un de l'autre ? Andrea admirait Léonard, mais que pensait Léonard d'Andrea ? Del Sarto s'était certainement rendu au Clos Lucé, il avait dû y voir *La Joconde* et *La Sainte Anne* dont la composition de toute évidence avait inspiré la *Charité*.

Pourquoi Aurélien avait-il choisi de se consacrer à del Sarto plutôt qu'à Léonard ? Avait-il craint d'affronter le génie polymathe, irréductible et écrasant de Vinci ? Au fond, qu'est-ce que son amour pour del Sarto disait de lui ?

Dessinateur exceptionnel, peintre infaillible, coloriste subtil et inspiré, « Andrea sans erreurs » avait synthétisé toutes les avancées de son temps, mais il avait aussi compris qu'il ne pourrait jamais surpasser ses glorieux prédécesseurs dans l'imitation de la nature. Del Sarto était en quelque sorte arrivé trop tard, les places étaient déjà prises et superbement occupées. C'était pour l'histoire de l'art un artiste encombrant. Sa virtuosité semblait mal s'accorder avec sa personnalité de mari docile, à la fortune changeante et aux préoccupations terre à terre. Avec ses affaires et ses combines, ses problèmes de couple, ses ambitions modestes, son caractère timide et dévoué, del Sarto renvoyait à quelque chose d'un peu banal, sans panache et presque trivial qui contrastait avec la *terribilità* de Michel-Ange, la grâce irrésistible et grandiose de Raphaël, le génie monumental de Vinci.

La nature inquiète du peintre qu'on imaginait volontiers assailli de soucis transparaissait dans ses tableaux, leur prodiguant une atmosphère sombre et tourmentée qui en faisait la profondeur. Del Sarto était humain. Foncièrement humain. Si humain que son immense talent était suspect. Et c'est précisément pour cette raison qu'Aurélien l'aimait. Plus il vieillissait, plus il le comprenait, del Sarto, plus il l'aimait, d'une tendresse fraternelle, compagnon de frustration épuisé par les aléas de la vie, malmené par une femme qu'il aimait trop et qui, en retour, ne l'aimait pas assez.

Claire n'était pas rentrée. Il était 21 heures quand il reçut un message laconique : « Retenue en réunion, ne m'attends pas pour dîner. Il y a des lasagnes au congélateur. » Aurélien savait que Claire n'était plus heureuse dans leur couple. Elle lui reprochait d'être vieux avant l'âge, mais il avait toujours été vieux. Bien sûr, il n'était pas un de ces conservateurs coincés au

XIXe siècle en gilet et foulard en soie, qui fument la pipe ou lisent l'heure sur une montre à gousset. Mais derrière ses vestes bien coupées, ses cols roulés en mérinos et son apparente décontraction, à l'intérieur il se savait comme eux, la fantaisie en moins. Il comprenait tout à fait que l'on puisse se lasser de lui. Cela faisait un moment qu'il ne s'était pas surpris lui-même. Il lui pardonnait tout ce qu'elle pouvait faire pour tromper son ennui à condition qu'elle préserve les convenances, qu'elle soit à ses côtés pour aller dîner en ville et pour l'accompagner aux inaugurations des expositions, et tant pis si l'on ne se parlait plus tellement pendant le trajet retour.

Tant pis aussi si les rapprochements physiques étaient rares – l'année passée les comptait sur les doigts d'une main –, et les initiatives d'Aurélien toujours repoussées. Parfois, il arrivait qu'elle voulût bien de lui sans qu'il puisse s'expliquer ce qu'il avait fait pour le mériter. Et alors qu'il étreignait son corps adoré, cherchant la réciprocité de son amour dans le frottement de leur peau et la synchronisation de leur souffle, ses yeux à elle restaient désespérément clos, poursuivant dans sa tête des fantasmes où de toute évidence il ne figurait pas.

23 h 30 et Claire n'était toujours pas là. Il sentait le sommeil le gagner. Il lui parlerait de *La Joconde* une autre fois. À tous les coups, elle trouverait super l'idée d'une restauration. Enfin un peu d'action. Peut-être même qu'elle lui dirait que c'était une chance, une opportunité pour sa carrière.

Rue de Valois

Dès lors que la commission avait prononcé un avis favorable à la restauration de *La Joconde*, Daphné avait informé le ministère du projet. Le lendemain, sur invitation pressante de la ministre catastrophée, Daphné et Aurélien accoururent rue de Valois.

Il était encore tôt. Perçant un plafond de nuages bas, le soleil dardait ses rayons obliques sur les colonnes de Buren. Dans cette lumière ouatée et quelque peu surnaturelle, elles apparaissaient comme le vestige émergé d'un temple de science-fiction. Aurélien se rappelait les propos de sa mère à l'endroit de ces « troncs de bagnards ». Voilà ce à quoi ressemble une apocalypse esthétique, lui avait-elle dit, une défiguration organisée par un pouvoir démagogue qui préférait niveler par le bas plutôt qu'éduquer. Le résultat était cette pâle imitation de la perfection antique, qui n'osait plus prétendre être une copie, seulement l'évocation schématique et simpliste d'une référence lointaine. Un aveu de faiblesse et d'impuissance à rivaliser avec le génie des anciens, et même, n'ayons pas peur des mots, un signe de décadence. Sans doute, la fin du monde adviendrait dans un torrent de laideur par la perte du sens commun et de la valeur esthétique des choses.

Pourtant, des années après, c'était curieux de voir comment, de la même manière qu'elle s'était accoutumée au Centre Pompidou, l'opinion publique avait apprivoisé les colonnes de Buren, oubliant l'intense polémique qui en avait agité la conception et qui avait été pour le tandem Mitterrand-Lang un galop d'essai aux violents débats que provoquerait un peu plus tard la pyramide de Pei. Aujourd'hui les colonnes s'étaient embourgeoisées, et peut-être qu'on avait fini par les aimer. Aurélien lui-même, dans cette lumière matinale, était confus quant à son jugement et ne se sentait pas tout à fait capable de les détester.

Ils traversèrent la cour puis le péristyle de Valois, Aurélien à la peine sur les talons de Daphné qui marchait d'un pas énergique. Ils franchirent le sas de l'entrée, une porte-carrousel à la manière des grands hôtels. Daphné la poussa si fort qu'Aurélien, derrière elle, évita de justesse l'un des battants vitrés. On vint les chercher dans le hall d'accueil, puis on les fit patienter un moment sous les ors clinquants du salon Jérôme, ce qui devait être une mise en condition obligatoire avant de rencontrer la maîtresse des lieux. Les deux pensionnaires du Louvre n'étaient pas impressionnés. Daphné rivée sur son téléphone n'avait pas levé les yeux. Elle avait enlevé ses souliers et jouait nonchalamment avec, du bout des orteils. Aurélien admira quand même les élégants contrastes chromatiques du tapis de Savonnerie. Finalement une porte s'ouvrit et la ministre apparut. D'emblée, elle les remercia de s'être déplacés en voisins et les invita à la suivre dans le bureau attenant.

La ministre était une personne remarquablement affable, ronde dans ses manières et dans ses traits. Elle était apprêtée avec l'orgueilleuse sophistication d'une pâtisserie délicate, laquée et poudrée dans des camaïeux de rose pêche et de carmin. Dissimulé derrière une bonhomie souriante, Aurélien lui trouva un regard alerte et mobile qui trahissait un esprit vif. Elle n'y alla pas par quatre chemins. Cette restauration, était-ce bien utile ? Ne pouvait-on pas attendre les législatives ? Voyez-vous, ce n'était pas facile pour le gouvernement, tout le monde avait une affaire sur le dos en ce moment. Les polémiques s'enchaînaient à un rythme effréné. Alors si l'on pouvait prendre le temps de la réflexion…

Daphné l'écoutait sans un mot, mais le tapotement de ses doigts contre l'accoudoir manifestait son impatience. Elle profita d'un ralentissement dans le flot de l'argumentaire ministériel pour l'interrompre. Il fallait une certaine expérience pour déceler dans le ton de sa voix l'affleurement d'une subtile âpreté. Elle expliqua qu'on ne pouvait éternellement surseoir. Quelqu'un devait s'y coller. C'était la mission de l'institution de présenter des œuvres dans les meilleures conditions possible. La réputation du Louvre était en jeu. Il fallait agir. Elle n'avait pas l'habitude de fuir ses responsabilités.

L'expression de la ministre se figea. Elle plongea son regard dans celui de Daphné. Le temps de cet instant suspendu, les deux femmes se jaugèrent. Quelque chose de tranchant et de pointu affleura à la surface du visage cordial de la ministre. Aurélien pensa à un éclat de verre dans un pot de miel.

En miroir, Daphné maintenait le contact et répondait de sa meilleure arme, un sourire à la sérénité indestructible. Les mots ici n'avaient plus d'importance. Cela se jouait ailleurs, dans l'agencement subtil de ses traits, le pli de sa bouche, le retroussement de ses lèvres, l'angle précis de leurs commissures. Cela se jouait au-delà du langage. Qu'avait-il de si spécial, ce sourire à nul autre pareil, qu'il pouvait exprimer toutes les humeurs ? Peut-être, se disait Aurélien, qu'il souriait tout autant dans la souffrance que dans la peine, son sourire, peut-être qu'il souriait de même dans la jouissance comme dans toutes les autres émotions de la vie ? Dans cette brève mais intense passe d'armes, Daphné avait indubitablement l'avantage. C'était fascinant à observer.

Finalement, la ministre retrouva une expression amicale.

« Il ne s'agit pas de fuir ses responsabilités », répliqua-t-elle calmement.

Elle se tourna vers Aurélien. « Et vous, qu'en pensez-vous ? »

S'il avait eu un peu de courage, Aurélien aurait répondu qu'il n'y avait aucune urgence. Que selon lui, on pouvait encore y réfléchir quelques années. Au lieu de ça, il s'entendit dire ce que l'on attendait de lui et restitua l'avis de la commission : l'œuvre n'était plus lisible, il fallait la restaurer.

« Ah, comme c'est ennuyeux ! »

La ministre se leva et fit les cent pas dans la pièce. Elle précisa un plan, au conditionnel : si l'on y allait, il faudrait avancer discrètement, le temps de procéder à l'appel d'offres et de mettre en place le protocole de la restauration. Le moment venu, on communiquerait. D'ici là, la commission des experts devrait être élargie d'un représentant de l'État. M. Mauricet, de la direction générale des Patrimoines, pourrait être un parfait contrôleur. Surtout, à la moindre hésitation, il faudrait suspendre le processus. Tout cela l'inquiétait beaucoup et, en temps et en heure, elle devrait avertir le président. Elle-même voudrait être tenue au courant à chaque étape de l'avancée du projet. Elle irait voir de ses propres yeux. Parfois à l'improviste, entre deux rendez-vous, en voisine. Il faudrait s'y attendre. Avait-on déjà un nom pour le restaurateur ? Elle avait entendu parler d'un Italien. Était-il encore en activité ? Bon, elle faisait confiance, c'était dans les prérogatives de l'institution de trouver la personne adéquate. Mais quelle tuile que cela arrive maintenant ! N'y avait-il pas moyen de repousser ? Daphné tenait la position, inflexible.

Subtilement, le ton de la ministre évolua pour se faire plus assertif. L'idée folle de la restauration devenait sienne. Aurélien constata ce changement avec résignation.

« Il faut missionner un cabinet pour nous aider sur la communication. On ne va pas y aller à poil, il ne faut pas s'attendre à ce que l'on nous fasse le moindre cadeau. Il y a de sacrés phénomènes dans ce milieu, de sacrés hystériques. Ils vont crier vandales avant même qu'on ne bouge le petit doigt. Il faut être préparés. McKinsey ? Oui, très bien, McKinsey. On peut leur faire confiance. Enfin, quand même, pourquoi est-on si pressé ? »

C'est sur ces mots qu'ils furent raccompagnés à la porte. Dans la cour d'honneur, Aurélien fut ébloui par le soleil, désormais haut dans le ciel. Les nuages s'étaient dissipés pour faire place nette à une clarté radieuse qui se réfléchissait en miroir sur les rares flaques de la veille. Ils firent quelques mètres et Daphné se tourna vers lui. « Bravo, tu as été parfait ! » Elle fouilla dans son sac et en sortit une cigarette électronique. « Elle fait des injections, la ministre, non ? » Elle tira quelques petites taffes saccadées, l'air se chargea d'une écœurante odeur de pop-corn. « Maintenant, c'est à toi de jouer ! Bon, je file, j'ai un rendez-vous. » Elle le planta là et s'éloigna d'un pas rapide. Alors qu'elle était déjà à quelques mètres, elle se retourna et brandit dans sa direction ses deux poings, pouces levés. Aurélien lui rendit un signe de la main et resta au milieu des colonnes, désœuvré.

Daphné avait raison. Une étape avait été franchie. À ce stade, il n'y avait plus de retour en arrière possible. Cette conversation avait mêmement scellé le destin de *La Joconde* et le sien. Qu'avait fait le conservateur pour empêcher qu'on en arrive là ? Peu de chose, en vérité.

La culture était une affaire sérieuse en France. Maintenant que la restauration était formellement décidée, le rouleau compresseur de la machine administrative allait prendre le relais. Il faudrait rédiger quantité de rapports et de comptes rendus. Documenter précisément chacune des étapes. Voilà qui allait encore détourner Aurélien de sa passion : voir, lire et penser la peinture. Les bras lui en tombaient déjà.

Devant lui, des enfants jouaient à chat perché avec une joie tapageuse. L'un d'eux toucha Aurélien et après lui avoir lancé « C'est toi le chat ! » grimpa sur une colonne qui faisait deux fois sa taille avec une agilité stupéfiante. Une seconde plus tard, une nuée de gosses surexcités tournait autour du conservateur, le frôlant comme un essaim vrombissant. « Par ici, par ici », scandaient-ils en le narguant. Il tenta vaguement de se débarrasser de la charge qui lui était tombée dessus en agitant les bras, mais ses gestes maladroits étaient vains, les mômes insaisissables. Ils ne faisaient pas l'effort de se percher, ils le défiaient à quelques centimètres de ses doigts, bondissant en arrière comme des ressorts, vrillant sur eux-mêmes comme des anguilles. Puisque Aurélien s'avérait incapable, et que visiblement il n'y mettait aucune bonne volonté, les enfants décrétèrent à l'unisson que le chat était nul, et l'un d'eux fit exprès de se laisser toucher pour relancer la dynamique du jeu, fortement enlisée. La menace redevenue réelle, Aurélien vit le reste de la nuée escalader les colonnes aussi vite que des araignées. Peut-être était-ce là le véritable dessein de Buren, créer le meilleur terrain de chat perché au monde.

En contournant la pyramide pour regagner la porte des Lions, Aurélien eut une pensée pour Michel Laclotte disparu quelques années auparavant. Son parcours exemplaire était intimidant : né entre les deux guerres et passé par l'École du Louvre, Laclotte était, comme lui, spécialiste des Renaissances italienne et française. Sa thèse qui portait sur la peinture toscane conservée en France l'avait amené à travailler au rassemblement des œuvres de la collection Campana dispersées dans d'innombrables musées de province en un lieu unique, le musée du Petit Palais à Avignon. Grâce à ce fait d'armes et à la réalisation d'expositions remarquées, il fut nommé à seulement trente-sept ans chef du département des Peintures du Louvre par André Malraux. La valeur n'attend pas le nombre des années.

Un soir, alors qu'il rentrait du Louvre à pied, Michel Laclotte traversa le pont du Carrousel et entra dans la gare d'Orsay désaffectée. Abandonnée par la SNCF à la fin des années cinquante, on avait voulu la détruire pour la remplacer par un hôtel. Plusieurs architectes avaient été sollicités, dont Le Corbusier qui avait proposé un ouvrage brutaliste de trente-quatre étages. Finalement, la bronca de l'opinion avait sauvé l'ancienne gare. Elle avait été classée monument historique de justesse et depuis elle végétait, en attente d'un plan de réhabilitation. Avisant la verrière qui couvrait les voies, Laclotte eut l'inspiration divine d'y héberger la peinture du XIXe siècle et les collections impressionnistes, à l'étroit dans les annexes du Louvre. Il souffla l'idée à Giscard qui, convaincu, le chargea du projet et du transfert des œuvres. Une fois le musée d'Orsay aménagé et rempli des splendeurs que l'on connaît, il en devint conservateur en chef sans pour autant quitter ses fonctions au Louvre. Lorsque le programme du Grand Louvre et la construction de la pyramide de Pei furent annoncés et débattus, Laclotte, mélange efficace d'un tempérament obstiné et d'une nature chaleureuse, fédéra ses collègues conservateurs pour apporter un soutien public à Jack Lang. Sans surprise, il se vit offrir la direction de l'établissement qu'il présida pendant huit ans, avant de participer à la création de l'Institut national d'histoire de l'art. Bref, une carrière magistrale.

Aurélien s'était souvent demandé ce qui lui avait valu sa propre nomination à la direction du département des Peintures. Il en avait conclu que c'était un choix raisonnable. Bien sûr, on reconnaissait sa rigueur scientifique et sa manière lumineuse, presque exaltée, de parler des œuvres, mais de nombreux conservateurs avaient ce genre de qualités. Il se disait parfois qu'il avait été choisi parce qu'on avait besoin d'un peu d'accalmie : il était en somme un parfait compromis entre les mandarins aux personnalités écrasantes qui avaient régné sur le département des décennies durant et la jeune génération dont on soupçonnait qu'elle voulait tout casser. Son caractère conciliant, sa façon d'arrondir les angles et de ménager les susceptibilités avaient dû jouer en sa faveur. On lui prêtait à raison un ego modéré – ce que Claire appelait un *désolant manque d'ambition* ; et c'est vrai qu'il ne projetait pas de devenir ministre ou académicien, ni d'écrire prématurément ses Mémoires. On avait vu en lui le choix de la continuité, il était conservateur – au sens des valeurs –, mais un conservateur déjà érodé, assoupli par la réalité de la société, amolli en quelque sorte par un fatalisme lucide. Pas un réactionnaire donc, et surtout pas le type à imposer des expositions sur le genre, ou obsédé à l'idée de superposer des concepts du XXIe siècle sur la peinture baroque. Bref, quelqu'un de modéré.

En définitive, sa seule et véritable lacune était son absence de vision stratégique, son incapacité à dépasser son propre contexte pour embrasser quelque chose de plus large et de plus grand, qu'importe son nom : esprit du temps, *Zeitgeist*, ou sens de l'époque. Il aurait aimé être de ceux qui dans l'exécution de leur tâche entrent en résonance avec le monde et préfigurent les attentes de leurs contemporains. Mais peut-on seulement étreindre les mouvements du temps quand, au fond de soi, on a fini par les craindre ?

La trajectoire parfaite de Laclotte avait cela de sidérant qu'elle conjuguait une connaissance historique exceptionnelle avec une intuition visionnaire et un esprit d'ouverture rare chez un historien de l'art. Passionné par l'art contemporain, ami fidèle de Pierre Soulages à qui il avait confié l'élaboration des couleurs pour les salles des Peintures, Laclotte enseignait aux élèves de l'École du Louvre à toujours rester à l'écoute de la création de leur temps. C'était un Janus superbe, un visage vers le passé et un autre vers l'avenir, un homme de transition, un vecteur temporel. Un type qui aurait plu à Claire. Un type qui aurait embrassé le futur et la restauration de *La Joconde* sans tergiverser, parce que c'est la marche du monde.

La fonction des images

Si Aurélien n'avait jamais pu communiquer avec César, être fondamentalement taciturne qui vouait au compagnon de sa mère une détestation cordiale, Zoé et lui avaient été relativement proches lorsqu'elle était plus jeune. Il se souvint d'avoir même éprouvé un bref mais réel sentiment de paternité la fois où l'école avait appelé parce qu'elle s'était foulé le poignet et que, Claire retenue en réunion, il était venu la chercher pour l'accompagner à Necker. L'attelle posée, ils avaient fini au McDo pour la plus grande joie de la petite et il s'était fait expliquer les subtilités du menu avec l'intérêt d'un Lévi-Strauss chez les Papous. Une autre fois, il avait reçu toute sa classe au Louvre pour une visite privée et il avait été ému de déceler dans les yeux de Zoé un zeste de fierté à son endroit, ce qu'il n'avait, hélas, jamais su ressusciter par la suite. Devenue adolescente, Zoé passait de plus en plus de temps chez son père qui avait l'avantage d'habiter près de son lycée et dont la permissivité dépassait celle de Claire, ce qu'Aurélien avait du mal à imaginer. Comme si les enfants accompagnaient le délitement du couple, ils s'étaient éloignés au fil des ans et le voyaient de moins en moins.

Les rares fois où ils étaient là, ils étaient tous deux accaparés par leurs écrans, ce qui ne semblait pas déranger Claire. Aurélien, qui n'interférait jamais, s'était toutefois un jour autorisé un mot. « Ils ne lisent pas de livres, tes enfants ? — Des livres, pour quoi faire ? Regarde autour de toi : le futur, c'est ça ! Il faut leur faire confiance. » Aurélien n'avait rien répondu, mais sa réaction l'avait attristé car il pressentait que Claire, quelque part, avait raison. César était parti en Australie où il avait intégré une équipe de *gamers* professionnels. Il gagnait des ponts d'or à trucider des types en pixels – tout cela était assez abstrait pour Aurélien. Plus sociable que son frère, Zoé était une jeune adulte dynamique et épanouie, plutôt mature pour son âge. Son bac en poche, elle se destinait à la communication digitale et elle avait certainement des compétences en la matière si l'on se référait au nombre de gens qui la suivaient sur les réseaux sociaux et qu'elle appelait, avec une évidente satisfaction, sa *communauté*.

Zoé passait le plus clair de son temps libre à scroller des photos et des vidéos sur son téléphone, l'équivalent de dizaines de magazines par heure. Avec nonchalance, son pouce augmenté d'un ongle démesuré au contour fluo faisait défiler une interminable colonne d'images. Parfois la pulpe du doigt venait au contact de l'écran stopper l'inertie du mouvement pour déposer un *like*, ou tapoter un commentaire furtif, avant de relancer le flux d'un microgeste économe et paresseux. Quelques rares émotions traversaient son visage en vagues éphémères, mais la plupart du temps elle levait à peine un sourcil indolent. C'était une occupation sérieuse.

Aurélien avait tenté de s'y intéresser et de bonne grâce elle lui avait fait une démonstration. Elle avait installé Instagram et TikTok sur son iPhone, et l'avait abonné à des comptes d'influenceurs culture – « Tiens, ça, c'est pour toi ! » – ainsi qu'à celui de Justin Bieber, pour la blague. Elle avait fait défiler le *feed* d'un barbu obsédé par les culs des statues et celui d'une jeune femme qui créait des mèmes à partir de peintures connues. « J'ai le seum », disait un naufragé de *La Méduse*. Aurélien avait noté ces noms consciencieusement sur un carnet en vue de les suggérer au service communication ; grâce à cela, il avait gagné quelques points devant les jeunes conservateurs de son département et même devant Daphné qui, ébahie, l'avait doucement raillé pour ce souci de modernité inattendu.

« Tu fais quoi de toutes ces images après les avoir vues, tu les gardes ?

— Ouais, parfois je les enregistre. Enfin de moins en moins. Maintenant, c'est plus des *stories* et des *lives*, tu vois ?

— Des *stories* ? » Non, Aurélien ne voyait pas. Elle venait de lui expliquer mais il avait déjà oublié de quoi il s'agissait.

Elle le regarda, l'air un peu désolé : « Des contenus éphémères, si tu préfères. »

Il hocha la tête.

« Tu sais que je faisais des collections d'images quand j'étais plus jeune ?

— Avec ton téléphone ?
— Non, dans un cahier.
— Marrant ! » avait-elle répondu.
Dans le monde de Zoé, il n'y avait pas plus ringard qu'Aurélien.

Aussi loin qu'il s'en souvenait, Aurélien avait été attiré par les images. Enfant déjà, il les analysait avec application. Au-delà de leur attrait esthétique, il s'était toujours inquiété du sens qu'elles contenaient. Il avait noté que les images qui lui plaisaient le plus étaient celles qui le plongeaient dans une certaine perplexité, celles qui, par leur mystère, stimulaient sa réflexion. Il s'était mis à accumuler compulsivement des milliers d'images de natures et de provenances diverses. Il les collait dans des cahiers à l'organisation énigmatique pour tout autre que lui. Si l'on voulait décrypter son système de classification, on pouvait dire que les images y étaient réunies par humeur : *Nostalgie suave*, *léger enthousiasme*, *mélancolie lumineuse*, *contemplation de l'étrange*, et ainsi de suite.
Quand il avait montré un de ses cahiers à Zoé, elle avait eu un geste de recul. « Putain, c'est *cringe* ton truc ! » Il l'avait remballé avec une espèce de honte. « Oui, c'est peut-être très personnel… », avait-il concédé. Consciente de l'avoir un peu heurté, la jeune fille avait temporisé : « Bon en fait c'est un moodboard. J'avais un Tumblr à quatorze ans, c'était pas tellement mieux. » Un Tumblr, avait répété Aurélien.

S'il avait cru naïvement qu'il aurait pu embrasser un jour toute la production visuelle du monde, l'époque l'avait mis face à ses limites. Les images affluaient à un rythme toujours plus rapide pour disparaître aussitôt dans les limbes et plus personne n'avait le temps de s'attarder sur leur sens ou leur singularité. Pour Aurélien, cette profusion était vertigineuse. Sa propre boulimie ne s'en trouvait jamais rassasiée. Il avait éprouvé un profond sentiment d'écœurement.

Pour ne pas être submergé par ce flot de représentations – c'était presque une question de santé mentale –, il avait limité le périmètre de son intérêt aux images peintes. Aurélien s'était réfugié dans la peinture et plus précisément dans le gothique international, la Renaissance italienne et flamande, jusqu'au maniérisme. En fait, la période où la création picturale délaissait progressivement le caractère symbolique de l'art médiéval pour l'imitation de la nature, passant du registre de l'esprit à celui du cœur, de l'intellect à l'émotion.

Ce qu'il aimait le plus dans cette époque exaltante, c'était observer rétrospectivement le travail de recherche des peintres, s'émerveiller avec eux de leurs découvertes. Il aimait voir d'un artiste à l'autre, du maître à l'élève, les perspectives bancales se consolider, les proportions maladroites s'affiner, emmenées par les progrès du dessin anatomique, les gammes chromatiques s'enrichir et provoquer leurs effets magistraux pour aboutir aux chefs-d'œuvre que l'on connaît. Il aimait voir la vie s'immiscer dans la peinture, mais il aimait que ce ne soit pas une révolution nette, plutôt une série de petites conquêtes, progressives et fragiles, d'intuitions partagées, d'avancées balbutiantes soudainement accélérées par le génie d'un seul, et que la même année, dans la même salle du réfectoire du couvent de Sainte-Marie-des-Grâces, Léonard ait peint sa *Cène* et Montaforno sa *Crucifixion*, comme si le premier avait eu cent ans d'avance sur le second.

La fin de la Coprotec

Hélène ne pouvait qualifier sa relation avec Homéro. Ce qu'ils partageaient débordait largement du cadre convenu d'une relation classique. Elle avait tenté de l'expliquer à sa plus proche amie qui avait tranché de manière définitive: «Pardonne-moi, mais ton histoire, c'est ce qu'on appelle un plan cul.» Cette définition radicale ne lui allait pas. Certes, ils avaient bon nombre de rapports sexuels et, pour être tout à fait honnête, cela occupait l'essentiel du temps qu'ils passaient ensemble, pourtant elle savait que ce qui les unissait dépassait de loin le seul assouvissement de leurs pulsions physiques.

Par exemple ce soir où, serrés entre les caryatides dans le musée déserté, nimbés du pâle éclat de la lune, ils s'étaient repus l'un de l'autre avec une avidité silencieuse, dans l'urgence qu'imposaient les passages fréquents des gardiens. Puis à même le sol glacé, dans l'angle mort des caméras, ils s'étaient couchés derrière le dieu Pan, recroquevillés comme des fœtus, les mains jointes et entremêlées, leur tête sur leurs vêtements roulés en boule et ainsi ils avaient traversé la nuit, les yeux dans les yeux. Dans l'obscurité régulièrement déchirée par les faisceaux des lampes-torches, ils demeuraient alertes, les poils dressés sur la peau. Ivres et frissonnants d'adrénaline, une simple pression des doigts leur suffisait à se rappeler l'un à l'autre.

Une autre fois, dans la pénombre d'un groupe antique, il l'avait prise lentement, dans son dos, et seuls leurs deux souffles habitaient le silence de la galerie, profonds et cadencés comme le ressac de la mer. Le coït terminé, il était resté là, blotti contre elle, et elle, blottie contre une statue, prolongeant la composition de leurs corps enchâssés. Elle se souvient que le marbre froid contre ses seins s'était progressivement réchauffé, qu'il s'était imprégné de l'odeur de sa peau et que, quelque part, il avait repris vie.

Elle ne savait rien de son amant. Ils avaient échangé si peu de mots. Marina, qui de toute évidence avait d'autres desseins pour elle, avait été formelle : « Ce n'est pas ça, l'amour. » D'accord, ce ne pouvait être de l'amour puisque certainement l'amour, au-delà du désir, exige de partager des points de vue, des états d'âme, des projets, qu'il nécessite de faire l'expérience de l'autre dans ses habitudes et les choses pragmatiques du quotidien, de connaître ce qui le meut et ce qu'il craint, ses aspirations comme ses préoccupations, d'investir sa vie et réciproquement. Peut-être que l'amour doit apporter des réponses à des questions très concrètes de type thé ou café, Côte d'Émeraude ou Côte d'Azur, Marvel ou Desplechin. Peut-être qu'il trouve son sens dans une exhaustive connaissance de l'autre. Ou peut-être pas.

Homéro était un inconnu et pourtant elle pensait à lui nuit et jour. Elle attendait les moments de leurs retrouvailles avec l'impatience d'un môme à la veille de Noël. Quel que soit son nom, ce sentiment était délicieusement vertigineux.

Cela faisait bientôt un an qu'ils se voyaient sans qu'ils puissent se déclarer un couple. Si elle était franche avec elle-même, Hélène devait avouer qu'elle n'était pas complètement satisfaite, mais elle craignait que verbaliser cette frustration n'entraîne la fin brutale d'une relation à laquelle elle tenait particulièrement. Homéro était insondable. Il ne venait jamais la chercher, il ne s'inquiétait jamais de ce qu'elle faisait et ne lui donnait pas davantage de signes de vie. Elle avait essayé de couper, de ne pas le voir pendant un mois, de renoncer à cette addiction. Elle avait essayé de ne pas être celle qui attend. Mais irrémédiablement elle craquait, et quand elle revenait vers lui elle le trouvait là, parfaitement disponible.

C'est dans ce statu quo qu'elle apprit avec terreur la fin du contrat qui unissait la Coprotec avec l'institution. Sentant que l'objet de son désir pourrait s'échapper à tout jamais, et qu'il ne ferait peut-être rien pour lutter contre le cours des événements, elle entreprit ce qu'il fallait. Homéro fut convoqué au département des ressources humaines du Louvre. On lui posa quelques questions sur son parcours, on vérifia son ancienneté en tant que prestataire externe et la semaine suivante il reçut une offre d'emploi aux trente-cinq heures. Sa fiche de poste lui attribuait l'entretien de la Grande Galerie des peintures dans l'aile Denon, non plus celui des sols – adieu l'autolaveuse –, mais celui du mobilier ainsi que le dépoussiérage des cadres et cartels. Il héritait, en plus de la responsabilité de la salle des États, de la remise en place des barrières de sécurité, du nettoyage des éléments mobiles : banc, barrières et cordons ; ainsi que des éléments immobiles : main courante de protection et vitrine de *La Joconde*.

Bertrand et les restaurateurs

Aurélien s'était glissé dans l'amphithéâtre bondé. Il avait pris place au dernier rang, à côté d'un groupe d'étudiants qui l'avaient dévisagé avec circonspection. Il se demanda s'ils l'avaient reconnu et, dans le doute, leur retourna un sourire entendu. Ils détournèrent le regard. Si certains conservateurs étaient perçus comme des *rock stars*, force était de constater que ce n'était pas son cas. Sur l'estrade, l'homme qui avait entamé un monologue magistral lui adressa en l'apercevant un discret signe de la main, sans interrompre sa prose de stentor.

« Voyez, c'est une drôle d'espèce que les restaurateurs ! De la peinture, on connaît les artistes la plupart du temps, les propriétaires, les commanditaires et les mécènes souvent, les muses parfois. On s'intéresse aux marchands et aux intermédiaires parce qu'ils participent au pedigree d'une œuvre. De tous ces acteurs, les restaurateurs sont les éternels oubliés, les hommes de l'ombre, les fantômes. C'est-à-dire qu'autrefois on s'en méfiait : quand on ne les suspectait pas de trafiquer avec les marchands, on les imaginait maquillant, arrangeant, interprétant les œuvres, les dénaturant pour les conformer à la vision de leur ego ou à la demande du marché. On se les représentait en alchimistes, préparant des mixtures, manipulant solvants et pigments, blanchissant le papier à l'aide de chimies occultes, expérimentant d'étranges techniques pour parvenir à leurs fins. Des démiurges, en quelque sorte, fascinants par leur science et effrayants par leur magie, capables de remonter le cours du temps comme on remonte une rivière pour revenir à la pureté de sa source, à son état initial exempt de corruption. »

L'homme était volubile et un brin lyrique. Quand il évoquait les restaurateurs-alchimistes, il prenait les mimiques du père Fourras en agitant les doigts devant lui d'une manière à la fois comique et inquiétante. Conservateur du patrimoine comme Aurélien, Bertrand avait acquis la souple décontraction de ceux qui, tout proches de la retraite, surfent une dernière vague au soleil couchant de leur carrière, en pleine maîtrise de leur sujet et de leur environnement. Il naviguait entre le Louvre et le C2RMF, rattaché à celui-ci, et était chargé de la coordination des deux entités. Aurélien l'avait sollicité pour sa connaissance du milieu et son appui sur les aspects administratifs : appel, études et sélection des candidatures, rédaction et envoi du cahier des charges, analyse et mise en concurrence des offres, etc. En marge de ses fonctions, Bertrand s'était spécialisé dans l'histoire de la restauration. Il avait à son actif quelques publications, dont un *Dictionnaire raisonné de la restauration*, ouvrage de référence pour les étudiants en patrimoine, et donnait à l'École du Louvre un cours sur les origines de la discipline.

Quand Aurélien lui avait appris pour *La Joconde*, Bertrand avait seulement dit : « On y est… » Son visage avait affiché une expression indéfinissable, comme s'il avait cherché à refréner une très vive excitation. L'homme, malgré une certaine rusticité dans ses manières, était fin et comprit que, pour Aurélien, c'était davantage une situation subie que désirée. Il lui avait proposé de rejoindre son cours à l'amphithéâtre Rohan, puis ils iraient boire une bière au café Marly.

« Vous le savez peut-être, les premiers travaux de restauration sont d'abord confiés aux peintres chargés de veiller sur les collections royales. De grands noms mettent leur talent au service des œuvres de leurs prédécesseurs : le Primatice reprend les Raphaël de François Ier, Charles Le Brun intervient sur *Les Pèlerins d'Emmaüs* de Véronèse que, d'ailleurs, il n'hésite pas à agrandir ! Mais voyez-vous, si les peintres savent agir sur la couche picturale pour y effectuer des repeints, pour ce qui est du traitement des supports – les bois vermoulus, les toiles rongées et déchirées –, c'est une autre paire de manches ! Ces opérations nécessitent un savoir-faire spécifique et complexe, et naturellement c'est là qu'on voit apparaître le métier de restaurateur. »

Bertrand parlait vite et les claviers crépitaient dans les gradins.

« En 1688, la veuve Lange invente la technique du rentoilage qu'elle expérimente sur la *Vénus du Pardo* du Titien. En 1744, Robert Picault opère la première transposition en France. Derrière ce nom *transposition*, qui sonne comme un événement majeur de la vie de Jésus, il y a un procédé intrigant qui consiste à faire voyager la couche picturale d'un support à l'autre, à la manière d'une décalcomanie. La transposition de la *Charité* d'Andrea del Sarto de bois sur toile fait de Picault une star. Le roi lui offre pension et logement à Versailles. Drôle de personnalité que Robert Picault : il se vante de contempler les chefs-d'œuvre depuis leur envers, par transparence ! Il refusera jusqu'à sa mort de livrer ce qu'il appelle son *secret*. Son rival Jean Louis Hacquin met au point la technique du parquetage mobile sur les panneaux peints pour accompagner les variations naturelles du bois.

« À ce moment-là, la restauration est un territoire d'avant-garde, les restaurateurs sont des apprentis sorciers, des chimistes, des expérimentateurs. On voit fleurir à Paris, juste à côté d'ici, des entreprises, familiales pour la plupart, qui travaillent autant pour une clientèle privée que pour les collections d'État. Ces dynasties opèrent dans la confidentialité de leurs ateliers et gardent jalousement le secret sur leurs procédés. On les appelle rentoileurs ou raccommodeurs. Vous noterez que "raccommodeurs", ce n'est pas à leur avantage. On s'en méfie, je vous l'ai dit. Les mots ont beaucoup de sens en restauration. »

Aurélien savait tout ça, il l'avait étudié, mais Bertrand s'exprimait avec une passion communicative.

Il l'observa avec tendresse dans sa douce déglingue, son foulard pendant lamentablement de la poche de sa veste à la carrure immense – chiraquienne, pensa-t-il. Sa chemise déformée par sa bedaine, son visage rougeaud et sa coiffure hirsute. Bientôt le musée serait peuplé de jeunes dynamiques à l'allure sportive et décontractée, baskets et pull mérinos marine ras du cou, smartphone à la main, les mêmes que l'on trouve dans les agences de publicité. Bertrand était un vestige. Aurélien avait de l'affection pour lui.

« Alors évidemment, continua Bertrand en s'épongeant le front, le siècle des Lumières tente de mettre de l'ordre dans tout ça et d'en finir avec le temps des expérimentations. Des sujets de fond agitent le monde des encyclopédistes. On se pose la question de savoir si l'œuvre peinte se réduit à sa couche picturale ou si elle englobe son support, devenant un objet tridimensionnel. Les partisans de cette deuxième option s'inquiètent de laisser des techniciens dénaturer, voire remplacer les supports avec autant de liberté. En 1775, on supprime la charge de restaurateur des collections royales, car l'administration préfère se garder la possibilité d'en changer comme bon lui semble. En 1802, on demande à Hacquin fils un rapport détaillé sur la transposition de la *La Vierge de Foligno* de Raphaël qu'il s'apprête à effectuer. Il se plie à l'exercice et rédige un compte rendu en pensant qu'il ne concernera que l'administration. Mais son rapport est publié. Il en est scandalisé, toutes ses méthodes sont dévoilées. C'est exactement ce que l'on souhaite, mettre fin au secret.

Le secret, c'est bon pour les artistes. Les artisans doivent agir avec transparence. Ce que je veux dire, c'est que depuis ce moment-là et jusqu'à aujourd'hui, on a tout fait pour cadrer cette profession, pour faire entrer le restaurateur dans la catégorie des artisans, pour l'éloigner de toute prétention artistique, contrôler ses procédés, le former, l'éduquer, le soumettre aux lois de la concurrence, pour limiter son pouvoir, restreindre ses libertés. Pourquoi ? Car vous imaginez bien que la confrontation entre deux artistes est dangereuse, surtout lorsqu'ils partagent la même œuvre ! Entre celui qui lui donne vie et celui qui la prolonge, et lui offre, pour ainsi dire, l'éternité… L'un aurait vite fait de se figurer l'égal de l'autre… »

Un bruissement parcourut l'assemblée. Bertrand savait s'y prendre pour captiver son auditoire.

« Malgré ces précautions, autant de restaurations, autant de scandales ! En 1861, Frédéric Villot, directeur de la peinture, fait nettoyer le *Saint Michel* de Raphaël. Le résultat est si mal accueilli qu'il est forcé de démissionner. »

Aurélien tressaillit.

« Pour sa défense, Villot dit que le résultat d'une restauration ne doit pas être jugé par le public, mais par les experts. Il se trompe ! C'est le public qui juge, lui seul. À la fin du XIXe, le restaurateur Claude Chapuis s'attaque aux *Pèlerins d'Emmaüs* de Rembrandt. Là aussi, c'est une telle polémique que Clemenceau s'en mêle. Dans les débats, le pauvre Chapuis est décrit comme un personnage fantasque qui parcourt le Louvre à la nuit tombée, grattoirs et pinceaux dans la main, opérant à sa guise sans rendre de comptes à personne.

« Quarante ans plus tard, on a une autre affaire Rembrandt avec Goulinat, peintre talentueux qui deviendra directeur de l'atelier de restauration. On lui confie le *Portrait de Titus* qu'on croit alors être un original de Rembrandt. Rebelote, nouveau scandale. Le tableau sort de la machine à laver. Clinquant. Brillant. Ostentatoire. Le public ne s'en remet pas. Il paraît archifaux à côté des chefs-d'œuvre de la peinture hollandaise. C'est toujours la même querelle des vernis : deux écoles s'affrontent, les Anglo-Saxons partisans d'un dévernissage total des tableaux et les Latins adeptes du *golden glow*, du jus de musée, sans lequel une œuvre ne mérite pas sa place sur une cimaise. Ici, on aime ce qui a de la patine. Quand c'est trop pimpant, cela nous paraît suspect ! »

Une jeune femme à la longue chevelure auburn coiffée d'un béret parisien leva la main au premier rang.

« Mais quand même, Cesare Brandi a posé certains garde-fous, n'est-ce pas ?

— J'allais y venir. C'est vrai qu'on peut dire que ce métier a véritablement changé avec les travaux de Brandi au milieu du XXe siècle. Un homme visionnaire, plus penseur que praticien. Qu'est-ce que nous dit Cesare Brandi ?

« Il dit que la restauration n'est pas un geste créateur. Elle s'inscrit dans l'histoire de l'œuvre, elle sert à garantir sa lisibilité, mais elle ne peut prétendre à retrouver son état original. En substance, Brandi nous dit qu'il ne faut pas chercher à remonter le cours du temps. Au-delà de tout ce qui affecte la matière, il pense à la distance mentale, au fossé culturel qu'induisent les années qui nous séparent de la création d'une œuvre et qui transforment notre regard sur elle.

« En pratique, la restauration doit rétablir l'unité potentielle de l'œuvre, c'est-à-dire qu'elle doit permettre sa compréhension malgré ses mutilations, ses lacunes et ses accidents, mais elle doit aussi être réversible ; dans le cas d'un tableau, une couche de vernis doit séparer la couche picturale des repeints postérieurs. En outre, le restaurateur ne doit pas chercher à imiter la touche du peintre : les parties restaurées doivent pouvoir être discernées des parties originales à moins d'un mètre. Il imagine pour cela la technique du *tratteggio* : on comble les manques à l'aide d'un procédé impressionniste, de minuscules traits visibles à l'œil nu.

« Brandi a fourni un cadre à la profession de restaurateur. C'est le père de la discipline telle qu'on la pratique aujourd'hui. Je vous invite à vous plonger dans sa *Théorie de la restauration*. C'est ardu mais passionnant ! » Bertrand rappela également que l'on pouvait trouver tout cela dans son *Dictionnaire raisonné de la restauration* disponible à un tarif avantageux sur son site personnel.

Sur ces mots, le public s'ébroua et Aurélien descendit vers l'estrade.

« Bravo pour ton exposé. Magistral. »

Bertrand accueillit le compliment avec un large sourire. « Cela t'a plu ? Tirons-nous d'ici, il fait une chaleur de bête ! »

Ils se retrouvèrent sous les arcades du café Marly.

« Alors mon vieux, qu'est-ce qui te tombe dessus ! » souffla Bertrand en se laissant choir lourdement sur sa chaise. Il commanda une pinte et s'efforça de rassurer son collègue, sinon ami. Bertrand était de nature débonnaire, sa compagnie était légère et chaleureuse. Il expliqua que, pour *La Joconde*, la marche à suivre ne différait pas tellement d'une restauration classique hormis l'impératif de garder le secret le plus longtemps possible, jusqu'au communiqué officiel. Ce souci de confidentialité nécessitait une procédure aménagée :

« *Grosso modo*, on lance d'abord un appel à candidatures sans mentionner le nom du tableau, on fait un premier tri dans les profils – diplômes, expériences, références –, puis on va faire le tour des popotes pour leur exposer de quoi il retourne. Ensuite, tu connais, on revient dans la procédure habituelle, les candidats qui sont toujours intéressés viennent au Louvre consulter la peinture décadrée, et ont un mois et demi pour nous rendre leur offre avec les aspects financiers, techniques, délais, etc. » Il commanda une seconde pinte qui arriva avec un assortiment de bretzels.

Aurélien resta un moment songeur.

« Tu as conclu ton cours sur Cesare Brandi. Que pense-t-il de l'allègement des vernis ? demanda-t-il.

— Hum, fit Bertrand, la lèvre supérieure bordée de mousse et la bouche pleine. Quand il évoque la patine d'une œuvre, Brandi est pris entre deux feux. D'un côté, il la considère comme un fait historique, elle est la trace du temps et il convient de conserver ce témoignage. Mais, en même temps, il définit ce qu'il appelle l'*instance esthétique*, l'aspect esthétique de l'œuvre, comme étant prioritaire : l'œuvre doit rester lisible. Et dans ce sens, des vernis oxydés nuisent à sa compréhension. Pour complexifier encore, il explique que, si on enlève la patine, la matière l'emporte sur l'image. Pour lui, la patine est une sourdine qui garantit à l'œuvre un équilibre et harmonise ses tons, laissant la matière à sa place de matière. Tu me suis ? »

Aurélien acquiesça, concentré.

« Il suppose d'ailleurs que, pour ces raisons, les peintres affectionnaient les effets du temps sur leurs créations, et que certains d'entre eux auraient cherché à les répliquer en parachevant leurs peintures d'un voile de vernis subtilement coloré.

— C'est ce qu'on dit en effet de Bellini.

— Exactement. »

Aurélien pensa aux filtres Polaroïd que lui avait montrés Zoé sur son téléphone, qui imprégnaient de nostalgie des images prises la veille. La mode était passée mais, pendant un temps, toutes les photos de famille semblaient avoir été faites à Cuba dans les années soixante-dix.

« Mais alors, qu'est-ce que préconise Brandi dans notre cas ? »

Bertrand hocha la tête, un peu ennuyé que sa démonstration aboutisse à ce constat d'impuissance.

« Il n'a pas de recette miracle. Il laisse le restaurateur arbitrer entre ces deux notions – fait historique et appréciation esthétique –, même s'il est évident qu'il rejoint l'esprit latin qui préfère la patine à l'arrogance des couleurs brutes. »

Aurélien resta perplexe. Même Brandi, le pape de la restauration moderne, n'avait pas de réponse claire sur la marche à suivre. Aucune théorie ne parvenait à trancher une question qui apparaissait être essentiellement esthétique, disons-le, une histoire de goût, et donc passablement ouverte à l'avis de tous.

« En tout cas, son principe de réversibilité est impossible à mettre en œuvre. C'est une connerie ! Toute action est irréversible, le contraire est un fantasme !

— Hélas, admit Bertrand qui s'était assombri comme s'il avait transposé la remarque à des considérations personnelles. C'est vrai que certains aspects de sa théorie ont vieilli. Le problème de l'allègement des vernis, c'est qu'effectivement tu ne peux pas revenir en arrière. Une fois que c'est fait, c'est fait… »

Il se reprit d'un enthousiasme un peu forcé :

« Ce que tu as devant toi n'est pas une mince affaire, mais on va y arriver ! Il faut trouver la bonne main, précautionneuse et nuancée. Le choix du restaurateur est crucial. Il te faut quelqu'un de sensible. On verra qui répond à l'appel à candidatures. De toute façon, je suis là pour t'aider ! » Bertrand but une large gorgée, une partie du liquide s'épancha sur sa cravate constellée d'une répétition aléatoire de petits chevalets. Il essuya son menton du dos de la main.

« Est-ce que tu as remarqué que les filles ne mettent plus de soutien-gorge ? C'est… (il souffla) déstabilisant, non ? Le monde change, Aurélien, putain qu'est-ce qu'il change ! Parfois j'ai peur qu'il me laisse sur place… » Il prononça ces derniers mots avec un mélange d'amusement et de gravité. Ils restèrent tous deux songeurs, perdus dans des pensées désagréables, avant que Bertrand ne fasse claquer les paumes sur ses cuisses : « Bon allez, je file. » Aurélien l'observa tandis qu'il s'éloignait, boitant un peu, la silhouette embarrassée.

Génie de l'artisan

Avec l'aide de Bertrand, Aurélien rédigea un appel à candidatures qui se gardait bien d'indiquer le réel objet de la restauration. Tout juste mentionna-t-il « chef-d'œuvre de la peinture italienne du XVIe siècle ». Une quinzaine de restaurateurs se montrèrent intéressés. Le prestige du commanditaire et la formulation sibylline avaient excité la curiosité de la profession. En triant les candidatures, quelque chose chiffonna Aurélien. Parmi tous les hommes et femmes qui s'étaient manifestés, dont tous les gens sérieux qui pratiquaient ce métier, il fut surpris de ne pas retrouver le nom de celui qui était un des plus à même d'accomplir cette mission. Gaetano Casani brillait par son absence. Il était pourtant impensable qu'il n'eût pas entendu parler du projet du Louvre.

Pour les quelques connaisseurs du milieu de la restauration, Gaetano Casani était une légende. Aurélien l'avait eu comme intervenant à l'Institut national du patrimoine où l'Italien animait un cours intitulé *Introduction aux principes de conservation – restauration des œuvres peintes*. Il se souvint de l'effet que faisait cet homme musculeux sur ses amies étudiantes. Elles se pressaient à son bureau sitôt le cours terminé, une tonne de questions à fleur de bouche. Elles regardaient ses mains avec envie, ses mains qui avaient caressé les plus grands chefs-d'œuvre de la peinture. Aucune pour trouver ridicules son bouc minutieusement taillé et ses polos moulants couleur menthe glacée ou framboise écrasée, gonflés de biceps et de pectoraux. Il était adulé.

Gaetano évoluait sur le terrain sensible. À ses élèves, il ne parlait jamais de savoir-faire ou de technologies. Pour lui, la restauration était avant tout une histoire de sentiments, d'intuitions, de dialogue avec l'œuvre. Gaetano croyait au génie de l'artisan. Il détestait le voir réduit à son geste ou à sa seule technique. L'artisan qui cherche et qui innove, qui pense au-delà du geste, qui dépasse sa technique ne vaut pas moins que le peintre, clamait-il avec provocation. Car, de son point de vue, restaurer, c'était d'abord un travail mental. Avant d'être un chirurgien, le restaurateur était un diagnosticien, un chercheur. Un philosophe. Il devait penser l'œuvre, la comprendre avec son humanité, sa vision propre, pour s'inscrire dans son histoire. En cela, il était proche des préceptes de Cesare Brandi.

Si Aurélien n'avait jamais eu l'occasion de travailler directement avec lui, Gaetano avait longtemps hanté les communiqués de presse des grands musées nationaux. L'Italien avait réussi avec brio bon nombre d'interventions réputées difficiles, accolant son patronyme aux plus beaux noms de la Renaissance italienne : Pérugin, Uccello, Bronzino et même Raphaël.

Il éprouva un profond désir de le revoir. Où était-il ? Que faisait-il désormais ? Bertrand n'avait pas plus de renseignements, si ce n'est qu'il avait entendu dire que Gaetano avait récemment travaillé pour des Émiratis, sans toutefois pouvoir en donner le contexte.

De toutes les candidatures reçues, on en retint six qui disposaient des références nécessaires à la hauteur de l'enjeu. Aurélien, sur le conseil de Bertrand, choisit de prendre rendez-vous avec chacun des candidats pour les rencontrer à leur domicile ou dans leur atelier, en toute discrétion, afin de leur révéler sous le sceau du secret l'objet de la mission.

Jacqueline Champagne était la première sur la liste. Elle avait œuvré de nombreuses fois pour le C2RMF où son style conservateur était apprécié. Elle était également la fondatrice de la revue *Le Chevalet* qui analysait et, dans la plupart des cas, vilipendait toute restauration entreprise par les musées nationaux. Crainte des institutions pour son mauvais caractère et son côté fouille-merde, il valait mieux l'avoir dans son équipe que contre soi. Mais son geste était sûr et mesuré, et elle savait s'arrêter à temps. Elle était reconnue pour cette tempérance.

Aurélien et Bertrand l'avaient retrouvée dans une élégante maison de brique, dans une rue qui bordait le parc Montsouris et rappelait certains quartiers huppés de Londres. Son rouge à lèvres qui tirait vers le framboise et le bleu délavé de ses yeux complétaient admirablement la polychromie du boudoir de soie lavande et vert acide où elle les avait reçus. Le blanc de ses cheveux rehaussait le tout d'un éclat lumineux et ce chatoiement de couleurs évoqua à Aurélien les riches costumes des invités des *Noces de Cana*.

En apprenant l'objet de la restauration, elle avait reposé sa tasse en porcelaine qui avait heurté bruyamment le verre de la table basse. « Non, je n'enverrai pas d'offre, avait-elle déclaré. C'est trop dangereux. Je ne le ferai pas et je doute que vous trouviez quelqu'un qui prendrait un tel risque. Croyez-moi, c'est inutile de vous infliger cela. Il n'y a aucune urgence, *Monna Lisa* est encore lisible, laissez cette folie à vos successeurs ! »

En lui attrapant les mains, elle avait plongé son regard dans le sien. « Et vous avez réfléchi aux conséquences pour vous, Aurélien ? Ne faites pas cela. »

Aurélien, qui n'avait aucune envie d'entrer dans ce débat, n'avait pas argumenté. Il s'était levé, délaissant les After Eight et le thé au jasmin, au dam de Bertrand qui serait bien resté plus longtemps. « Vous avez sans doute raison », avait-il répondu avec une politesse froide. Jacqueline l'avait raccompagné sous la marquise de sa maison. « Nous serons attentifs », lui avait-elle lancé avec un sourire espiègle, en agitant son index pointé vers le ciel, avant de refermer la porte sur eux. Il savait qu'elle disait vrai, qu'il pouvait compter sur elle et sa revue pour lui rendre la vie impossible dès lors que l'information de la restauration serait officielle.

Le lendemain, ils avaient encore rencontré trois autres restaurateurs qui, comme Jacqueline Champagne, avaient retiré leur candidature dès qu'ils en avaient appris l'objet, cela avant même que les conditions financières ou les détails techniques de l'opération aient été abordés. Les raisons invoquées étaient variées, mais au fond Aurélien savait que ce qui douchait réellement leur enthousiasme était la pression. Énorme et monstrueuse pression. Pression des pairs, confrères et experts, pression des médias, pression du public, des politiques, pression diplomatique. Et chacun dans la profession pouvait l'imaginer, car presque tous, à différents niveaux, avaient expérimenté la polémique, composante indissociable de leur pratique.

« C'est mal barré, avait dit Bertrand, je n'ai jamais vu ça. »

Il restait deux candidats à rencontrer.

Bruno Magassian avait été exposé il y a quelques années à une très vive controverse à la suite d'une restauration malheureusement ratée. Après une longue carrière consciencieusement déroulée auprès des grands musées nationaux, une erreur d'étiquetage l'avait conduit à appliquer un solvant trop puissant sur une peinture du Titien qui, au-delà du vernis, avait emporté les glacis et détérioré la couche picturale. Magassian avait eu toutes les peines du monde à effacer sa faute et aujourd'hui encore il était impossible d'admirer la toile sans déplorer la perte de volume dans le modelé du visage de l'infortunée Danaé. Rencontré dans un rez-de-chaussée sinistre de la rue Soufflot aménagé en bureau, Magassian n'avait pas cillé en apprenant que le marché mis en jeu était la restauration de *La Joconde*. Aurélien s'était demandé tout le long de leur entretien s'il avait bien entendu et, pour en être certain, répétait le nom du tableau à tout bout de champ. Le pauvre restaurateur hochait la tête comme un pantin hébété. D'une main hésitante, il avait apposé sur l'accord de confidentialité une signature frêle et tremblante. Aurélien l'observait avec circonspection quand un violent souffle agressa ses narines, un souffle piquant d'alcool. Il écourta leur entrevue. Il était 10 heures du matin.

Agnès Barrot, la dernière candidate, une femme de trente-quatre ans, paraissait tout à fait compétente, mais son âge pouvait être problématique au regard de la pression qui pèserait sur ses épaules. Bertrand était retenu au C2RMF et Aurélien l'avait rencontrée seul dans un café de la place de Clichy. Le Cyrano servait principalement des verres de vin rouge au public du théâtre comique attenant. La terrasse était remplie d'intermittents ou d'étudiants en école d'art. Sa décoration Art nouveau, sa résistance héroïque à la mode des ampoules à filament et son ambiance canaille donnaient à ce minuscule établissement un surcroît d'authenticité qui le distinguait des bistrots voisins. Ils avaient passé un bon moment, Agnès était brillante et possédait une culture encyclopédique des techniques de restauration. Très au courant des nouvelles technologies d'imagerie, elle accordait aussi une importance capitale aux procédés anciens et à la chimie des solvants à laquelle elle avait consacré son mémoire. Il ne doutait pas qu'elle avait le talent et l'intelligence pour accomplir la mission, mais il ne voyait pas comment il pourrait convaincre le comité de passer outre son relatif manque d'expérience. Qu'importe, elle tenterait et maintiendrait sa candidature, malgré l'enjeu. En quittant Agnès, il se dit que ce moment aurait pu se prolonger un peu. Son téléphone vibra dans sa poche, Claire serait encore absente ce soir.

Plus tard, vers 21 heures, la sonnerie retentit et Aurélien décrocha spontanément, espérant entendre sa femme. C'était la voix de Daphné.

« Bonsoir, Aurélien, je ne te dérange pas ? Je viens aux nouvelles ! Où en est-on de notre appel d'offres ? »

Aurélien s'éclaircit la gorge.

« Écoute, je n'ai aucune candidature valable pour l'instant.

— Tu veux dire ?

— Personne ne veut prendre le risque de restaurer *La Joconde.* »

Il y eut un silence, puis Daphné reprit :

« Tu vas trouver, Aurélien, je te fais confiance. On ne lâche rien ! »

Il voulut répondre quelque chose mais Daphné avait déjà raccroché.

Quelques jours après, Aurélien reçut la confirmation des candidatures de Bruno Magassian et d'Agnès Barrot. L'un était alcoolique et l'autre n'avait pas assez d'expérience. Et puis deux participants ne permettaient pas de valider la procédure. Il fallait trouver un troisième candidat. Ou abandonner. C'était peut-être une chance pour Aurélien. Dans le bureau de Daphné, il exposa calmement la situation. La présidente l'écouta dérouler son argumentaire. À la fin, Aurélien laissa flotter dans l'air une phrase qui se concluait par « songer à reporter ». Daphné regarda par la fenêtre, silencieuse, puis après un moment assez long elle tourna de nouveau son visage vers lui et le scruta avec intensité.

Son expression profonde était assortie d'un sourire complexe à la chaleur rassérénante. Il pouvait y lire de la mansuétude, mais aussi l'expression d'une grande confiance à son endroit, une confiance pleine et sereine. Il avait longtemps pensé que le sourire de la présidente était le fruit du travail d'une armée de coachs adeptes de la communication non violente, des gens qui prenaient au sérieux l'injonction de l'époque à la bienveillance, un design collectif en quelque sorte conçu pour remédier à toutes les situations. Mais peut-être Aurélien s'était-il trompé. Peut-être que Daphné avait vraiment un niveau d'empathie exceptionnel.

Elle aurait pu lui faire des reproches, pointer ses insuffisances, le soupçonner à raison de se réjouir de l'échec d'une procédure. Elle n'ignorait rien de leurs divergences, du fossé qui les séparait. Mais elle avait pris un autre parti. Et alors, mécaniquement, il eut envie d'aller dans son sens, de lui rendre la confiance accordée. Il eut envie d'apporter une solution.

« Il y a peut-être une dernière chance... » La commissure des lèvres de la présidente se releva encore un peu. « Mais je dois aller en Italie. »

Daphné tapa dans ses mains et se rejeta sur son dossier.

« C'est une super idée l'Italie ! Le soleil, ça va te faire du bien ! Profites-en, rapporte-moi du parmesan et quelqu'un capable de restaurer *La Joconde* ! C'est super, Aurélien... Super ! »

DEUXIÈME PARTIE

La chimie éloigne les ténèbres.

Pierre-Louis Bouvier

Vision anadyomène

Deux jours plus tard, Claire accompagnait Aurélien gare de Lyon au train de nuit qui reliait Paris à Milan et dont la ligne venait de rouvrir. Elle lui avait proposé de le déposer avant de filer à un dîner et qu'elle fasse ce geste pour lui l'avait touché, il en était là. Depuis le siège passager, il la regardait conduire. Il la trouvait particulièrement belle quand elle était concentrée. Elle avait changé de parfum. Il le lui avait fait remarquer, mais elle avait esquivé la question, préférant invectiver le vieil homme qui hésitait sur le passage piéton. Elle ne lui avait pas demandé l'objet de son voyage. Lorsqu'il lui avait glissé : « Ils parlent de restaurer *La Joconde* », elle avait répondu avec une indifférence affichée : « Bonne idée. »

Une fois dans son compartiment Premium, Aurélien déplia une couchette, organisa méticuleusement ses affaires et enfila un pyjama. C'était de plus en plus difficile d'en trouver, mais il aimait dormir avec de la tenue. Claire voyait en cette habitude le signe qu'au fond, Aurélien était de droite. Ils avaient parfois ce débat et Claire, qui se considérait de gauche, cela ne faisait aucun doute pour elle, avait une idée très nette de ce qui était de droite et de ce qui était de gauche. Le pyjama pour les hommes était un marqueur incontestable d'appartenance aux valeurs de la droite. Aurélien avait demandé si ce n'était pas le cas pour tout ce qu'elle jugeait ringard et Claire avait répondu que, bien sûr, cela avait à voir avec la ringardise, mais pas seulement, c'était plus subtil. Il fallait posséder un radar politique, elle l'avait sans aucun doute. Elle était capable de reconnaître à un détail de quel côté de la balance penchait un quidam, un collègue ou un type à la télé. « Regarde cet imprimé, ce mec vote centre gauche, c'est sûr ! » Ils avaient rarement l'occasion de vérifier et, si ces signaux étaient peut-être évidents par le passé, il lui semblait qu'avec le temps ils étaient de plus en plus difficiles à déchiffrer : de nos jours, on trouvait des écolos habillés comme des banquiers et des libéraux en haillons. Lui se considérait plutôt apolitique même s'il se reconnaissait plus volontiers conservateur que progressiste. Il n'était pas pour autant libéral. Sur bien des sujets, il était hésitant. Mou, disait Claire. Aurélien s'était demandé si *La Joconde* était de droite. À cette question, Claire aurait exprimé un avis tranché : *La Joconde* était assurément de droite, mais une *Joconde* restaurée, sûrement pas. Voilà le genre typique d'assertion dont elle était capable. Mais *quid* d'une *Joconde* restaurée pour des raisons marketing ? Ces réflexions le laissaient perplexe.

Le train se mit en branle. Le contrôleur passa dans chaque cabine, énonçant les recommandations d'usage sur les précautions à prendre contre les vols, lesquels, pensa Aurélien, faisaient indéniablement partie du patrimoine immatériel du voyage en train de nuit. Si les voleurs devaient disparaître, on en viendrait presque à en parler avec nostalgie. Il avait conservé un attachement particulier pour ce mode de transport qui avait accompagné ses périples d'étudiant. Il retrouva avec tendresse la sensation exquise de s'endormir bercé par le tactactac des roues sur les rails, ballotté au gré du roulis du train. Une multitude de signaux auditifs se rappelèrent à lui – le train de nuit est avant tout une expérience auditive –, le bruit ouaté du passage des tunnels et la subite décompression de leur sortie, les conversations des couloirs qui intriguent et inquiètent, les sifflets des chefs de gare qui parviennent jusqu'aux confins des rêves, le son d'un rire ou d'un éclat amoureux, peut-être celui d'un orgasme, le hululement bref et sympathique de la micheline que l'on croise, auquel on répond, et la manière dont ce salut se dilue instantanément dans la nuit, emporté par la vitesse, les coups bourrus du contrôleur contre la porte pour prévenir de l'arrivée imminente, l'agitation fébrile que l'on perçoit dans la cabine d'à côté, les roulements des valises dans l'allée, les premières paroles du jour.

Il arriva à 6 heures du matin à Milan d'où il reprit presque immédiatement une correspondance pour Florence. À 9 h 04, son train pénétra dans la gare Santa Maria Novella. Il était censé retrouver une collaboratrice de Gaetano dans l'après-midi derrière le baptistère, sur la piazza del Duomo. Il avait la journée. Un délicieux sentiment de liberté l'envahit, le même sentiment qui l'avait étreint lors de son année d'échange

Erasmus dans la capitale toscane, son premier voyage dans l'épicentre des arts. Il se rappela l'euphorie qui l'avait saisi la première fois quand, au détour d'une ruelle, il avait débouché sur le parvis de Santa Maria del Fiore. Il avait accouru vers la cathédrale, s'attendant à vivre un syndrome de Stendhal. Il en avait guetté les symptômes avec un mélange d'excitation et d'inquiétude. Il s'estimait hautement à risque, mais, hélas, rien ne lui était arrivé. Ni ici, ni au couvent San Marco, ni à la Santa Croce. Pas d'évanouissement ou de palpitations au cœur, tout juste la fatigue du piétinement et un début de déshydratation. Bien qu'émerveillé, il avait été un peu déçu de ne pas être physiquement sensible à la beauté de la ville, en tout cas pas au point d'en faire un malaise. Il avait apprivoisé Florence en quelques jours, aussi à l'aise qu'un Parisien dans les Halles. Très vite, il avait pris quelques habitudes, c'est comme ça que l'on domestique une ville, avec des habitudes. Il les conserva tout le long de son séjour. Il déployait ses rudiments d'italien avec l'aisance d'un condottiere devant des commerçants conquis par ses efforts et son enthousiasme. À cette époque-là, Claire n'était pas encore dans sa vie. Disponible à l'aventure, Aurélien avait noué une relation avec une vendeuse de glaces de l'excellent Vivoli, à deux rues de la basilique Santa Croce. Loin du pays, le point de vue de la mère ne comptait plus. La voluptueuse Adriana avait marqué sa période florentine de sa somptueuse chute de reins. Grâce à elle, aux délicieux *gelati stracciatella* qu'elle lui offrait à la fermeture quand il venait la chercher et à l'insolente beauté de la ville, il avait vécu alors l'année la plus heureuse de sa vie.

Il faisait chaud à Florence ce jour-là, Aurélien avait mis une veste en lin clair, mais la chaleur l'obligea à la porter sur l'épaule. Avec sa chemise retroussée aux manches et ses Persol pliantes couleur écaille, il se sentit quelques similitudes avec le jeune Alain Delon dans *Plein soleil*. Il avait d'abord projeté quelques visites avant de se raviser. Il préféra flâner sans but véritable, guidé par ses souvenirs, marcher dans la cité, prendre son pouls, observer les touristes venus se mesurer à la beauté des siècles. Il déambula le long de l'Arno, passa devant les Offices, traversa le ponte Vecchio et s'arrêta un instant à Santa Felicita pour contempler *La Déposition* de Pontormo.

Le retable, accroché à droite en entrant dans l'église, l'avait longtemps laissé froid, mais il éprouva un besoin impérieux de le revoir, d'autant plus qu'il avait été restauré assez récemment. Il glissa une pièce dans une machine et une vive lumière éclaira le tableau.

Dans un espace indéfini, à peine un bout de sol comme une scène de théâtre, un groupe de figures androgynes, superposées on ne sait comment, flottaient en apesanteur autour du corps du Christ mort, le seul sur qui paraissait peser un semblant de gravité. Le reste n'était qu'élans, torsions et couleurs, un ballet chromatique aux harmonies insolites, vibrantes et pourtant subtiles, rose et bleu-gris, rouge sang et céladon, jaune doré et chair pâle, une danse de tuniques et de gestes enchevêtrés, d'effusions de tendresse et de douleur intriquées. Au milieu de toutes ces figures, le Christ était celui qui avait l'air le plus humain, et la vision de sa nudité arrachée à l'attraction terrestre par son peuple aérien provoqua chez Aurélien une vive émotion. Il y voyait la volonté du peintre de représenter sur le même plan l'humanité de Dieu et l'aspiration divine de l'homme, de les mêler l'une et l'autre dans un mouvement foisonnant et, pour quelques raisons, cela le touchait.

Résolument novatrice en son temps, subversive et expérimentale, l'œuvre synthétisait à elle seule le maniérisme naissant, s'éloignant du souci d'imitation de la nature pour chercher l'effet dans une mise en scène artificielle et des figures aux proportions flatteuses, légères et allongées. On pouvait y voir, en quelque sorte, un manifeste pour la subjectivité dans la peinture.

Il avait fallu du temps à l'histoire de l'art pour comprendre Pontormo. La restauration de la chapelle Sixtine dans les années quatre-vingt-dix, en révélant les couleurs étonnamment provocantes du *Jugement dernier*, avait obligé à reconsidérer Michel-Ange, qui y avait perdu son surnom de « terrible souverain des ombres ». On s'était aperçu alors que c'était de lui que Pontormo tirait l'acide vivacité de sa palette et la luminosité surnaturelle de ses figures.

Aurélien n'avait pas de mal à expliquer pourquoi il était le peintre préféré des artistes contemporains. Il avait autrefois tracé une limite infranchissable entre la peinture de del Sarto et celle de son élève Pontormo, mais peut-être avait-il été sévère avec le maniérisme qui aujourd'hui l'avait ému et lui avait donné envie de croire en quelque chose de plus grand que l'art.

Il avait rendez-vous à 16 heures devant le baptistère. À l'heure dite, Aurélien se trouvait sur le parvis. De l'autre côté de la place, une femme lui faisait de grands signes. « Aureliano, criait-elle, Aureliano ! » Il la rejoignit d'un pas pressé.

Sans perdre de temps, Giuseppina le conduisit dans le dédale de ruelles qui bordaient la cathédrale, martelant le pavé de ses stilettos, ses cheveux bruns ondulant au gré de son déhanché. Aurélien suivait comme il pouvait. À intervalles réguliers, elle retournait vers lui un visage de mouche aux immenses lunettes noires, *da questa parte*, Aureliano. Ils arrivèrent devant une Tesla Model X qui, à leur approche, déploya ses portes papillons vers le ciel. « La voiture de Gaetano », précisa Giuseppina. Un peu étonné, il se serait attendu à autre chose.

Aurélien, tout en répondant aux questions usuelles – Avait-il fait bon voyage ? Quand était-il venu la dernière fois ? –, la dévisageait. Son italien lui revenait. Giuseppina parlait aussi quelques mots de français. Elle avait remonté ses lunettes sur sa tête, découvrant une figure avenante aux pommettes hautes. Sa bouche grenat était comme un fruit mûr. Il la trouvait belle à sa manière, malgré des traits plutôt épais et une probable addiction au collagène. Il ne savait dire où se logeait sa beauté, si c'était vraiment ce dont il s'agissait ou quelque chose d'autre, quelque chose d'insaisissable, et qui donnait envie de la regarder longtemps. L'habitacle était saturé de l'odeur de son parfum, une essence gourmande qui soulevait un peu le cœur. Elle pouvait avoir une quarantaine d'années, peut-être plus, c'était difficile à évaluer. Il admirait ses efforts pour tromper le cours du temps comme si elle avait choisi d'ignorer son sort et celui de l'humanité. Il pensa aux héroïnes outrageusement sophistiquées des publicités Versace, des walkyries en lutte contre la fatalité de l'existence.

Malgré une demi-heure dans les embouteillages à la sortie de la ville, le trajet passa relativement vite. Giuseppina, volubile, fit la conversation toute seule et, quand celle-ci se tarit, elle lança une excellente playlist de tubes italiens des années quatre-vingt-dix. Giuseppina chantait et se tournait parfois vers lui en souriant. Aurélien se sentait bien, l'urbanisation était moindre, les quartiers plus arborés et l'air devenait plus respirable au fur et à mesure que l'on grimpait sur les hauteurs. Andrea Bocelli et Giuseppina, paupières dangereusement closes, s'époumonaient à l'unisson. Ils arrivèrent au sommet d'une colline qui dominait la ville dans un secteur résidentiel et manifestement cossu. Ils franchirent un portail encadré de cyprès et roulèrent jusqu'au bout d'une longue allée de gravier. Contrairement à ce qu'avait imaginé Aurélien, l'allée débouchait sur un ensemble architectural qui alliait béton et verre dans le style californien des années cinquante.

Gaetano les attendait devant la maison et leva les bras en signe de bienvenue. Malgré son âge, l'homme conservait sa prestance. Il lui sembla qu'il n'avait pas tellement changé depuis ses années de professorat. Vêtu d'un polo bleu clair et d'un pantalon blanc, il avait entretenu une silhouette sportive. Il étreignit Aurélien chaleureusement et, dans un français parfait à peine teinté d'accent, l'accueillit comme un ami qui lui avait manqué.

Aurélien nota que Giuseppina embrassa Gaetano à la commissure des lèvres. Une autre femme, un peu plus jeune que Giuseppina, apparut dans l'embrasure de la porte. Elle se présenta d'un ton enjoué, elle s'appelait Lucrezia. Gaetano l'attrapa par la taille.

« Ce sont mes muses, elles sont fantastiques. »

Aurélien rougit.

« C'est une déesse, continua Gaetano. *Anche tu, Giuseppina, sei una dea !* »

L'Italien adressa un clin d'œil à son invité.

« Lucrezia va te montrer ta chambre et ensuite nous dînerons. Armando et Toni, mes amis du palazzo Strozzi, se joindront à nous. On se retrouve tout à l'heure ! »

Aurélien suivit Lucrezia. D'apparence, elle était très différente de Giuseppina. Son style était simple et sans artifice. Elle portait un débardeur un peu ample à fines côtes et une jupe longue et moulante avec des sandales ouvertes à semelles épaisses. Ses ongles de pied avaient fait l'objet de nombreux tests chromatiques de vernis, laissés en suspens.

Lucrezia poussa la porte d'une vaste chambre épurée à l'extrême. Un grand sommier en bois rustique assemblé en tenons-mortaises apparents et un petit bureau en noyer constituaient l'essentiel du mobilier. Les placards étaient intégrés dans les cloisons. L'ensemble dégageait une sobriété monacale dans un volume luxueux. Des interrupteurs en laiton qu'il suffisait d'effleurer permettaient de varier l'intensité lumineuse de l'éclairage. Tout avait été pensé avec un soin méticuleux. Lucrezia fit glisser un panneau coulissant et découvrit une vaste salle de bains comme excavée dans un monolithe de marbre rose veiné de brun. Elle expliqua dans un italien rapide : « L'eau se met en marche quand tu entres. Il n'y a pas de têtes de robinet, mais une commande digitale avec une molette centrale et cet écran qui affiche la température et la consommation. Prends ton temps, nous dînons tard ici. » Elle le laissa sur un sourire évasif.

Aurélien avait rêvé d'une longue douche, mais le chronomètre et l'indication du volume d'eau utilisé – soixante-sept litres en quatre minutes – eurent vite fait de le culpabiliser et il l'écourta. Il ne s'attendait pas à un tel luxe. La restauration était un métier de passionné et il n'était pas facile de gagner confortablement sa vie. À l'évidence, Gaetano savait se vendre auprès de riches collectionneurs. Il s'habilla rapidement et rejoignit son hôte.

La table était dressée dans un vaste espace ouvert qui donnait sur une piscine aux proportions admirables, un trait long d'une vingtaine de mètres et particulièrement étroit. Giuseppina y nageait une brasse nonchalante.

À la fois salon, salle à manger et cuisine, la pièce imposait par sa taille inhabituelle. La hauteur sous plafond était superbe. Un des pignons était habillé d'une grande cheminée contemporaine d'inspiration Art déco en onyx rubané. Gaetano avait passé un tablier et s'affairait en sifflotant derrière un comptoir de marbre qui dissimulait la cuisine. Contrairement à ce qu'Aurélien aurait pu attendre, il était difficile de voir dans cet intérieur la moindre référence à son métier. Aux volumes spacieux répondait une décoration minimaliste et sobre, hormis un imposant retable du Trecento représentant une crucifixion sur fond d'or dans un style qui rappelait celui de Giotto, sans toutefois les efforts de perspective, l'expressivité des figures et la palette raffinée du père de la Renaissance.

« Bernardo Daddi, 1340, confirma Gaetano en lui tendant un spritz. *Prego !* » Aurélien se laissa glisser dans un fauteuil. « En ton honneur, je prépare la *pasta.* » Tout en cuisinant, Gaetano lui posa quelques questions de courtoisie. Les effluves d'ail et de basilic frais envahirent la pièce. Le ciel prenait une teinte rosée, le fond de l'air était toujours chaud ; Aurélien se sentit étrangement bien.

Alors Giuseppina émergea de la piscine. Nimbée de la lumière ambrée de cette fin de journée, elle apparut à Aurélien dans la fraîche nudité d'une déesse anadyomène, une déesse qui tenait davantage des onctueuses naïades de Rubens que de la Vénus gracile de Botticelli. Derrière elle, la surface de l'onde scintillait, parcourue de reflets dorés. Son corps alourdi par l'âge, ses seins nus et miraculeusement tendus, sa silhouette callipyge dégageaient une sensualité troublante. L'eau ruisselait sur sa peau en chapelet de perles translucides, soulignant les rondeurs de sa plastique d'une brillance glacée. Elle regarda Aurélien et lui sourit, sans l'ombre d'une gêne. Il détourna aussitôt les yeux.

Armando et Toni arrivèrent. Ils portaient des costumes croisés sur des chemises colorées. Avec une déférence surjouée, Gaetano présenta Aurélien comme le futur président du Louvre. Le concerné rougit, embarrassé. Armando et Toni formaient l'entité bicéphale à la tête de la fondation du palazzo Strozzi. La conversation démarra, légère et agréable. Giuseppina et Lucrezia riaient de bon cœur et si Lucrezia était réservée, insaisissable et presque sauvage, Giuseppina, volubile, ne manquait jamais d'esprit.

Ce fut une soirée délicieuse. Les spritz et le Nobile di Montepulciano avaient délié les inhibitions d'Aurélien. Chacune de ses saillies faisait mouche. Il se révélait piquant et drôle, les yeux des femmes brillaient. Armando et Toni étaient bon public et, s'il lui avait semblé qu'ils forçaient le trait au début, sans doute impressionnés par sa position au Louvre, il était convaincu maintenant de la sincérité de leurs rires. Les pâtes de Gaetano, savoureuses, appelaient le bon vin et la gaieté.

À un moment, Giuseppina se leva pour mimer les postures de quelques madones célèbres. Avec un châle, elle avait fait une poupée pour représenter l'Enfant Jésus. Elle excellait dans les directions de regards et le placement des mains. On reconnut sans difficulté *La Vierge Alzano* de Bellini, *La Vierge de l'Annonciation* de Messine, *La Madone aux fuseaux* de Léonard et sa main suspendue. Lucrezia la rejoignit et s'assit sur ses genoux pour compléter *Sainte Anne, la Vierge et l'Enfant*. On quitta le registre des madones. Pour *Judith décapitant Holopherne* version Gentileschi, Gaetano prêta ses traits au général assassiné avec force mimiques et implication. Les réponses fusaient avant même que les poses se figent, et Giuseppina et Lucrezia s'ingéniaient à compliquer l'exercice en choisissant pour modèles des œuvres de plus en plus confidentielles. On se creusa longtemps les méninges pour deviner une *Bethsabée au bain* de Pietro Liberi.

Gaetano resservait ses invités de vin, copieusement, sans s'épargner. Toni prenait son rôle de directeur artistique à cœur. Il améliorait la composition, courait chercher des accessoires, faisait parfois office de personnage d'arrière-plan, n'hésitait pas à proposer sa veste pour en faire une étoffe. Armando et Gaetano étaient hilares. Cela faisait longtemps qu'Aurélien n'avait pas passé une aussi bonne soirée.

Vers 2 heures du matin, Armando et Toni se levèrent en titubant pour prendre congé. Passablement enivré, Aurélien se coucha avec difficulté. Il n'avait pas l'habitude de boire ainsi et il payait son manque d'entraînement. Son lit roulait et tanguait, malmené par une houle imaginaire. Il se cramponna à ses draps pour ne pas tomber. Il tâcha de concentrer son attention ailleurs. Dans la chambre adjacente, il entendit des rires se mêler aux intonations graves de son hôte. Quelques minutes plus tard, les esclaffements cédèrent la place à de longs râles sans équivoque. Il regretta d'avoir oublié ses boules Quies dans le train. Il était 2 h 30, derrière la cloison Giuseppina gémissait d'une voix chaude.

Ou peut-être était-ce Lucrezia.

Un désir infini

Le lendemain, Gaetano passa une tête joviale par l'entrebâillement de la porte de la chambre d'Aurélien. « Bien dormi ? Je t'emmène sur la côte. J'ai une furieuse envie d'oursins ! Je te prépare un petit déjeuner et nous partons dans la foulée ! » Aurélien n'eut pas le temps de répondre quoi que ce soit, Gaetano s'était déjà éclipsé, le laissant hagard sur le bord de son lit avec sa gueule de bois. L'écran LCD de la douche lui apprit qu'il n'était pas tout à fait 7 heures. Il s'habilla, boucla son sac et retrouva Gaetano qui s'affairait à concocter des œufs brouillés agrémentés de ciboulette, de baies roses et d'une tranche de truite fumée dont la couleur s'accordait parfaitement à celle de son polo corail. L'Italien avait déjà pris son petit déjeuner et pendant qu'Aurélien attaquait le sien il sortit de son garage un coupé Fiat cabriolet. Il jeta les bagages dans le coffre et les deux hommes quittèrent la villa en direction de la côte tyrrhénienne. Ils avaient deux heures de route devant eux.

Il était encore tôt, le voile de l'aurore se dissipait, découvrant les mamelons des collines piquées de pins et de cyprès. Déjà on pouvait sentir la chaleur monter. Sous leurs yeux la Toscane se réveillait, verte et riante.

Pendant le trajet, Gaetano évoqua son enfance. Aîné d'une fratrie de trois garçons, il était né dans la région de Florence, à Lucciano, sur les flancs du Montalbano. De l'autre côté de cette montagne de six cents mètres, qui offrait un point de vue magnifique sur les vignes environnantes et les plantations d'oliviers, s'étendait la commune de Vinci. Ses parents étaient brocanteurs itinérants, si bien qu'avec eux, de foires en marchés, il avait parcouru la Toscane dans toutes ses largeurs, des cimes des Apennins au Monte Argentario, de l'embouchure de l'Arno à Sansepolcro où naquit et mourut Piero della Francesca, à la frontière avec l'Émilie-Romagne. C'est son père qui avait assuré l'éducation de ses fils au mépris de l'école obligatoire et ce jusqu'à la neuvième année de Gaetano, âge où après plusieurs rappels à la loi le jeune garçon avait été placé chez son oncle à Prato pour suivre le cursus classique. L'oncle lui avait fait bon accueil et, même s'il était de tempérament farouche, Gaetano avait fini par nouer quelques solides amitiés à la *scuola primaria*. Il s'était remarquablement bien adapté à sa nouvelle condition, mais rien ne pouvait surpasser l'âge d'or qu'avaient été les neuf premières années de sa vie à l'école de son père et de la nature, neuf années d'absolue liberté sur les routes, à l'avant du fourgon bâché rempli d'objets en tout genre. Infiniment fier de ce que sa Toscane natale avait donné au monde, et qu'elle ait permis à ses enfants des classes populaires de rayonner à la cour des princes par leur talent, le père de Gaetano avait compris que l'art était un ascenseur social extraordinaire. Il avait transmis à son fils la passion du beau et son goût pour le quattrocento.

Ainsi, au même titre que les tables de multiplication ou que la conjugaison, le père avait insisté pour que son garçon cultive son sens de l'observation, qu'il apprenne le dessin comme l'harmonie des couleurs, leur mélange et leur correspondance. Assidu et talentueux, Gaetano ne se départait jamais d'un carnet dans lequel il capturait d'un trait souple la foule de détails qui arrêtaient quotidiennement son regard : ici, la silhouette du facteur, là, les rudes mains paternelles, le tronc tortueux d'un olivier centenaire, les vestiges d'une architecture. Il lui était arrivé de vendre ses croquis rapidement aquarellés sur le marché de San Lorenzo, à des touristes enthousiastes. Ces quelques sous gagnés grâce à son talent lui avaient donné une idée : voulant expérimenter la peinture à l'huile, il avait représenté les principaux monuments de Florence en miniature à l'intérieur de coquillages larges et plats qu'il avait ensuite montés en pendentifs. Les hippies raffolaient de ces breloques et il avait été abondamment copié.

Quand la famille n'était pas sur les routes, sur les marchés ou dans les granges à la recherche d'objets à revendre, ce qui du point de vue des gosses ressemblait à une chasse au trésor perpétuelle, elle se retrouvait dans un corps de ferme perché sur le versant de la montagne. La bâtisse était modeste, mais l'ouvrage de belle pierre était de qualité et certainement qu'aujourd'hui elle valait une petite fortune. La moitié du bâtiment était transformée en réserve dans laquelle on empilait les trouvailles récoltées au gré des vagabondages de la camionnette paternelle. L'hiver, les brocantes se faisaient plus rares et on en profitait pour réparer ce qu'on avait acheté en mauvais état. On tournait des pieds pour rééquilibrer chaises et commodes, on remplumait les coussins brodés, on bouchait les trous de vrillette avec une préparation de colle et de sciure finement moulue, on soudait, on peignait, on dorait. Plus discrètement, à l'abri des regards du voisinage, dans un recoin de la cour, on patinait « à l'ancienne » un meuble à l'aspect un peu trop récent, on comblait quelques lacunes sur un tableau abîmé et il arrivait parfois qu'on fasse réaliser par un cousin menuisier un jumeau de toutes pièces à un fauteuil esseulé, pour avoir la paire. « Cela se vend mieux par deux », disait le paternel, et il ajoutait en riant : « Comme les chaussures ! »

Un jour, son père avait rapporté d'une succession une icône sur bois peinte à la manière de Raphaël, datant probablement du XIXe siècle. C'était plutôt une moitié d'icône puisqu'elle avait pris l'eau, stockée dans un grenier en dessous de tuiles disjointes. Une Sainte Vierge au teint de lait tendait les bras vers un Jésus invisible, disparu dans les limbes de la masse grise. Gaetano avait entrepris sous le regard sceptique de son père de reconstituer l'intégralité de la figure de l'enfant. Il y était parvenu en assemblant plusieurs dessins de maîtres trouvés dans des livres d'école. Le résultat était si réussi, si délicat, si parfaitement vieilli qu'il avait stupéfié ceux qui l'avaient vu. La Vierge se penchait vers un enfant potelé et charmant qui, attrapant sa main, lui rendait toute la douceur de son regard. Leur relation était si naturelle qu'il était impossible d'imaginer que la composition ait pu être autrement. Le père, estomaqué par le talent de son fils, lui avait dit : « Tu n'as plus qu'à t'établir comme faussaire et ta fortune est faite ! » En réalité, faussaire, Gaetano l'était déjà un peu : l'icône fut vendue un bon prix à un collectionneur de Florence et on laissa habilement planer un doute sur son ancienneté.

En sillonnant la campagne cheveux au vent, Gaetano raconta encore les truites pêchées dans les affluents de l'Arno, la traque des ibis falcinelles dans les marais, le braconnage des chardonnerets à la colle. Il évoqua aussi en termes crus ses amours champêtres, à l'écouter ils avaient été précoces et nombreux. Par les mots qu'il employait, on comprenait que le désir de ses vingt ans ne s'était jamais tari, que son énergie était restée intacte.

Au gré des villages et des lieux-dits, Gaetano convoquait les prodiges du quattrocento au travers d'anecdotes savoureuses. Il mêlait sa propre histoire à celles de ses illustres compatriotes, comme s'il avait été leur contemporain, si bien que dans la tête d'Aurélien elles se confondaient et Gaetano lui apparaissait comme un homme de la Renaissance, partageant avec eux la fougue créatrice et le génie. Il subsistait dans leur relation une hiérarchie ancienne, celle du maître et de l'élève. Aurélien écoutait son ex-professeur religieusement, admiratif de ses connaissances vastes et profondes, mais plus impressionné encore par son expérience des hommes, comme si, de sa seule existence, il avait tiré plusieurs vies.

L'Italien pourtant loquace restait un puits de mystère. Il évitait certains sujets qui brûlaient la curiosité d'Aurélien. Par exemple, il ne laissait rien entendre sur la provenance de ses biens. Il ne disait pas non plus ce qu'il avait fait ces dernières années, et quand Aurélien avait demandé comment allait l'activité il avait répondu un *va bene* impénétrable. Sans parler du rôle de Giuseppina et Lucrezia dans sa vie. Qui étaient-elles ? Ses assistantes, et encore ? Et puis quelle était la part de vrai dans le récit enchanteur de cette enfance ?

La chaleur devenue écrasante avait tari le flot de leur conversation. Aurélien était plongé dans ses pensées et Gaetano conduisait vite, pressé d'arriver. Ils avaient contourné Sienne et dépassé le Monte Amiata. Peu après Grosseto, Gaetano s'enfonça dans un réseau de petites routes qui longeaient la côte, à quelques centaines de mètres à l'intérieur des terres. Ils imaginaient la mer tout près, son azur profond ajouré d'un ruban turquoise, brodé çà et là d'écume blanche, signe de quelques hauts-fonds ou rochers affleurants. Ils garèrent la voiture sur un parking et s'engagèrent sur un sentier qui fendait la garrigue pour rejoindre la crête d'une falaise émoussée. La mer, dont ils pouvaient déjà sentir le parfum iodé, s'offrit enfin à leur vue. Ils lui jetaient des coups d'œil de temps à autre, s'immobilisant une fraction de seconde pour apprivoiser sa présence, pour se faire à son immensité, au changement d'échelle qu'elle leur imposait. Ils marchèrent en silence une vingtaine de minutes sous un soleil de plomb avant de trouver un escalier qui plongeait vers l'eau bleue ses centaines de marches, certaines taillées dans la roche, d'autres en pierres rapportées et cimentées. Ils aboutirent sur une petite crique dont l'embouchure était à moitié obstruée par un gros rocher qui émergeait comme un iceberg. Ils étaient seuls, loin des populations tanorexiques qui, au moindre rayon de soleil, prennent d'assaut chaque centimètre carré de la côte italienne. Gaetano s'en félicita. L'Italien ne perdit pas une minute. Il se déshabilla entièrement, empoigna un court trident incurvé ainsi qu'une paire de lunettes et, dessinant dans l'air un arc parfait, il perça la surface sans un remous. Aurélien hésita à se mettre à l'eau lui aussi, mais il avait bêtement oublié son maillot de bain dans le coffre de la voiture et préféra rester en caleçon sur une pierre large et plate tout à fait confortable d'où il pouvait nonchalamment immerger ses jambes jusqu'aux genoux. Écrasé par la chaleur, Aurélien suivait du regard le corps neptunien de Gaetano déformé par l'onde. Il l'observait disparaître de longues minutes sous la surface et réapparaître à intervalles réguliers, un oursin capturé au bout de son grappin. En quelques brasses indiennes, l'Italien gagnait le bord et faisait glisser l'oursin dans l'anfractuosité d'une grosse pierre qui lui servait de garde-manger. Il replongeait aussitôt vers le milieu de la crique, évoluant sous l'eau les bras le long du torse, mû uniquement par des battements de pieds fluides et continus. La diffraction dessinait sur sa peau les motifs de la piscine de Hockney et Aurélien nota qu'aucune marque de bronzage ne délimitait son dos de ses fesses, ce qui devait être l'ultime récompense d'une pratique naturiste assidue.

Les oursins s'accumulaient. Gaetano décida d'arrêter là et de profiter de sa pêche. Il émergea, s'ébroua et fit quelques étirements sur les rochers – Aurélien détourna pudiquement le regard –, puis l'Italien proposa d'ouvrir quelques-uns de ces délicieux *ricci* pour le déjeuner, c'est comme ça qu'on appelait les oursins ici, des hérissons. Aurélien ne se fit pas prier, les échinides étaient divins, leur corail iodé luisait d'un orange vif plaisant, mais il aurait été plus à l'aise si Gaetano n'avait pas été entièrement nu. Ils complétèrent leurs agapes avec quelques sandwichs qu'ils avaient emportés. Le soleil était maintenant à son zénith et Aurélien se trouva une envie irrépressible de faire la sieste. La tête encore lourde du dîner de la veille, il s'allongea sur la pierre plate. L'Italien s'étendit à côté de lui, car, comme il l'avait fait remarquer, il y avait de la place pour deux. Essayant d'oublier sa gêne, Aurélien ferma les yeux pour sentir pleinement la chaleur du soleil sur ses paupières. Après tout, c'était une chance d'être là et il fallait en profiter. Il s'endormit, loin du bruit du monde, loin de Daphné et de Claire. Au seuil du sommeil, les images de Lucrezia et Giuseppina se mêlèrent à celles des madones, et il songea que tous ces personnages fixés pour l'éternité par la vision des peintres étaient à l'origine des êtres de chair, pris dans les tourments de la chair, ses basses nécessités, son vieillissement. Il imagina ce que pouvait être la vie de Ginevra de'Benci, si elle avait véritablement ce regard statique et mélancolique et la manière dont son visage pouvait s'animer quand il en était autrement de son humeur.

Il fut réveillé par Gaetano qui, ne tenant plus en place, lui proposa de rallier à la nage la pointe de la côte qui faisait face à la petite crique où ils se trouvaient. Aurélien, les paupières encore collées, le corps déjà rougi, répondit que, oui, pourquoi pas, la traversée leur ferait un peu d'exercice. Il répondit cela par politesse, peut-être aussi pour donner une image sportive des Français, car il n'en avait pas tellement envie. Pudique, il préféra conserver son caleçon. Ils se mirent à l'eau, l'Italien lestement, comme un lézard amphibie, le Français laborieusement, souffrant sur les cailloux.

Gaetano était un excellent nageur. Il avait suffi de quelques moulinets de bras pour qu'Aurélien se trouve largué, empêtré dans une nage molle et inefficace, essoufflé par une respiration chaotique. L'Italien, au contraire, fendait la mer sans effort, tendu comme un trait. Son crawl en longues coulées et prise d'air tous les trois mouvements était impeccable. Son corps était une torpille, propulsée à vitesse constante par une série de gestes fluides et parfaitement synchronisés. Était-ce la différence de température, le dîner de la veille ou la fatigue accumulée, mais Aurélien se sentit faiblir rapidement. Alors qu'il se trouvait à mi-parcours, une raideur s'empara de sa nuque. Il ressentit une forte douleur à la tête, la sensation d'une barre lourde et glacée qui traversait ses tempes. Soudain, il eut très froid. L'air lui manquait, la cage thoracique comprimée, il haletait, tâchant comme il pouvait de maintenir sa bouche à la surface, s'efforçant de reprendre son souffle par des inspirations brèves et saccadées. Sous ses pieds, le fond n'était pas si loin, deux mètres cinquante, trois mètres tout au plus. Il tendit la jambe pour y chercher un appui, mais une crampe lui arracha un cri de douleur. Aurélien ferma les yeux. Il les rouvrit sous l'eau. Au-dessus de lui, déformé par l'onde, le soleil flottait sur son champ de vision. Une chips tremblante et molle. Il fit encore quelques mouvements de bras inutiles. Il referma les yeux et sentit son corps vriller sur lui-même, inexorablement attiré par le fond. Une étrange paix succéda à sa panique. Des éclats de lumière vive filtraient à travers ses paupières. Le monde extérieur lui parut tout à coup loin, très loin, engourdi dans le silence de la mer, expurgé de ses agressions, lissé, poncé, adouci. Il pensa aux oursins.

Quand il reprit ses esprits, il était sur la rive. Gaetano l'avait hissé sur la pierre plate. Il lui fallut encore une bonne demi-heure pour récupérer ses forces. Il pouvait sentir chaque centimètre carré de sa peau se réchauffer peu à peu. Ils ne parlèrent pas de l'incident. Comme le soleil déclinait, ils décidèrent de quitter la crique. Ils remontèrent les marches puis le sentier côtier, et Aurélien se trouva subitement bien. Il avait faim, les émotions avaient excité son appétit.

Parvenus au sommet d'un petit promontoire, ils tombèrent sur un restaurant qui offrait un point de vue panoramique. Sur une terrasse, une douzaine de tables éclairées par des guirlandes accrochées à des oliviers entourait une gargote couverte par un auvent. On y cuisinait du poisson grillé et des fruits de mer. Ils commandèrent une poêlée de langoustines ainsi qu'un assortiment de poulpes et de coquillages. Les plats arrivèrent rapidement, apportés par une jeune femme dans la vingtaine, la moitié du crâne rasée. Un *crop top* laissait apparaître un piercing au nombril, un dauphin en métal argenté. Gaetano attaqua son assiette avec entrain. En habitué, il décortiquait les crustacés avec célérité. Tout occupé à sa tâche, sans lever la tête, il interpella brusquement Aurélien :

« Alors, Aureliano, que fais-tu ici ? »

Aurélien avait attendu deux jours pour que cette question lui soit posée et, maintenant qu'il y était confronté, il n'aspirait qu'à échapper à cette conversation. Il se racla la gorge. Gaetano ne le regardait pas. Il continuait à avaler les *scampi* goulûment. Il redemanda du chianti à la serveuse et fit une allusion déplacée au cétacé étincelant qui cabriolait dans son nombril. La jeune femme haussa les épaules et leur tourna le dos. Aurélien rassembla ses esprits.

« As-tu entendu parler du projet de restauration de *La Joconde* ? »

Gaetano sourit.

« Bien sûr, Florence n'est pas si loin de Paris. Les bruits de couloir du Louvre me parviennent parfois jusqu'ici !

— Tu sais donc que nous avons lancé un appel à candidatures. Pourquoi n'y as-tu pas répondu ? »

Gaetano but une longue rasade et posa son verre. Il dévisagea Aurélien.

« Pourquoi es-tu là ? Pourquoi es-tu allé chercher le vieux Gaetano pour ton entreprise de restauration ?

— J'étais étonné de ne pas recevoir ton dossier. »

Le restaurateur dépiauta une langoustine méticuleusement, l'engloutit dans un féroce bruit de succion puis se lécha les doigts avant de reprendre :

« Qu'est-ce que c'est qu'un dossier, Aureliano ? A-t-on encore besoin de dossier ? Tu me connais et c'est pour cela que tu es là. Je te ferai ton dossier. Giuseppina en fait toute la journée, des dossiers. Mais je voulais que tu viennes ici. Que tu comprennes, que tu voies l'évidence. Il n'y a que moi pour restaurer *La Joconde*. Nous sommes issus de la même terre, Léonard et moi. La Toscane nous a faits, ses champs, ses vallons, sa lumière. Si j'avais envoyé un dossier, serais-tu venu ? Non, certainement pas. » Il rit. « On ne serait pas là à se baigner nus dans les rochers, à manger des langoustines et des oursins.

« Mais maintenant que tu es venu, demain quand tu rentreras chez toi, tu te souviendras de cette journée. Tu te souviendras de la vigueur de ma brasse, de nos conversations sur tous les génies que la Toscane a enfantés. Tu te souviendras que je suis l'un des leurs. Quelques jours plus tard, tu recevras le dossier que tu attends. Et dans la foulée, tu me choisiras pour effectuer la restauration. Car c'est mon destin et c'est aussi le tien. Personne ne le veut plus que moi. Je le veux plus qu'Isabelle d'Este son portrait par Vinci, plus que les encyclopédistes, la technique de Picault. J'ai le désir, Aureliano. Mon désir est infini. Il est vaste comme l'univers. Je veux ressentir l'attente des gens, elle ne me fait pas peur. Je veux embrasser leur crainte. Je veux les rassurer, *con il mio talento*, comme on rassure un enfant. Je veux être un père, un sauveur. Un *salvatore*. Tiens, reprends des moules. »

Aurélien n'avait rien à ajouter. Il se resservit et mangea en silence, méditant ce qu'il venait d'entendre. À un moment, il se leva et demanda les toilettes qu'on lui indiqua d'un geste vague. Il les trouva après un certain temps, dans un cabanon au bout du parking. Quand il revint, Gaetano s'entretenait avec la jeune serveuse.

Ils commandèrent encore un verre et l'Italien alluma un cigare. Les températures étaient délicieuses, une légère brise soufflant de la mer animait les lueurs des bougies qui avaient fleuri sur les tables comme autant de scènes de Georges de La Tour. La serveuse revint pour empocher l'addition. Avant de s'éloigner, elle tendit un bout de papier avec son numéro à Gaetano, puis elle colla sa joue contre la sienne.

« Je viens souvent ici », glissa Gaetano à Aurélien, comme pour se justifier.

Randonnée picturale

Une fois les visiteurs partis, Homéro et un bataillon de techniciens de surface prenaient d'assaut la Grande Galerie. Deux autolaveuses qu'Homéro regardait avec envie ouvraient la marche, tandis qu'une dizaine de mains aguerries passaient chiffons et solution dégraissante sur les éléments de mobilier.

Homéro se dirigeait ensuite vers la salle des États. Il dépoussiérait d'abord chaque cartel au plumeau microfibre, puis il imbibait une chamoisine de produit nettoyant qu'il frottait sur l'immense garde-corps en bois qui protégeait *La Joconde* de la pression de la foule. Il s'attaquait après à la vitrine, d'un geste appliqué et lent, un geste d'une précision absolue. Cela fait, à l'aide d'une lumière portative bleue et rasante, il l'inspectait avec minutie pour s'assurer qu'aucune poussière ne viendrait entraver la visibilité de l'œuvre. C'était à ce moment-là qu'il posait véritablement son regard sur le tableau, perçant la matérialité du verre pour plonger dans sa chair picturale. Chaque soir était l'occasion d'une nouvelle rencontre avec la peinture. Il en explorait les moindres détails avec une avidité consciencieuse. Dans un premier temps, il aimait se perdre dans son arrière-plan, remonter les méandres du chemin, s'aventurer dans la rocaille, s'immerger dans les lacs lointains, franchir mentalement les arches du pont de pierre ou gravir les parois abruptes des montagnes. Puis progressivement il revenait vers le premier plan, s'attardait sur le petit parapet que l'on apercevait de part et d'autre de la jeune femme et cherchait le dessin des colonnes aux extrémités du tableau. Du siège en bois à l'imperceptible présence, il admirait les mains si sereines, le merveilleux plissé des manches et leur couleur d'or fané, la transparence de la gaze, le motif géométrique des broderies et leur relief parfaitement rendu. Alors il remontait le subtil enroulement des boucles des cheveux pour enfin contempler le visage et son modelé délicat, le sourire dont on avait tant parlé, « plus divin qu'humain », les paupières chaudes et molles largement dessinées, et l'iris ambré. C'était quelques minutes chaque soir qui justifiaient sa journée, quelques minutes peut-être plus réconfortantes encore que le corps accueillant d'Hélène ou le souvenir de sa mère.

Présage

Quelques jours à peine après le retour d'Italie d'Aurélien, le Louvre enregistra la candidature de Gaetano Casani. Il fut invité avec les deux autres candidats qui s'étaient maintenus à venir examiner le tableau qu'on avait sorti de la vitrine et décadré pour l'occasion. Alors que les autres participants prirent quantité de photos et s'attardèrent jusqu'aux limites du temps imparti, l'Italien, expéditif, jeta à la peinture un regard concis, au ras de la matière, puis remercia les manutentionnaires et quitta la pièce sans poser de questions.

Un mois et demi plus tard, on réceptionna les offres des restaurateurs qu'on étudia scrupuleusement, puis on les convoqua pour qu'ils présentent leur dossier en détail et lever les dernières interrogations. Gaetano fut le premier à défendre son projet. Précédé de sa réputation, il partait grand favori. Devant les membres de l'assemblée qui rappelèrent à maintes reprises qu'on attendait du restaurateur de *La Joconde* une infinie prudence et un sens aigu de la nuance, l'Italien sut se montrer rassurant. Il s'en tiendrait au cahier des charges et lèverait le scalpel au moindre doute formulé. Il décrivit la technique qu'il emploierait, rien d'original, coton, grattoir, différents solvants, appréciation et vigilance. Son devis était tout à fait honnête pour un travail de cette ambition. De toute évidence, il ne faisait pas cela pour l'argent.

Bruno Magassian ne s'en tira pas trop mal. Son élocution était claire et Aurélien émit intérieurement l'hypothèse qu'il avait suivi une cure de désintoxication. Toutefois, il n'avait pas le dixième de la vivacité de Gaetano et, hélas pour lui, rien ne pouvait faire oublier son erreur tragique sur la toile du Titien. Quant à Agnès Barrot, elle était excellente, si ce n'est qu'elle manquait d'expérience. Il est certain que si elle avait eu davantage de références, il y aurait eu un ballottage entre sa candidature et celle de Gaetano. D'ailleurs, par contraste, on se demanda si l'âge de l'Italien serait un problème, s'il n'était pas trop vieux, mais chacun était forcé de constater qu'il affichait une forme olympique et la plupart des membres de la commission d'appel d'offres n'avaient pas son énergie. Sans réelle surprise, Gaetano fut choisi.

Jusque-là, Aurélien n'avait rien à se reprocher. Sa responsabilité engagée, il avait œuvré avec rigueur et professionnalisme. Le protocole avait été scrupuleusement suivi. Il avait garanti à cette restauration des conditions sérieuses. Il aurait peut-être préféré Jacqueline Champagne, mais Gaetano s'était montré convaincant. Il avait confiance. Relativement confiance. Il faudrait être sur son dos. Mais la commission était là qui exercerait un contrôle précis. Les experts se déplaceraient aux différentes étapes pour inspecter l'avancée des travaux et retenir la main trop enthousiaste. Lui-même ne lâcherait pas l'Italien et irait tous les jours à l'atelier. Tout allait bien se passer. Jusqu'ici, tout s'était bien passé. Les choses avaient été faites dans les règles. Les moyens étaient là, tout était documenté. Le dossier d'analyse était plus gros que le Bottin. Le geste était balisé, simple. Différents points d'étape. Des rendez-vous réguliers avec les experts. Un contrôle permanent de la commission, des caméras. Non vraiment, tout allait bien se passer. Maintenant, il fallait faire accepter au monde la restauration de *La Joconde*.

Aurélien fut tiré de ses pensées par une grande claque dans le dos. Bertrand avait écrasé sa large paume entre ses omoplates. « Ça va aller, mon vieux, dit-il avec un clin d'œil appuyé. Au pire, tu finis à Abu Dhabi ! » Il s'éloigna en riant.

En rentrant, Aurélien fut presque surpris de trouver Claire dans l'appartement. Il prépara un soufflé au fromage, c'était le point d'orgue de ses compétences culinaires, mais celui-ci retomba immédiatement. Il y vit un mauvais présage. Ils dînèrent rapidement et parlèrent peu. Il tenta d'évoquer la restauration, mais Claire semblait ailleurs. Elle se coucha avec un roman de Despentes et Aurélien s'enferma dans son bureau.

McKinsey

Saturation par transparence.

Le titre du document était programmatique.

Le jeune homme devait avoir vingt-cinq ans. C'était probablement un de ces centraliens brillants qui forment la cohorte des sociétés de conseil et l'on voyait qu'il s'était profondément imprégné de son sujet pour préparer sa présentation. Un ponte du cabinet à l'allure sportive, tempes grises et yeux d'acier, couvait son poulain d'un regard attentif dans lequel perçait une lueur de fierté. Saturation par transparence, fallait oser. C'est à ça qu'on reconnaissait la touche McKinsey. On amenait tout de suite la réflexion à un niveau méta. Trois semaines avant, ils avaient recueilli le brief et signé les accords de confidentialité. Ils avaient posé quantité de questions, puis avaient promis qu'on se reverrait très vite. À présent, ils étaient de nouveau réunis dans le bureau de la présidente pour délivrer leur proposition. Ils n'avaient pas perdu de temps.

Saturation par transparence. Aurélien pensa que c'est par la transparence de ses glacis que Léonard amenait avec délicatesse la couleur de la vie dans la chair. L'idée lui plut.

Les recommandations du cabinet consistaient en un protocole adapté des plans de communication de crise, enrichi de nouveaux préceptes hérités des leçons de la pandémie. La stratégie était simple : pour déminer tous les reproches et attaques qui ne manqueraient pas d'advenir, il fallait aveugler le public de transparence, lui donner plus d'informations qu'il ne pouvait en digérer, l'éreinter de précisions, de diagnostics, d'expertises. Il fallait rompre avec la tradition du musée de faire les choses en secret. Il s'agissait d'être pédagogue. Daphné hochait la tête, convaincue. Le plan de communication devrait être solide et particulièrement dense pour justifier les raisons qui nous poussaient à intervenir aujourd'hui sur le tableau le plus célèbre du monde. L'argument fondamental était la nécessité de retrouver la lisibilité de la peinture. *La Joconde* était notre bien commun, notre patrimoine collectif. Il était du devoir du Louvre d'en prendre soin et de la montrer au public dans des conditions optimales. C'était parfaitement audible. À ceux qui s'exclameraient que c'était risqué, il faudrait expliquer que la technologie actuelle permettait de contrôler avec précision l'épaisseur des vernis, que le meilleur restaurateur était engagé pour mener à bien cette mission – passe-t-il bien en interview ? et en photo ? – et qu'une commission d'experts constituée des plus grands vinciens exercerait sur lui une surveillance continue. Au moindre doute, le processus serait levé, le temps d'apporter des réponses aux questions posées. D'ailleurs, on proposait de mettre en place un numéro vert. Un 08, exactement.

Le consultant ajouta: «Pour ne pas effrayer l'opinion, nous recommandons d'éviter les images de scalpel. Tenons-nous-en au coton-tige, inoffensif et rassurant.» Aurélien acquiesça.

Non, vraiment, la difficulté, c'était les politiques. On ne savait jamais dans quelle direction les logiques partisanes pouvaient emmener le débat. Il s'agirait d'être vigilant. Il fallait anticiper des tensions diplomatiques. Tous les peuples du monde allaient réagir; on touchait là à un patrimoine universel. Évidemment, les Italiens seraient les premiers à scruter avec attention le déroulement de la restauration. Il se pourrait qu'ils tentent de l'en empêcher, voire qu'ils demandent une restitution, comme ils l'avaient fait par le passé. D'influents mouvements nationalistes fleurissaient partout en Europe. L'art restait indéfiniment un enjeu patriotique. De toute façon, la polémique était inévitable. Si l'on y réfléchissait bien, considérant l'importance de l'opération, c'était même souhaitable qu'il y ait un débat éclairé. C'était de la publicité après tout. Il n'y a que sous les dictatures qu'il n'y a pas de débats. En fait, on avait intérêt à ce qu'on en parle, il fallait juste contenir la controverse pour empêcher un basculement de l'opinion. En quelque sorte, on devait avoir à l'esprit l'image d'un dérapage contrôlé et garder en tête que toute polémique s'éteint un jour. La pyramide de Pei était là pour en témoigner. Il faudrait tenir et éviter les erreurs. À un moment ou à un autre, le public se lasserait.

Le consultant en chef déclina les détails du plan d'action média: il faisait la part belle à la télévision. C'était intéressant de voir que même si l'objet physique était en voie de disparition, la télé restait reine. Les émissions et journaux télévisés étaient encore ce qui se faisait de mieux en matière de divertissement. Seulement, ils étaient consommés sous une forme différente : ils essaimaient sur les réseaux sociaux, tronqués et saucissonnés, en minuscules fragments de bons mots, de répliques cinglantes, d'explications hors contexte, de *clash* et de situations embarrassantes, pour y être abondamment commentés et partagés. Bien sûr, les formats courts des *pure players* type Konbini et Brut, qui s'étaient donné pour mission de réduire tous les sujets, peu importe leur complexité, à une vidéo d'une minute, s'étaient taillé une part de lion dans les audiences tous médias confondus. Mais dans son glorieux et interminable hallali, la télé prouvait qu'on ne pouvait toujours pas se passer d'elle.

De toute façon, on devait aller partout : JT nationaux – privilégier le service public – et internationaux, talkshows, presse papier, sites d'actualité, magazines généralistes et spécialisés, réseaux sociaux, influenceurs surtout… La radio, média préféré du monde de la culture, ne devait pas être délaissée. Il fallait expliquer, rassurer, lever tous les doutes, mais montrer aussi qu'on avait l'habitude de ce genre d'interventions, que c'était sous contrôle, qu'on était entouré des meilleurs. De la pure pédagogie, voyez-vous ?

L'homme aux tempes grises qui avait sensiblement le même âge qu'Aurélien s'interrompit en le dévisageant. Après une brève pause, il demanda :

« Les médias voudront peut-être l'expertise du directeur de la peinture. Vous êtes à l'aise avec ça ? Passages télé, radios, *lives* sur les réseaux sociaux ? »

Aurélien acquiesça en balbutiant, ce qui d'emblée laissa penser le contraire.

Il lui sembla qu'on le toisait en s'interrogeant sur sa capacité à être un bon élément dans ce coup de communication gigantesque, et il croyait lire une légère déception dans les yeux de ses interlocuteurs. Comme si, et ce n'était que conjectures, il lui manquait quelque chose. Peut-être son allure trop banale ne correspondait-elle pas tout à fait à ce qu'on attendait de l'apparence d'un conservateur et qu'ils – McKinsey, l'opinion – auraient préféré avoir en face d'eux un type en gilet au style plus authentique, plus *patrimoine*, qui sente la Cologne et la térébenthine. Un brocanteur. Daphné abrégea : « Je crois que c'est mieux si je m'en charge. » Tout le monde approuva et, quelque part, Aurélien fut soulagé.

Quelqu'un émit l'idée qu'il y avait un partenariat évident à faire avec une marque de cosmétiques. Redonner un teint de jeune fille à une vieille dame, c'était porteur. On supposa que L'Oréal pourrait être intéressé et la présidente enthousiaste précisa qu'elle s'occuperait personnellement du dossier.

Parmi d'autres propositions, le cabinet suggéra de documenter l'opération. On décida de reproduire ce qu'on avait fait déjà sur la *Sainte Anne*. Une équipe de tournage filmerait le processus au jour le jour et fournirait un témoignage visuel qui serait sans aucun doute passionnant. Il fallait présenter le projet à Netflix et tenter d'obtenir un financement.

On avait aussi pensé imiter ce qui avait été fait pour la restauration de *La Ronde de nuit* de Rembrandt à Amsterdam : le Rijksmuseum avait monté autour du tableau une immense cage en verre pour permettre au public de suivre en temps réel l'avancée des travaux, lesquels étaient également retransmis sur Internet. Dans le cas de *La Joconde*, on jugea que le sujet était trop sensible pour s'autoriser pareil dispositif.

Pour finir, McKinsey avait une dernière recommandation. Le jeune consultant reprit : « Comme nous l'avons évoqué lors de notre première entrevue, sans *La Joconde*, nous pouvons nous attendre à une chute drastique de la fréquentation du Louvre. Pour pallier ce déficit, nous avons une proposition à vous soumettre. » Il marqua une pause et compta intérieurement jusqu'à cinq, en fixant tour à tour chacun des participants. Son mentor ferma brièvement les paupières en signe d'acquiescement. « Nous vous suggérons de monter une exposition sur la restauration de *La Joconde* ! » Les yeux de Daphné brillèrent. Le consultant enhardi continua : « L'objectif est de donner à croire que *Monna Lisa* est toujours là. L'exposition pourrait expliquer les aspects techniques du processus, documenter un historique de la discipline avec des exemples, des films… »

Daphné trouva la recommandation excellente. « Dommage que nous n'ayons pas ce genre d'idées en interne », souffla-t-elle avec un air contrit à l'adresse des consultants. Une tristesse fugitive passa comme une ombre sur son enthousiasme.

Le jeune centralien abonda. « Il faudrait *angler* sur le côté pédagogique. Ce qui serait bien, ce serait d'y présenter une prévisualisation du résultat de la restauration de *La Joconde*, un prototype en quelque sorte. »

Daphné pointa le menton vers Aurélien.

« Tu crois que c'est possible, ça ?

— Oui, confirma-t-il. C'est possible. »

Sigrid corrobora :

« C'est tout l'objet du programme Nostradamus sur lequel nous travaillons au C2RMF. Il permet de prévisualiser l'allègement des vernis sur une œuvre à partir d'une photo haute définition. On peut tout à fait imprimer l'image obtenue et la présenter dans une exposition. Il faut juste avoir en tête que le procédé n'est pas encore totalement fiable et que le résultat final pourrait quelque peu diverger de ce que nous avons anticipé. »

Daphné se tourna vers les consultants. « Qu'en dites-vous ?

— C'est parfait ! Si vous êtes d'accord, nous pourrons utiliser cette image pour communiquer. Elle nous aidera à convaincre l'opinion et servira d'outil pédagogique pour la presse. Cela devrait nous faciliter la tâche.

— Très bien, conclut la présidente. Aurélien, je compte sur toi pour monter une exposition qui fasse oublier l'absence de *Monna Lisa* ! »

Le consultant en chef sourit et, d'un geste précis en deux temps, resserra son nœud de cravate tout en le recentrant. Encore une fois, ils avaient été brillants. Qu'on ne vienne pas leur reprocher d'avoir volé leurs honoraires…

Nostradamus

Vers seize ans, lors d'une sortie scolaire au musée d'Orsay, Sigrid Imbert avait appris que l'autoportrait de Courbet en homme blessé où on le voyait agonisant contre un arbre, la chemise tachée d'un rouge vif, recouvrait une version antérieure. Le guide avait fait circuler une reproduction de la peinture cachée. Sur l'image plastifiée et pégueuse, d'un noir et blanc contrasté, on distinguait l'artiste, non plus mourant, mais endormi paisiblement dans ce qui avait tout l'air d'une sieste, en compagnie d'une jeune femme tendrement blottie sur son épaule. Celle-ci avait été identifiée comme Virginie Binet, l'amante du peintre et la mère de son fils. Quand elle l'avait quitté à son grand désespoir, Courbet meurtri avait effacé son amour perdu et l'avait remplacé par une épée, symbole de la douleur qu'elle lui avait infligée. Si l'on avait connaissance de ce geste aussi beau que tragique, avait conclu le guide, c'était grâce à la radiographie, la même technologie que celle utilisée pour ausculter les os fracturés. Sigrid, très impressionnée, avait comparé longtemps la photocopie et l'œuvre sur la cimaise. C'est précisément là qu'elle avait attrapé sa vocation ; elle ne pourrait plus regarder une peinture sans s'imaginer qu'elle en cachait peut-être une autre, sans se dire que ce qu'elle avait sous les yeux n'était potentiellement qu'un récit amputé d'un mystère dissimulé dans une autre dimension, et que sa mission, dorénavant, serait de le révéler.

Inventée en 1895 par le physicien allemand Röntgen, la radiographie X avait ouvert la voie de l'analyse scientifique de la peinture. Dès l'année qui suivit celle de son invention, elle fut expérimentée sur des tableaux avec l'enivrante promesse de voir l'invisible. Les résultats étaient enthousiasmants : grâce à la radiographie, on pouvait connaître la nature des supports et leur structure, déterminer la technique picturale et détecter la présence de repentirs ou de peintures sous-jacentes. Convaincus de l'utilité de l'imagerie scientifique dans la recherche, les musées se dotèrent de laboratoires pour examiner leurs collections. Celui du Louvre ouvrit en 1929 sous l'impulsion de son directeur, Henri Verne.

Dès lors, la science s'invita dans le débat d'experts et d'autres techniques vinrent compléter les informations qu'il était possible d'obtenir d'une œuvre sans porter atteinte à son intégrité. La photographie sous éclairage ultraviolet autorisait la détection de repeints anciens. La spectrométrie de fluorescence des rayons X permettait d'analyser la composition chimique de la peinture et de dresser la cartographie des pigments utilisés. La réflectographie infrarouge offrait quant à elle la possibilité de traverser la couche picturale pour révéler les dessins préparatoires. Cela en faisait le Graal des techniques d'imagerie : on pouvait connaître les hésitations de l'artiste et reconstituer le cours de sa pensée.

Toutes ces technologies étaient mises en œuvre dans le laboratoire du C2RMF, un écrin futuriste aménagé dans un bunker de six mille cinq cents mètres carrés sous la place du Carrousel. C'est aussi dans ses sous-sols que l'on trouvait Aglaé, l'accélérateur à particules que le monde entier nous enviait. Un millier d'œuvres d'art y transitaient chaque année pour y être étudiées, cent cinquante personnes en blouse blanche s'y affairaient sous la direction de Sigrid, laquelle avait pleinement accompli sa destinée comme l'autorise parfois la rencontre d'une vocation précoce et d'un tempérament résolu. En plus du laboratoire, le C2RMF, dont la mission était d'assister les musées de France dans la conservation de leurs collections, disposait d'ateliers de restauration situés dans le pavillon de Flore, à l'extrémité sud-ouest du Louvre. C'était là qu'il était prévu de restaurer *La Joconde*.

Depuis quelques années, Sigrid et ses équipes travaillaient sur un algorithme capable d'anticiper l'allègement des vernis à partir d'imageries réalisées au laboratoire. Les avancées fulgurantes de la technologie et de la puissance de calcul permettaient d'acquérir et de traiter des millions de données d'informations sur la composition des œuvres. En couplant ces données à des modèles mathématiques simulant l'opacité des vernis, on devait être en mesure d'effectuer des restaurations virtuelles. Telle était l'intuition de Sigrid, et c'est ce qui mobilisait la plus grande partie de son temps.

Elle avait constitué une *dream team* de chercheurs et donné au projet un nom digne d'un James Bond ; le programme Nostradamus – elle avait osé – réunissait la crème de la crème de la science au service de l'art. Chimiste, médecin radiologue, *data scientist*, programmeur d'algorithmes et développeur, conservateur et historien ; chacun dans sa spécialité apportait sa pierre à l'édifice de son rêve. Sigrid voyait en Nostradamus l'outil ultime qui permettrait un jour de remonter le temps, couche après couche, du vernis jusqu'au dessin préparatoire. Elle se l'imaginait comme le film inversé d'une peinture en train de se réaliser. À tout moment, on pourrait appuyer sur « pause », aller et venir dans le temps. Plus tard, on pourrait montrer avec exactitude le processus de la création et peut-être même parviendrait-on à isoler les touches de pinceau les unes des autres. On verrait ainsi la peinture se faire ou se défaire, évoluer au gré des recherches et des repentirs, devenir œuvre. On saurait restituer le cheminement de sa composition, la dynamique de son exécution, on saurait reconnaître le geste. Alors, certainement, on pourrait saisir l'essence du génie.

On n'en était pas là, mais la première partie du projet était sur le point d'être accomplie. Les premiers essais de Nostradamus réalisés l'année précédente sur quelques tableaux mineurs de la collection française s'étaient avérés convaincants : les images prévisionnelles avaient remarquablement anticipé les résultats effectifs. L'expérience avait fait l'objet d'une publication et depuis le programme excitait l'intérêt des musées du monde entier. Véritablement, Sigrid était visionnaire.

Sous la direction d'Aurélien, le laboratoire élabora quatre images tests pour prévisualiser le résultat d'un allègement des vernis. Aurélien et Sigrid convinrent de les nommer ainsi : *n° 1 – Allègement subtil* ; *n° 2 – Allègement léger* ; *n° 3 – Allègement modéré* ; et *n° 4 – Allègement mesuré*. Avec plus ou moins d'intensité, ces images offraient une version moins opaque de *La Joconde*, dans une teinte plus froide et un meilleur équilibre des couleurs. Pas de quoi soulever les foules, avait ironisé Bertrand devant la timidité des propositions à l'écran.

Aurélien réunit une nouvelle fois les membres de la commission pour présenter ces prévisualisations qu'il introduisit avec d'infinies précautions. On ne pouvait prévoir exactement le résultat : sous le vernis, il y avait toujours le risque que les pigments aient tourné, mais, dans la mesure où l'amincissement était léger, ces projections étaient considérées comme relativement fiables. Il en profita pour préciser de nouveau le rôle que tiendrait cette image. En plus d'un outil de communication pour rassurer l'opinion, elle serait un étalon pour la commission et un guide pour le restaurateur. On pourrait s'y reporter en tant que résultat idéal.

Les spécialistes débattirent davantage de la nécessité d'une image de référence que du choix de l'image elle-même. On restait suspicieux quant à la fiabilité d'un procédé si récent et l'on craignait que les attentes du public ne soient déçues. Quand on s'accorda finalement sur son utilité, un consensus se fit autour de la version *n° 3 – Allègement modéré*.

Une fois validée, *n° 3 – Allègement modéré* fut envoyée au département communication et jointe au dossier de presse avec un avertissement en filigrane qui indiquait *Résultat prévisionnel*. Parallèlement et en toute discrétion, une version en haute définition et sans filigrane fut transférée au service achats du musée pour mettre à jour les milliers de produits dérivés – mugs, magnets, tee-shirts, serviettes de plage – qui faisaient usage de l'image de *Monna Lisa*.

Facere simile

Aurélien était allé voir Bertrand pour qu'il confirme les éléments qu'il avait en sa possession sur les précédentes restaurations de *Monna Lisa* en vue de l'exposition. Il avait réfléchi à un titre et s'était arrêté sur : *Raviver* La Joconde*, défi et technique d'une restauration*. Bertrand avait trouvé ça pas mal, oui, *raviver*, c'était bien, c'était prudent. On ne promettait pas la lune. Il avait un doute sur *défi*. Ça pouvait inquiéter. Un défi, ça peut mal tourner. Ça donne l'impression qu'on n'est pas complètement en maîtrise. D'accord, avait dit Aurélien, il allait y songer.

Il lui avait aussi fait part de son souhait de présenter dans le cadre de cette exposition la prévisualisation *n° 3 – Allègement modéré*. Cela permettrait de rassurer le public sur les intentions du musée. « Une idée de McKinsey », avait-il jugé bon de spécifier.

« Tu veux dire : imprimer l'image sur un support physique comme un tableau ?

— C'est ça, il faut que ce soit ludique et concret.

— Je vois, je vois. J'ai peut-être quelqu'un, avait dit Bertrand avec un air inutilement énigmatique. Je lui en parle et je reviens vers toi. » Aurélien l'avait laissé faire.

Quelque temps plus tard, Bertrand vint le trouver :

« J'ai ton gars. Il s'appelle Vadim. Il est fort, très fort. On le consulte parfois quand on rencontre des difficultés sur des supports. » Il baissa un peu la voix. « Il n'est pas très officiel ici, rapport à son activité. » Aurélien cilla légèrement. « C'est-à-dire qu'en plus d'être expert, il tient aussi une fabrique discrète de fac-similés. Il reproduit des œuvres avec une technique stupéfiante. Il se sert d'un scanner laser et d'une imprimante 3D, j'ai vu un de ses Van Gogh, tu peux toucher les reliefs de la peinture. Crois-moi, c'est bluffant !

— On n'a pas besoin de ce niveau de détail, modéra Aurélien. Une simple impression suffit.

— Non, non, t'inquiète pas, il est ravi. Il a déjà commencé. Je me suis permis de lui donner l'image en haute déf, il a dit qu'il fallait compter un mois. Il aime bien travailler avec nous, ça le change des aristos fauchés et des oligarques russes. Un type discret, on peut lui faire confiance. Enfin je ne veux rien t'imposer, on peut trouver quelqu'un d'autre. »

Aurélien tiqua sur le procédé, mais évalua le bénéfice que l'affaire soit déjà enclenchée et s'en remit au jugement de Bertrand.

Vadim avait une connaissance extensive des supports. Il s'était passionné pour l'étude de la matérialité des œuvres et voyait les tableaux comme des objets tridimensionnels, estimant aussi intéressant leur endroit que leur envers. Si ça ne tenait qu'à lui, il aurait bien retourné quelques-unes des peintures de la Grande Galerie sur leurs cimaises pour montrer au public les ingénieux assemblages de planches de bois rabotées, les toiles doublées et rapiécées, les renforts, les éclisses, les coulisses et les attelles. Il fallait voir le méticuleux quadrillage de tasseaux imaginé par Jean-Louis Hacquin au dos de *La Kermesse* de Rubens. Ça valait bien l'endroit du tableau.

On sollicitait volontiers Vadim lors de restaurations compliquées, quand la pérennité des supports était compromise, et il était toujours ravi de prêter son enthousiasme aux besoins de l'institution, espérant en secret être un jour titularisé – ce qui, il ne se l'expliquait pas tout à fait, ne lui avait jamais été proposé. C'est que, quelque part, sa nature inventive pouvait s'avérer légèrement inquiétante. Son intensité, les cent idées par minute qui traversaient son cerveau le prédestinaient plutôt au monde des start-up qu'à celui plus traditionnel du musée. Il avait beau déborder d'initiatives, il ne parvenait pas à inspirer autre chose que le sentiment de se trouver en face d'un Géo Trouvetou génial, mais nécessairement un peu allumé.

Puisqu'il fallait bien qu'il vive, la restauration des supports ne payant pas beaucoup, Vadim avait mis ses talents dans la création de fac-similés. Il avait trouvé un procédé pour répliquer de manière assez réaliste et à un coût correct les œuvres qu'on lui confiait. On venait le voir lors de successions avec un tableau de famille – impartageable à moins de rendre le jugement de Salomon – et il en fabriquait autant d'exemplaires qu'il y avait de membres dans la fratrie, comme Jésus multiplie les pains. Une fois encadré, le résultat faisait illusion.

Pourtant Vadim percevait la limite de ses répliques. Elles étaient d'une platitude morose. La lumière glissait dessus comme sur une toile cirée, se réfléchissant en large zone parfaitement prévisible sur toute la planéité du support. Il manquait la vie, et la vie – sans faire de psychologie de comptoir –, c'est les aspérités, les aléas de la matière, le relief. Suivant son intuition, aidé par les avancées des techniques de capture et d'impression 3D, il avait cherché à émuler l'épaisseur de la matière, à reproduire les creux et les remblais façonnés par le pinceau qui disent si bien l'énergie de l'artiste et que l'on appelle la touche. Après de nombreuses nuits blanches, il y était parvenu et, dans les cercles initiés, il avait rencontré un certain succès.

Le corollaire de cette activité, c'est qu'elle avait rangé Vadim du côté obscur de la Peinture, avec les marchands, les intermédiaires et les responsables de ports francs. En termes d'image, ce n'était pas terrible, les gens sont suspicieux, entre copiste et faussaire la frontière est ténue et, quand il reçut la proposition de Bertrand, Vadim vit là un moyen de réhabiliter son art auprès de l'institution tout en faisant preuve de son professionnalisme et de son talent.

Dans le stock de l'atelier qu'il avait aménagé à Saint-Ouen à quelques mètres des puces, il récupéra un ancien panneau de peuplier qui, une fois redimensionné, présentait des caractéristiques analogues à celui de *La Joconde*, notamment parce qu'il était lui aussi fendu et avait un veinage comparable. Après l'avoir humidifié, il le pressa contre une forme en métal légèrement arrondie de façon à lui donner la subtile incurvation du support original. Il le vieillit à l'aide de brou de noix, puis il incrusta à contre-fil deux papillons de bois similaires à ceux qui avaient été posés sur le panneau pour contenir l'ouverture de la fente. La volumineuse documentation rassemblée par Bertrand lui était un guide précieux qu'il suivait comme une recette de cuisine.

Une fois qu'il fut satisfait du support, Vadim y imprima la microcouche de relief qui avait été capturée sur *La Joconde*, puis y superposa l'image *n° 3 – Allègement modéré*. En puriste qu'il était, il imprima de la même manière sur l'envers les inscriptions qui se trouvaient au dos de *Monna Lisa* : le tampon à l'encre rouge des Musées royaux, l'étiquette posée en 1784 par Louis-Jacques Durameau, garde des tableaux à Versailles, et quelques autres mentions manuscrites. Si, à ce stade, le doute était toujours possible, une fois verni l'objet était déroutant de réalisme.

Quand tout fut fini, il invita Bertrand et Aurélien à l'atelier. Vadim, théâtral, avait occulté le chevalet d'un drap qu'il découvrit d'un geste emphatique en leur présence. En voyant la réplique, Aurélien fut époustouflé. Le maillage des crevasses restituait à la perfection les rides du tableau original. C'était à s'y méprendre. Seul un examen attentif permettait de débusquer des anomalies visibles en particulier sur le pourtour, à condition d'avoir le nez dessus. Mais c'est quand Vadim avait retourné l'objet qu'Aurélien avait été véritablement embarrassé. L'artefact cherchait tellement à imiter la réalité qu'il plongea le conservateur dans un profond malaise. Il n'avait pas demandé qu'on copie le tableau, il souhaitait juste une impression du résultat anticipé. Vadim, sûr de son effet, attendait les compliments qui tardèrent un peu. Quoi qu'il en soit, l'objet répondait à la mission et avait le mérite de mettre en valeur la colorimétrie qu'ils avaient choisie. En le regardant, Aurélien se surprit à désirer voir la vraie *Joconde* revêtir ces nouvelles couleurs.

Le prototype de Vadim vint compléter le parcours pédagogique de l'exposition *Raviver* La Joconde*, ambition et technique d'une restauration*. La scénographie faisait la part belle aux technologies numériques. Diffusés sur des écrans, des extraits de reportages s'attardaient sur les gestes des artisans. Des tables tactiles offraient de naviguer dans le millefeuille des différentes couches de peinture, glacis et vernis. On était allé chercher dans les réserves les tableaux à moitié dévernis qui avaient servi au concours de restaurateurs de 1848 et Bertrand avait fait un travail remarquable pour synthétiser l'histoire de la discipline. Les graphistes préparèrent des bannières monumentales qui, on l'espérait, une fois déployées sur la façade Rivoli, donneraient le sentiment de la présence de *Monna Lisa*.

On était prêt.

Communiquer

Peu avant l'été, le Louvre envoya à l'AFP un communiqué lapidaire. Chaque mot avait été pesé par la direction, revu par le ministère et validé par McKinsey. Après d'interminables tergiversations, on avait abouti à la déclaration suivante :

Le musée du Louvre annonce le décrochage du Portrait de Lisa Gherardini, *dit* La Joconde, *et son retrait de la salle des États pour une campagne de restauration d'environ six mois consistant en un allègement modéré de ses vernis.*

Dans la minute où la dépêche parut, les téléphones se mirent à sonner, ceux des cadres du Louvre, ceux du ministère comme ceux des experts et des historiens de l'art. Les consignes étaient claires, Daphné Léon-Delville s'exprimerait sur le service public le lendemain au journal de 20 heures. D'ici là, on attendait de ceux qui étaient dans la confidence la plus grande discrétion.

La journée avait été pénible. Aurélien, sollicité continuellement depuis l'annonce, avait dû se résoudre à éteindre son téléphone en surchauffe. Il était impatient de rentrer, mais une foule de journalistes faisait le siège devant la porte des Lions ainsi qu'à l'entrée de la direction, pavillon Mollien. Pour les éviter, il choisit de passer par le musée et de se mêler au flux des visiteurs. Dans la cohue qui le pressait contre l'escalator du Carrousel, quelqu'un le reconnut et cria son nom. En se retournant, il crut voir un type en veste en jean qui brandissait un portable. Un mouvement de foule l'éloigna du harceleur. Il émergea rue de Rivoli qu'il remonta pour contourner le Louvre par l'ouest et longer les Tuileries. Il gagna la Seine à pas rapides avant de ralentir. Il respira quand il fut enfin chez lui.

Comme anticipé, la nouvelle fit les gros titres du monde entier. À part le communiqué, les éditions du matin manquaient de matière et les articles restaient superficiels. Les émissions matinales qui crevaient de ne pas avoir d'invités sérieux à interroger se retrouvèrent forcées de faire appel à des experts de second rang, des conservateurs à la retraite ou des écrivains en mal de notoriété qui avaient écrit un jour sur le tableau, bref, des gens qui n'avaient aucune information concrète à partager et qui meublaient péniblement les directs de leurs supputations. Dans le cours de la matinée, les politiques, plus à même de rebondir sur des sujets qu'ils ne maîtrisaient pas, prirent le relais et orientèrent le débat vers des considérations économiques, diplomatiques et sociétales. Au milieu de la journée, quelques détails filtrèrent sur les réseaux sociaux, délivrés par certains membres corruptibles de la commission qui, sous la garantie de l'anonymat, s'étaient réjouis de divulguer ce qu'ils savaient. Quand bien même on avait des informations, que le concept d'allègement des vernis avait été laborieusement expliqué, que le nom de Gaetano Casani avait érupté jusqu'aux oreilles des néophytes, on attendait maintenant de les voir officialisées à la grand-messe du 20 heures.

Le JT ouvrit avec un Laurent Delahousse visiblement heureux d'accueillir sur son plateau la présidente-directrice du Louvre. Pour une fois, on ne fit pas patienter les téléspectateurs en reléguant l'interview à la fin du journal. Le sujet étant le principal titre, le présentateur ne perdit pas une minute pour interroger Daphné, pour satisfaire autant sa curiosité personnelle que celle de son audience. Aurélien admettait qu'elle était impeccable. Son langage précis rassurait. Son sourire prenait des nuances qu'il ne lui avait jamais vues. On avait envie de lui faire confiance. Elle avait parfaitement intégré le discours de la restauration et parlait comme si elle allait porter elle-même le coton imbibé de solvant sur le panneau de bois peint. Alors qu'elle expliquait en direct à des millions de téléspectateurs inquiets le déroulement de l'intervention, Delahousse l'interrompit pour lui proposer de regarder une prévisualisation de ce que deviendrait le tableau. C'est la première fois que *n° 3 – Allègement modéré* fut montrée dans les médias. Daphné avait été convaincante. Le présentateur satisfait conclut l'interview.

« Combien de temps serons-nous privés de *La Joconde* ?

— On estime la durée de la restauration entre six et huit mois, précisa Daphné. De toute façon, plus longtemps mettrait sérieusement en danger la santé financière du musée», ajouta-t-elle en souriant d'un air entendu.

Le lendemain, une enquête Ifop questionna un panel de citoyens qui à 68 % approuvèrent d'avis *favorable* et *plutôt favorable* la décision du Louvre d'intervenir sur le tableau. McKinsey se réjouit de ces excellents résultats, mais alerta sur le fait que la partie n'était pas gagnée et qu'on pouvait s'attendre à un démarrage des polémiques en deuxième semaine.

Dans les jours qui suivirent, Daphné continua son tour des plateaux de télévision. L'appétit des médias était insatiable. On voulait tout savoir de la restauration. Très vite, les questions techniques auxquelles on avait apporté les réponses attendues furent éclipsées par d'épuisants débats sur le bien-fondé de l'opération. On s'interrogea sur son montant et l'on critiqua qu'il fût en grande partie financé par le mécénat du Coréen Samsung ; c'était bien malheureux qu'aucune entreprise française ne se soit positionnée. On se demanda s'il n'y avait pas d'autres priorités, par exemple soutenir le spectacle vivant moribond. Mais en fin de compte, on se rallia à la parole de Daphné et des experts, et la nouvelle fut en France plutôt bien accueillie.

La pretesa italiana

Hôtel Eden, Rome – février 2014

La journaliste, fébrile, attendait derrière la porte. Elle essuya pour la troisième fois la moiteur de sa main contre son jean. L'agent venait de la prévenir, ce serait bientôt son tour. Elle était au bon endroit : non seulement c'était le plus bel homme du monde, mais, cerise sur le gâteau, il arrivait à Rome auréolé du délicieux parfum de la polémique. Une sorte de *strike*. Il fallait être à la hauteur de l'enjeu. Les sept minutes accordées dans la suite présidentielle de l'hôtel Eden allaient passer à toute vitesse. L'acteur-réalisateur en pleine promotion enchaînait les interviews depuis 9 heures du matin. Son film qui avait pour thème la récupération d'œuvres d'art spoliées par les nazis s'annonçait un succès. Souriant et hâbleur, il poursuivait la tournée de charme qui l'avait conduit à Berlin, à Londres et maintenant en Italie. La veille, à Milan, l'ensemble du casting avait été photographié devant la fresque de *La Cène* au couvent Santa Maria delle Grazie. La porte s'ouvrit, son confrère de la Rai sortit et la jeune femme prit sa place dans le fauteuil encore chaud, face à l'acteur grisonnant.

Elle attaqua, un peu émoustillée, par quelques questions d'usage – d'où était venue l'idée du film ? Comment se passaient les retrouvailles avec Matt Damon ? –, mais le temps était compté et l'agent semblait tendu. Il valait mieux se dépêcher d'aborder le sujet important. Le coupant dans une réponse qui s'éternisait sur les qualités du jeu de Bill Murray, elle osa la question qui ferait, elle le savait, l'essentiel de son papier et certainement une alerte chez Reuters :

« Monsieur Clooney, vous avez annoncé au Festival du film de Berlin et plus récemment à Londres que les marbres du Parthénon conservés au British Museum devaient retourner à la Grèce. À la suite de votre déclaration, Boris Johnson vous a traité de nazi et le Premier ministre Antónis Samarás vous a remercié au nom de la nation grecque. Est-ce que vous êtes dans votre rôle ? Est-ce que Hollywood doit se mêler de la politique culturelle européenne ? »

L'acteur réfléchit un court moment. Haussant un sourcil facétieux, il rassembla les mains sur ses genoux croisés et affecta un air pénétré :

« Je pense en effet que c'est mon rôle, en tant que réalisateur. Je maintiens ce que j'ai dit : l'Angleterre devrait rendre ce qu'elle a pris à la Grèce. Et comme nous sommes ici, j'irai encore plus loin. » Il sourit largement, découvrant le merveilleux alignement de ses dents. « Je pense aussi que la France serait inspirée de restituer *La Joconde* à l'Italie.

— *La Joconde* ? répéta du bout des lèvres la jeune femme.

— Oui, *La Joconde*. Elle mériterait de revenir ici. »

Le visage de la journaliste s'éclaira. Il n'y avait rien

à dire de plus, c'était une très belle interview. L'acteur accepta de signer quelques autographes et l'invita à dîner.

Ce jour de février 2014, la déclaration fit le tour des rédactions. Analysée à la lumière de son contexte de promotion, son intérêt publicitaire était évident, il n'empêche, elle relança une polémique ancienne sur la présence de *Monna Lisa* en France.

Le portrait de Lisa del Giocondo, née Gherardini, avait été commandé par son mari Francesco, un marchand de soie et de drap florentin, probablement par l'entremise de son voisin et ami Ser Piero, notaire réputé et père de Léonard. Parmi tous les mystères qui gravitaient autour de *La Joconde* et de son identité, inspirant mille théories aussi inventives que saugrenues, le premier d'entre eux était celui-ci : pourquoi Léonard avait-il choisi de peindre une candide bourgeoise de la classe moyenne de Florence, au fort beau sourire mais tout à fait inconnue, alors qu'au même moment la puissante Isabelle d'Este le harcelait pour qu'il fasse son portrait ? Quelles qu'en fussent les raisons, certainement imputables à sa grande liberté d'esprit, il était désormais établi que Monna Lisa était bien le modèle originel de ce tableau commencé en 1503. La date correspondait à une période de prospérité pour la famille del Giocondo qui venait d'accueillir un deuxième enfant, ce qui pouvait expliquer la douce félicité de son expression.

Il semble que Léonard n'ait jamais cessé d'améliorer ce portrait qui, de toute évidence, avait dépassé sa fonction de représentation d'une jeune Florentine pour quelque chose de plus vaste à l'esprit du maître, de plus conceptuel. Le tableau peint à taille réelle synthétisait à lui seul les remarquables apports de Vinci à la peinture : douceur du sfumato fondant les contours, liant le sujet et la nature environnante comme un tout, dégradés subtils des carnations obtenus par superposition de multiples et impalpables glacis, perspective atmosphérique pour figurer la distance, effet de profondeur de champ et de flou d'arrière-plan, monumentalité de la composition pyramidale, et ce talent inouï pour figer dans la transition des sentiments l'instant révélateur de la psyché, ici la fugacité d'un sourire, et faire d'un portrait le reflet de l'âme. Car c'est bien ce à quoi aboutissait l'impressionnante technique de Léonard, l'instauration d'une intimité à la fois chaste et magistrale avec le modèle, et la conviction d'embrasser en contemplant la peinture le paisible secret de sa personnalité. Incapable de s'en séparer, le maître ne livra jamais son œuvre.

Transbahutée à travers les Alpes dans les sacoches de cuir d'un mulet, *Monna Lisa* gagna la France avec son créateur, qui, répondant à l'invitation de François Ier, s'installa en 1516 à Amboise au Clos Lucé. Le charmant manoir de brique rose et de tuffeau construit par un marmiton devenu favori du roi avait abrité les deuils d'Anne de Bretagne, les jeux d'enfants du futur monarque et les muses inspiratrices de Marguerite de Navarre. Dans ces lieux paisibles, bénis de la douce lumière tourangelle qui certains matins rappelait celle de Toscane, Léonard trouva un havre au crépuscule d'une vie d'itinérance pour vivre, penser et travailler, et l'amour quasi filial d'un souverain de vingt ans, ébloui par son talent. Léonard de Vinci s'éteignit en 1519 au terme d'une existence prodigieusement féconde où il avait exploré sans relâche les immenses aptitudes de son génie, réalisant le précepte qu'il avait écrit dans un de ses carnets : « Une journée bien remplie donne un bon sommeil, une vie bien remplie donne une mort tranquille. »

On avait longtemps tergiversé sur la destinée de *La Joconde* après la disparition de son auteur. Un document retrouvé aux Archives nationales apporta la preuve que le roi l'avait acquise du vivant de Léonard, avec d'autres de ses tableaux, pour un montant considérable. La peinture fut installée au château de Fontainebleau aux côtés d'œuvres de Fiorentino, del Sarto et della Robbia afin de constituer la première collection royale.

Plus tard, à la demande de Louis XIV, *La Joconde* fut transférée au palais du Louvre, puis au palais des Tuileries, puis présentée dans la petite galerie du roi à Versailles. En 1793, la révolution créa le Muséum central des arts de la République, l'ancêtre du musée du Louvre, et curieusement le tableau ne fut pas retenu pour y figurer. Ce fut réparé en 1797 et, si Bonaparte l'emprunta en 1800 pour l'accrocher dans les appartements de Joséphine, il le rendit au Louvre quelques années après.

La popularité de l'œuvre, déjà bien installée du vivant de Léonard, n'avait, depuis sa mort, jamais cessé de croître. À peine trente ans après la disparition de Vinci, Vasari l'avait vantée en ces termes élégiaques : « Il y avait dans le portrait un sourire si attrayant qu'il donnait au spectateur le sentiment d'une chose divine plutôt qu'humaine, on le tenait pour une merveille, car il était la vie même. » En 1625, Cassiano dal Pozzo, en visite à Fontainebleau, avait décrit une émotion analogue : « Hors la parole, il ne lui manque rien », notant au passage l'état du tableau « maltraité par un vernis ».

Si le XVIIIe l'oublia un peu, l'époque romantique fit de l'énigmatique Lisa del Giocondo un symbole de passion, fatal et vénéneux. Elle inspira à Théophile Gautier un texte brûlant où il comparait *La Joconde* à l'Isis d'une religion cryptique et, à l'historien de l'art Walter Pater, une description fascinée et métaphysique, presque inquiétante. Pour lui, *La Joconde* était une vampire sans âge revenue plusieurs fois de la tombe. Poussant la métaphore à son paroxysme, il avait cette phrase sibylline : « Elle a plongé dans les mers profondes et elle garde autour d'elle leur pénombre ; elle a trafiqué d'étranges tissus avec des marchands orientaux. » C'était plus prosaïquement le signe qu'en 1873 déjà le tableau était opaque et difficilement lisible. George Sand avait tenté d'expliquer sa popularité, avec une certaine intuition : « Il est peu de figures aussi connues que celle de Mona Lisa del Giocondo, et, chose étrange, il est peu de physionomies moins devinées. Cette beauté célèbre offre, dans son expression, un tel problème que personne ne l'a regardée sans émotion, et que personne, après l'avoir vue un instant, ne l'a oubliée. » La légende se répandit grâce aux descriptions enfiévrées de ses admirateurs et l'apparition de nouvelles technologies de reproduction qui permirent une large diffusion du portrait. Mais c'est véritablement en 1911 que la popularité de

La Joconde bascula à un niveau jamais observé pour une œuvre d'art.

Le 21 août, un gardien du Louvre constata la disparition de l'illustre pensionnaire. Le lendemain, on retrouva le cadre dans un petit escalier menant à la cour Visconti. L'émoi fut national. La foule sidérée accourut pour voir de ses yeux les quatre pitons témoins de l'emplacement fantomatique de *Monna Lisa*. L'enquête, très médiatisée, s'embourba rapidement. On imagina toutes sortes d'hypothèses. On présuma qu'un amoureux éperdu de la peinture l'avait subtilisée pour la contempler à loisir. Ou qu'elle avait été dérobée pour le compte de trafiquants. On accusa Apollinaire et Picasso à cause de leur lien avec un aventurier à la réputation sulfureuse – le même Apollinaire qui, quelques jours auparavant, avait dans un article jugé le Louvre aussi mal surveillé qu'un musée espagnol. Certains artistes essayèrent de récupérer l'événement pour se faire de la publicité. On ignora les revendications nationalistes et fanfaronnes de Gabriele D'Annunzio. Le commissaire qui menait l'enquête fut abondamment moqué et le président du Louvre fut contraint à la démission. On devait l'admettre, on n'avait aucune piste.

À la fin de l'année 1913, Alfredo Geri, un antiquaire florentin, fut contacté par un compatriote, un certain Leonardo, qui contre cinq cent mille lires proposa de lui céder *La Joconde*. Le vendeur assura qu'il agissait pour le bien de la nation italienne et qu'il fallait que le tableau lui revienne. Après l'avoir authentifié, Geri prévint la police et Vincenzo Peruggia, vitrier de son état, fut arrêté à son hôtel et jugé. À son procès, il expliqua qu'il travaillait à Paris, au Louvre, pour le compte de la maison Gobier, entreprise de verrerie. Sa mission était de protéger les œuvres les plus célèbres du musée des actes de vandalisme en pleine recrudescence depuis le début du XXe siècle. Occupé dans le Salon carré où siégeaient les principales peintures italiennes, l'artisan avait nourri un fort ressentiment : la vision de *Monna Lisa* en terre étrangère lui était insupportable. Il en éprouvait une profonde humiliation, certain que le tableau avait été volé par Napoléon lors de ses campagnes transalpines. Un matin, il avait profité du fait qu'il était seul pour décrocher *La Joconde* et, après s'être débarrassé de son cadre, il avait glissé le panneau sous sa blouse de travail et était sorti du musée. Avant de gagner Florence, il avait conservé la peinture pendant deux ans, cachée dans la chambre de bonne décrépie qu'il occupait rue de l'Hôpital-Saint-Louis. Le commissaire qui lors de son enquête s'y était rendu pour l'interroger ne s'était pas donné la peine de fouiller la mansarde, ne pouvant s'imaginer qu'un ouvrier de condition si modeste puisse dissimuler sous son lit un tel chef-d'œuvre. La justice italienne considéra que ce mobile nationaliste ne méritait pas plus d'un an et demi de prison, et de cette peine le vitrier n'effectua pas la moitié. Loin d'être regardé comme un criminel, il fut au contraire célébré en héros dans sa patrie.

Lorsque *La Joconde* fut retrouvée en 1913, on profita de sa présence en Italie pour la première fois depuis le départ de Léonard en 1516 pour l'exposer brièvement à Florence et Milan. Elle regagna ensuite la France en première classe dans un train spécialement affrété pour elle. Plus tard, hormis le tour de France qu'elle réalisa pendant la guerre grâce à l'héroïque Jacques Jaujard, le chef adjoint du Louvre, qui organisa sa mise à l'abri juste avant l'arrivée des Allemands à Paris, *Monna Lisa* voyagea encore une fois jusqu'à New York en 1962 à l'invitation du couple Kennedy et une autre fois au Japon en 1974, puis réintégra définitivement le département des Peintures du plus beau musée du monde. En 2012, le ministre de la Culture italien et la province de Florence collectèrent plus de cent cinquante mille signatures pour appeler au prêt de *La Joconde* à la galerie des Offices à l'occasion du centenaire de ses retrouvailles. Le Louvre répondit qu'il n'en était pas question, *Monna Lisa* étant désormais jugée trop fragile pour être déplacée.

Sur cette blessure vivace, prête à se rouvrir à tout moment, l'annonce de la restauration fit l'effet d'une giclure de citron agrémentée d'une pincée de *peperoncino*.

Jocondemania

En quelques semaines la France se mit à l'heure de *Monna Lisa*, d'innombrables hors-séries fleurirent dans les kiosques à journaux. Le *Da Vinci Code* fit un retour en force dans les devantures des librairies et un curieux premier roman d'anticipation qui traitait justement de la restauration de *La Joconde* se hissa un court moment en quatorzième position du classement du *Point*. Son auteur fut interviewé sur France Inter par l'énergique Augustin Trapenard. On le devinait animé de belles intentions, même s'il était un peu laborieux dans ses explications, voulant embrasser trop de nuances et de sentiments. Trapenard avait trouvé le livre pas mal, bien qu'il le suspectât d'être vaguement de droite. Aurélien, qui écoutait l'émission – et qui se sentait particulièrement concerné par le propos du livre, au point de penser que c'était de lui qu'il parlait –, se dit que Claire aurait sans doute aidé sur ce coup si elle avait pu détailler l'accoutrement de l'invité.

À la question piège de l'animateur posée d'un ton suave : « Mais alors, est-ce que c'était mieux avant ? », l'auteur convint que, malgré les bénéfices incontestables de la marche du temps, il était parfois difficile d'échapper à la nostalgie quand on l'avait reçue pour héritage, et Aurélien se reconnut dans ce propos sensé. « Il existe des prisons mentales, et rares sont les humains capables d'absorber tous les changements que leur impose la durée de leur existence », continua l'auteur. C'était une note un peu triste et la conversation dévia sur le sujet plus gai de la sexualité des seniors sans que personne sût expliquer comment on en arriva là.

Naturellement, La « Jocondemania » gagna aussi la planète mode. Hedi Slimane, qui bénéficiait d'un retour en grâce depuis qu'il était revenu chez Dior, présenta sa collection automne-hiver au Clos Lucé d'Amboise sur des modèles aux sourcils totalement épilés. Dès lors, on vit s'afficher sur les abribus des mannequins sans aucune pilosité faciale et, en un rien de temps, la rue s'empara de cette mode étrange jusque dans les lycées et les *stories* des réseaux sociaux.

Mais l'influence la plus curieuse de la *restauration du siècle*, comme l'avaient nommée les éditorialistes, fut l'épidémie de sourires en coin qui envahirent les couvertures de magazine. Vedettes de la chanson, footballeurs ou politiques, plus personne ne se laissait photographier sans arborer un discret rictus, ce qui, en fonction des individus, propageait une aura de mystère ou un sentiment de malaise insupportable.

Daphné était partout et enchaînait les plateaux de télévision. Aurélien était peu sollicité, la présidente préemptant chaque demande d'interview. Il l'acceptait, mais Claire lui fit remarquer qu'il n'était pas à la place où il aurait dû être. Quant à Gaetano, il exerçait sur les médias une fascination magnétique qu'excitait le mépris qu'il portait aux journalistes, ce qui faisait de lui une sorte de Mylène Farmer de la restauration, aussi désiré que rare.

Les prévisions de McKinsey se vérifièrent en tout point. Au bout de quelques semaines, saturée de sfumato et de théories de la restauration, l'opinion publique se désintéressa du sujet pour épouser de nouveau les arlésiennes de la chocolatine et du voile islamique. Seul *Le Chevalet* de Jacqueline Champagne s'acharna méthodiquement sur le projet, une après une, article après article, décortiquant chaque fait et geste, foudroyant de ses tribunes assassines le Louvre, sa présidente et son directeur du département des Peintures.

Cosa mentale

Le 7 octobre, ce qui avait été considéré comme la moins mauvaise des dates, le gros de la saison touristique étant passé, *La Joconde* fut déplacée sous le regard des télévisions du monde entier. Conformément à ce qu'avait suggéré McKinsey, on avait mis les petits plats dans les grands. Profitant d'une séquence d'actualité un peu molle, France 2 avait largement investi l'événement et proposé une émission spéciale digne d'un mariage royal ou de l'enterrement d'une star. Un décor minimaliste par son aspect, mais imposant par ses dimensions, avait été dressé sous la pyramide. Animé par Stéphane Bern et Anne-Élisabeth Lemoine, le plateau réunissait des personnalités de la culture, des experts, spécialistes, politiques et artistes, pour suivre et commenter en direct le décrochage du chef-d'œuvre qui allait avoir lieu à quelques mètres de là.

Jack Lang, un des intervenants, goûtait sa joie d'être aux premières loges sous le tétraèdre de verre pour lequel il s'était tant battu. Il avait toujours été partisan de cette restauration, affirma-t-il. L'ancien ministre de la Culture présentait un visage plus lisse qu'au premier septennat de Mitterrand, on pouvait se douter que, de manière générale, il n'avait rien contre un rajeunissement. On rappela que, féru de Renaissance, il était l'auteur d'une biographie remarquée de François Ier. On confia à un académicien chenu la mission d'évoquer Lisa del Giocondo, le résultat fut un portrait un peu mièvre de la jeune Florentine, mais on lui fut reconnaissant d'avoir été bref.

Stéphane Bern, toujours aussi enjoué, distribuait la parole sur un ton égal tout en surveillant d'un œil le combo du direct, à l'affût de nouvelles images en provenance de la salle des États. On interrompit le plateau pour suivre avec beaucoup d'appréhension quatre manutentionnaires, en gants blancs et manifestement en surnombre, manipuler le panneau de 77 × 53 centimètres. Ils portaient d'élégantes livrées bleu nuit légèrement oversize dessinées par Jacquemus pour l'occasion. La direction artistique était réussie, sobre et maîtrisée. Commentant d'une voix feutrée, Anne-Élisabeth Lemoine rappela à quel point les déplacements de *La Joconde* étaient rares. La caméra s'attarda sur les tempes dégoulinantes du plus jeune des manutentionnaires et chacun put ressentir la pression intense qui pesait sur leurs épaules. Une fois le tableau rangé avec d'infinies précautions dans un caisson monté sur un chariot stabilisé, ils se mirent en mouvement vers les ateliers de restauration.

À leur suite, formant un cortège un peu ridicule, Daphné, Aurélien, Sigrid et Gaetano, flanqué de ses deux assistantes en blouse blanche, accompagnèrent l'œuvre dans les tréfonds du musée dans ce qui faisait inévitablement penser à une cérémonie d'enterrement, la faute au pas trop lent des manutentionnaires et à leur prudence excessive. Le foisonnement baroque de la robe fuchsia de Daphné contrastait avec le look de gourou *new wave* de Gaetano. À une vitesse d'escargot, le petit groupe traversa une haie d'honneur constituée du corps des pompiers du Louvre, de la cohorte des conservateurs et régisseurs, des surveillants de salle et du personnel d'accueil qui se tenaient le long des murs de la Grande Galerie pour saluer le chef-d'œuvre. À l'autre extrémité de la galerie, l'ensemble Hespèrion XXI de Jordi Savall interpréta à la viole de gambe, au luth et à la harpe une pavane de Luis de Milan.

La musique était fort belle, mais le dispositif semblait artificiel, et en plateau Stéphane Bern s'évertuait à amplifier par ses commentaires l'émotion quelque peu absente des images. On sentait là l'effort fastidieux de la France pour montrer que le pays prenait le sujet à cœur, rien de comparable toutefois à la cérémonie grandiose du transfert des momies des pharaons qu'avait organisée Le Caire pour l'inauguration du Grand Egyptian Museum. La mise en scène du Louvre était louable, mais la caméra avait l'air de s'ennuyer et s'attarda un long moment sur le décolleté plongeant de Giuseppina.

Les images du cortège, plutôt décevantes donc, laissèrent la place à l'intervention d'experts qui agitaient des propos contradictoires, tantôt rassurants, tantôt inquiétants sur les risques encourus par *La Joconde*, bien que cela ait déjà été abondamment débattu à l'annonce de la restauration quelques mois plus tôt. Un envoyé spécial à Rome faisait tous les quarts d'heure un point anxiogène sur la manifestation nationaliste qui réclamait la restitution des biens culturels transalpins conservés par la France. Dans la capitale italienne, quarante mille personnes convergeaient vers la piazza del Popolo dans une ambiance assez calme, même si les slogans étaient sans équivoque. *Restituiscilo !* On suivait cela de près.

Pour contrebalancer les scènes hostiles de la manifestation romaine, on lança un micro-trottoir sympathique dont on avait évincé les propos fâcheux pour ne garder que les traits d'esprit et les avis favorables. À ce stade, on avait résolument choisi d'être optimistes.

L'émission spéciale devait se poursuivre dans l'après-midi. On rendit l'antenne, pressés de pouvoir la reprendre à 14 heures avec, on l'espérait, les premières images en direct de l'atelier.

Une fois quittés les espaces d'exposition, le cortège avait transité par la très secrète VDI, la voie de desserte intérieure, strictement interdite au public, qui reliait au deuxième sous-sol les différentes parties du musée. De là, il avait gagné le pavillon de Flore où se tenait l'atelier ultra-sécurisé qui hébergerait la restauration du chef-d'œuvre.

On ouvrit les portes. À la suite de *Monna Lisa*, Sigrid, Aurélien, Gaetano et ses assistantes s'engouffrèrent dans la pièce. Avec eux, l'équipe qui réalisait le documentaire produit par le Louvre, un photographe de l'AFP, ainsi qu'une caméra de France Télévisions et un reporter. Les manutentionnaires débarrassèrent *La Joconde* de son cadre Renaissance – « offert en 1906 par la comtesse de Béarn », comme l'avait précisé Stéphane Bern avec un enthousiasme sincère –, et la déposèrent avec une grande délicatesse sur son chevalet.

Daphné, quant à elle, rejoignit le plateau sous la pyramide, après avoir changé sa robe pour un tailleur Saint Laurent à la coupe incisive.

Le journaliste de France Télévisions était fébrile et impatient. Il avait l'air d'espérer naïvement que le restaurateur se rue sur le tableau pour y faire entrer la lumière, pour l'attaquer avec coton et solvant et le délester en direct, sous les yeux du monde entier, de son voile sombre et verdâtre. En dépit de quoi, Gaetano enleva ses sandales et replia les jambes en tailleur sur le tabouret qu'il avait positionné en face du chevalet. Les yeux tout à fait clos, les mains sur les genoux, le dos bien droit, il inspirait profondément par les narines, bloquait sa respiration puis expirait bruyamment par la bouche. *Inspiration, blocage. Expiration.* L'insolente méditation s'étirait dans une éternité de temps cathodique et, devant son écran, l'humanité retenait son souffle. *Inspiration, blocage. Expiration.* Pourtant le réalisateur ne semblait pas vouloir revenir sur le plateau, conscient que ce qui se tramait dans l'atelier, sous l'œil de la caméra, était plus important. D'ailleurs, les invités sous la pyramide étaient anormalement silencieux, recueillis, et même la verve de Stéphane Bern s'était tarie. La télévision, qui d'habitude ne souffre aucun temps mort, regardait la peinture dans une étrange mise en abyme. On attendait patiemment que le restaurateur ouvrît les yeux. *Inspiration, blocage. Expiration.* Alors, sans quitter sa pose de fakir, il souleva les paupières, très lentement, et, les yeux complètement ouverts, il les plongea dans le portrait en face de lui, sans faire autre chose que le fixer intensément. Décontenancé, l'envoyé spécial tenta quelques questions, mais l'Italien les ignora.

Aurélien en retrait de la scène prit à ce moment-là pleinement conscience de sa responsabilité. C'était lui qui était allé chercher Gaetano, il se sentait coupable de ce spectacle embarrassant. Il en conçut une honte diffuse. S'il savait l'Italien fantasque, il n'avait pas imaginé un instant qu'il puisse s'adonner à une telle démonstration.

Ainsi Gaetano engagea-t-il sa relation exclusive avec l'œuvre, dans ce long regard vertigineux, éprouvant à observer. Derrière le restaurateur, Giuseppina et Lucrezia, debout, mains croisées comme deux gardes du corps, restaient tout aussi stoïques. Passé vingt-cinq minutes, l'équipe de télévision coupa la caméra. On revint plusieurs fois, mais de l'après-midi il ne bougea pas. Cela tenait de la performance. On évoqua celle de Marina Abramović au MoMA en 2010 et les regards continus et intenses qu'elle avait échangés avec des centaines de visiteurs. Quelque chose de simultanément pénible et fascinant.

Aurélien se remémora une anecdote rapportée par Vasari. Alors que Léonard travaillait sur la fresque de *La Cène*, au couvent de Santa Maria delle Grazie, le prieur s'était inquiété du rythme intermittent de l'artiste. Il le voyait parfois passer une demi-journée à observer le mur sans toucher à ses pinceaux. D'autres fois, le maître venait seulement pour porter une légère retouche à son œuvre et disparaissait aussitôt. Le prieur qui s'attendait à ce que son prestataire exécute sa tâche quotidiennement et sans relâche, comme les jardiniers de son potager, s'était plaint à Ludovic Sforza, le commanditaire. Le duc avait appelé Léonard auprès de lui pour qu'il explique pourquoi il procédait avec tant de lenteur. Il avait répondu : « Les hommes de génie accomplissent parfois le plus quand ils agissent le moins. » Avec la vivacité d'esprit qui le caractérisait, Léonard avait ajouté qu'il lui restait deux têtes à faire, le Christ et Judas. S'il avait renoncé à trouver un modèle pour le Messie parmi les hommes, il cherchait toujours quelqu'un pour lui inspirer Judas. Et si on le pressait tant, il finirait par prendre pour modèle le prieur. L'idée fit rire Sforza qui le laissa aller à son rythme.

« Les hommes de génie accomplissent parfois le plus quand ils agissent le moins. » Aurélien était certain que c'était ce à quoi pensait Gaetano en ce moment même. Il lui fallait observer la peinture, s'habituer à sa présence, entamer cette conversation, nouer cette relation exclusive, connaître par le regard, mais aussi par la pensée.

Malgré le manque évident d'action et la faiblesse des invités en plateau, les scores d'audience furent à la hauteur de l'investissement de la chaîne. On se quitta sur un dernier plan de l'atelier et le sourire énigmatique de Giuseppina, ultime tentative du réalisateur pour forcer le parallélisme entre l'Italienne plantureuse et la délicate Lisa del Giocondo.

Le lendemain, la une de *Libération* affichait en pleine page le visage anguleux du restaurateur. Sous le titre ambitieux « Salvator Mundi » – une référence appuyée au tableau de Vinci à l'attribution controversée, mais aussi à la mission d'un homme providentiel volant au secours du bien commun –, la tête superbe de Gaetano se détachait sur un fond noir, prise de trois quarts, le menton levé, les yeux un peu plissés comme pour mieux examiner le chef-d'œuvre. L'expression de ses traits était à la fois pensive et volontaire. La photo en noir et blanc sous-exposée mettait en valeur la noblesse de son caractère abrupt, emmené par un nez légèrement busqué. Ses cheveux immaculés et sa barbe taillée de près captaient l'essentiel de la lumière ; le reste du visage semblait surgir des ténèbres. Un très subtil flou de bougé noyait les contours du portrait. Vraisemblablement, le photographe avait voulu rendre un effet pictural. C'était réussi. Le tableau était hors champ, mais on pouvait ressentir son indicible présence dans l'intensité du regard liquide du restaurateur. Au creux de son œil droit, une luisance faisait comme une imperceptible tache claire et cristalline.

Peut-être pas exactement une larme.

Une émotion.

Loin des yeux

Un matin, en même temps que l'humanité tout entière, Homéro apprit les desseins du Louvre sur le chef-d'œuvre de Léonard. Il en conçut une grande anxiété. Il comprit instantanément ce qu'ils signifiaient pour lui : une douloureuse séparation. Il serait privé de la compagnie du tableau pendant des mois. Au-delà de sa situation personnelle, il ne voyait pas pourquoi on devait infliger à la peinture un tel traitement. Il aimait que *La Joconde* ne se livre pas sans difficulté, que les tonalités sombres obligent l'œil à chercher en archéologue les détails de la composition. Cela participait à son mystère. Mais il se savait privilégié de pouvoir l'observer de si près et il convenait que tout le monde n'avait pas cette chance. Dans le fond, il était possessif de ce qu'il pouvait voir et que les autres, à cause de la distance, ne pouvaient discerner. Il aurait aimé conserver cette exclusivité, qu'elle reste sa *Joconde*.

Les quelques mois qui séparèrent l'annonce de la restauration et le transfert du tableau à l'atelier passèrent à toute vitesse. Il avait bien essayé de s'y préparer. Durant son service, il avait d'abord tenté de se déshabituer de la vision de *Monna Lisa*, bâclant le nettoyage de la vitrine pour déguerpir au plus vite, sans lui accorder un regard. Hélas pour lui, elle ne semblait pas vouloir l'ignorer en retour. Jamais vexée de son mépris, infiniment calme et patiente derrière son ineffable sourire, comme si elle savait qu'il ne pouvait plus se passer d'elle, elle ne cessait de le regarder et cela le rendait nerveux. Son indifférence feinte ne l'aidait en rien. Alors il opta pour une autre tactique. Il allait se soûler d'elle jusqu'à l'écœurement. Il éternisait ses entrevues, sortant le dernier de la salle des États, étirant le moment au point d'être parfois rappelé à l'ordre par un chef ou un collègue. C'était peine perdue, il n'en avait jamais assez de l'observer, de la parcourir, de la détailler. Chaque nouvelle vision modifiait l'image qu'il s'en faisait. Chaque fois, il semblait redécouvrir l'expression de ce visage doux et impénétrable pour lui attribuer une nouvelle humeur, un nouveau sens. Et même s'il avait fini par connaître de la peinture toutes ses craquelures, elle restait pour lui une énigme, aussi vaste et insondable que le cosmos. Finalement, aucune de ses stratégies ne l'avait désintoxiqué. Chaque soir, il sentait son cœur s'accélérer en s'engageant dans la Grande Galerie et s'emballer franchement quand il tournait dans la salle des États. Dans les derniers jours qui précédèrent la restauration, il était tout entier accaparé par l'œuvre, incapable de penser à autre chose qu'à son départ imminent.

Il continuait à voir Hélène par intermittence. Il s'était passé parfois de longs mois, parfois plus d'un an, sans qu'elle l'appelle. Il imaginait que durant ces périodes sans nouvelles d'elle, elle était engagée dans une relation sérieuse. C'est ce qu'il lui souhaitait. Mais elle finissait toujours par revenir et curieusement cela le rendait un peu triste pour elle. Elle était plus attachée à lui qu'il ne l'était à elle. Pour autant, il ne se refusait jamais à son désir. Il ne se forçait pas non plus, il aimait la retrouver et la baiser doucement. Elle attendait sans doute que leur relation évolue, qu'il lui parle et qu'il s'ouvre, mais il n'était pas doué pour ça. Parler n'avait jamais été son truc. Il était doué pour lui faire l'amour, avec lenteur et intensité. C'est comme ça qu'il communiquait. Il ne voyait pas ce qu'il pouvait faire de plus.

La dernière fois, elle l'avait trouvé absent, distrait, et aussi moins calme qu'à l'accoutumée. Presque fébrile. Elle lui avait demandé s'il avait quelqu'un. « Personne », avait-il balayé. Pourtant c'est comme s'il n'était pas avec elle. Elle avait insisté ; s'il avait quelqu'un, il pouvait le lui dire, elle ne lui en voudrait pas. Il n'y avait pas d'exclusivité entre eux, s'était-elle entendue murmurer à contrecœur. « Non, il n'y a personne. » Son manque de conviction avait jeté un froid. Ils avaient quand même fait l'amour, mais sitôt qu'elle avait joui, encore pantelante, elle s'était défaite de son étreinte comme une anguille pour se rhabiller rapidement. En l'observant faire, il avait regretté de ne pas avoir le courage de se confier à elle. Peut-être qu'elle aurait compris pour *La Joconde*. Elle avait bien compris les statues et l'autolaveuse.

La veille du départ du tableau pour l'atelier de restauration, il fit durer le moment aussi longtemps qu'il le put. Il négligea le nettoyage de la vitrine pour ne pas perdre une minute de cette dernière entrevue. De toute façon, il n'aurait pas pu le faire tant il tremblait. Cette fois, on dut le tirer par la manche. Forcé, il s'éloigna à reculons pour prolonger tant qu'il le pouvait cet ultime contact visuel. Il espérait qu'il la retrouverait comme il la quittait, mystérieuse et inchangée.

Le jour J, il le passa devant la télévision pour suivre l'émission spéciale, chez lui. Il ne perdit pas une miette de la cérémonie. Il vécut avec crainte les préparatifs, le cœur en suspension quand vint le moment de décrocher le panneau. Il vit le cortège ridicule accompagner le tableau, les images des manifestations italiennes, les experts et les politiques se disputer sur les plateaux des chaînes d'infos. Il fut particulièrement interpellé par le restaurateur italien. L'homme était prodigieusement agaçant. C'était peut-être de la jalousie, mais quand même ! Pourquoi se plantait-il là sans rien dire à observer le portrait ? Pourquoi cherchait-il à se rendre intéressant en pareilles circonstances ? Ne pouvait-il pas faire son travail comme tout un chacun ? Il l'aurait fait, lui, si on lui avait demandé. Il aurait été précis et méticuleux. Et il ne se serait pas donné en spectacle devant les télévisions du monde entier. Voilà ce qu'il en pensait, ce type ne lui inspirait rien qui vaille.

Le lendemain, il se précipita dans la salle des États, pressé de constater l'absence, comme si elle pouvait lui permettre de réaliser enfin la séparation. Passé le choc de la vision de la vitrine vide et contrairement à ce qu'il avait imaginé, Homéro ne ressentit pas grand-chose. En tout cas, bien moins que ce qu'il avait appréhendé. Les jours suivants, il se sentit presque allégé d'un poids. Il n'avait plus à s'inquiéter. Il pria pour que l'adage « loin des yeux, loin du cœur » contienne quelque vérité. Le tableau n'était plus là et il n'y avait rien qu'il puisse faire pour changer le cours des choses. Le temps allait accomplir son œuvre. Dans quelques semaines, il n'y penserait plus. En anticipant la souffrance de la séparation, il l'avait largement consommée. Il allait bien, du moins le croyait-il.

Le scalpel et le coton

Les premières actions de Gaetano confirmèrent le sérieux de son entreprise. Conformément au protocole approuvé par la commission, il aménagea une petite fenêtre dans le coin inférieur droit du tableau. À l'intérieur de celle-ci, il expérimenta graduellement différents types de solvants sous forme de gel, jusqu'à trouver la formule adéquate pour ramollir la couche supérieure du vernis. Avec un grattoir et une grande précaution, il enleva cette première couche et renouvela l'opération pour les suivantes. Dans les limites de cette surface de test, il dilua les pellicules de vernis une à une pour arriver à un contraste significatif avec le reste du tableau intouché. Cet essai était concluant : la peinture résistait bien à l'allègement. Sous les vernis, l'équilibre chromatique était conservé. Couche après couche, les couleurs gagnaient en vivacité de manière homogène, sans que l'une prenne l'avantage sur l'autre. Les membres de la commission, qui s'étaient rendus en petits groupes dans l'atelier pour apprécier le résultat de cette première étape, approuvèrent l'essai et donnèrent leur feu vert pour la poursuite de l'opération sur l'intégralité du panneau de bois.

Les semaines passèrent qui virent Gaetano assidu et concentré, et Monna Lisa peu à peu émerger de sa pénombre. La plupart du temps, l'Italien œuvrait sur le chevalet, quelquefois équipé de lunettes grossissantes. Dans certaines phases plus critiques, il disposait le tableau à plat sous la caméra d'un microscope numérique. Les yeux rivés sur le moniteur de contrôle où se déployait l'agrandissement de la peinture, il s'extasiait : « *Che Maestro ! Che talento !* Si peu de matière, si peu de matière... »

Dès lors qu'on le laissait travailler, le restaurateur avançait remarquablement vite, mais il était sans arrêt dérangé. Au fur et à mesure de sa progression, de nouvelles nuances apparaissaient. Le phénomène passionnait les experts qui se succédaient au chevet de l'œuvre : l'un était venu chercher dans l'éclaircissement du paysage des détails ignorés et peut-être quelques ressemblances avec des reliefs du nord de l'Italie. Un autre, spécialiste du mobilier Renaissance, souhaitait examiner le dessin de l'accoudoir du siège à *pozzetto*. Une historienne du vêtement particulièrement pressante espérait comprendre comment pouvait tenir le voile enroulé sur l'épaule de la jeune femme et se livrait à des expériences dans l'atelier avec un morceau d'étoffe encombrant.

D'autres visites officielles interrompaient régulièrement l'avancée des travaux. La ministre était déjà venue trois fois, le conservateur de la peinture de la National Gallery s'était aussi déplacé en ami, même s'il n'avait pu s'empêcher de faire quelques remarques sarcastiques sur les débuts timides de l'intervention.

Chaque semaine, un technicien contrôlait vingt-quatre points sur l'œuvre pour déterminer l'épaisseur de la couche de vernis restante. Malgré cette précaution, un peu avant Noël, la commission interrompit le processus, craignant que l'on n'avançât trop vite. On se concerta, on se rassura, on implora la prudence, et à la rentrée la restauration reprit son cours.

Gaetano détestait les visites. Il n'avait pas l'habitude qu'on perturbe autant son travail et commençait à montrer son agacement. Aurélien sentait que même sa propre présence irritait son ancien professeur. Une forme d'impatience agitait le restaurateur qui semblait toujours soulagé de le raccompagner à la porte de l'atelier. Il avait bien tenté de le sonder, lui demandant s'il se plaisait à Paris ou s'il était préoccupé par l'état du tableau. Chaque fois Gaetano tenait des propos rassurants qui pourtant lui paraissaient dénués de conviction. Aurélien lui avait proposé une invitation à dîner et même une escapade dans la vallée de la Loire, mais l'Italien avait systématiquement refusé. Finalement, il avait pris le parti de le laisser tranquille, puisque c'était à quoi il aspirait. La restauration suivait son cours, progressif et attendu. Petit à petit, le solvant emportait avec le vernis oxydé la teinte jaunâtre qui polluait l'œuvre. Une lumière nouvelle pénétrait le tableau, et c'était saisissant de le voir peu à peu sortir des ténèbres où le temps l'avait plongé.

Les polémiques

Les nationalistes italiens, qui s'étaient déjà émus à l'annonce de la restauration, s'indignèrent franchement quand celle-ci commença. Le fait que Gaetano soit un concitoyen n'apaisait en rien leur courroux. On l'affubla du nom évocateur d'*Iscariota*. Dès le premier jour de l'intervention, comme pour répondre aux manifestations qui avaient lieu au même moment à Rome, un petit nombre de ressortissants italiens se massèrent dans la cour Napoléon, aux abords de la pyramide. Ils y passèrent les premières nuits à veiller avec des torches allumées. Depuis, ils étaient certes moins nombreux, mais ils se relayaient de telle sorte qu'il y avait toujours une demi-douzaine d'activistes rassemblés devant l'entrée du Louvre. La police avait beau les en déloger fréquemment, ils revenaient sans cesse. Ils dépliaient parfois leur unique banderole autour du rond-point du Carrousel. *Non distruggere ciò che hai rubato.* Ne détruisez pas ce que vous avez volé.

C'était un sujet d'inquiétude pour Aurélien. Le directeur de la sécurité l'avait convoqué, lui demandant de se faire discret aux abords du musée. Cela valait aussi pour Gaetano. Il prit au sérieux les recommandations de cet homme qui n'avait pas pour habitude de s'alarmer inutilement.

Quand l'annonce de la restauration avait été officialisée, la ministre de la Culture avait été contactée par son homologue italien qui lui avait fait comprendre que, de l'autre côté des Alpes, on était très attentif au sort de la dame florentine. Pour faire preuve de coopération, un dialogue constant avait été établi entre les deux ministères, une sorte de téléphone rouge. Paris tenait Rome au courant des avancées, et obtenait en échange un état des lieux précis de la polémique dans la péninsule et la surveillance des réseaux qui réclamaient la « restitution » de *La Joconde*. Depuis les manifestations, le sujet s'était un peu tassé dans les médias, mais l'opinion publique avait été plutôt convaincue par le discours nationaliste. Les sondages étaient édifiants : un Italien sur deux était favorable à un retour de *Monna Lisa* dans son pays natal et considérait le fait qu'elle soit exposée en France comme une spoliation du patrimoine italien. Parmi les très nombreux reportages qui avaient accompagné l'annonce de la restauration, un documentaire à charge avait recueilli un score de diffusion important sur la Rai. Malheureusement il avait fait, à dessein, l'impasse sur les dernières années de la vie de Léonard de Vinci en France, si bien que beaucoup ne voyaient pas très bien comment le portrait d'une dame florentine, réalisé par un peintre florentin, à Florence en 1503, s'était retrouvé dans les collections françaises. On apprit après coup que ce film avait été financé par le parti populiste de la Ligue, mais cela ne changea pas grand-chose à l'opinion qu'en avaient conçu ceux qui l'avaient regardé.

Une autre polémique s'ajouta aux revendications nationalistes transalpines. Un groupe d'universitaires américains rédigea une tribune dans le *Huffington Post* pour demander l'arrêt de la restauration. À leurs yeux, alléger les vernis dissimulait l'intention raciste d'éclaircir la peau du modèle pour le rendre conforme à un idéal occidental caucasien. La marque du temps avait eu ce bénéfice de rapprocher la couleur de Monna Lisa de celle de la moyenne de l'humanité et, toujours selon l'article, il fallait y voir là la raison de son immense popularité. Ainsi, *La Joconde* était universelle. Éclaircir son teint était comparable à faire la promotion de ces produits de blanchiment pour la peau ; ce n'était pas l'exemple que l'on voulait donner aux jeunes générations. Daphné, plus au fait qu'Aurélien des répercussions que pouvait provoquer une telle controverse, surveilla attentivement ses retombées. Elles furent nombreuses aux États-Unis, mais aussi en France, et l'article fut repris dans une multitude de formats courts qui fleurissaient sur les réseaux sociaux. Pour autant, malgré ce battage médiatique, cette théorie peina à convaincre et quelques semaines suffirent à ce que l'on n'en parle plus.

Restaient les attaques de Jacqueline Champagne dont le feu nourri s'était propagé à quelques titres de la presse généraliste, principalement des journaux de la droite conservatrice. La une du numéro de *Valeurs actuelles*, « Destructeurs du patrimoine, qui sont-ils ? », agrégeait dans un montage digne d'une affiche de *La Guerre des étoiles* les visages de la maire de Paris, de la présidente du Louvre et d'un météorologiste retraité de Haute-Marne, restaurateur à ses heures perdues, qui avait défiguré quatorze peintures de l'église locale. Les têtes émergeaient du fond noir comme des portraits flamands ; l'effet était dramatique. Aurélien acheta le magazine et y découvrit avec stupeur sa photo, agrémentée d'une longue interview croisée de Mesclun et Vannot sur « l'arrogance furieuse des jeunes générations ». Ces deux-là vivaient une véritable lune de miel.

Giuseppina

Un soir, Giuseppina attrapa Aurélien par la manche alors qu'il s'apprêtait à regagner son domicile. « Aureliano, il faut que je te parle. »

Dehors, les frimas de l'hiver avaient déposé un voile blanchâtre sur le sable des Tuileries et les silhouettes longeaient l'aile Turgot vers le pavillon de Rohan comme des ombres inquiétantes. Malgré le grand air, Aurélien pouvait sentir le parfum entêtant de Giuseppina, ensucré de notes vanillées. Ils se dirigèrent vers l'hôtel du Louvre, devant la Comédie-Française, et ils pénétrèrent dans le bar désert. Il était trop tard pour les rendez-vous d'affaires et trop tôt pour les rendez-vous galants. Il y avait quelques années que les lieux avaient été refaits à neuf et Aurélien regrettait l'ancien décor, plus propice à des conversations intimes. Il se rappela y avoir souvent bu des cocktails avec Claire au début de leur relation, quand elle le rejoignait après le travail. Le souvenir nostalgique de cette époque légère embruma son visage.

Giuseppina enleva sa fourrure et arrangea une mèche de ses cheveux en observant son reflet dans un petit miroir en laiton cannelé. Elle faisait cela avec une candeur enfantine qui touchait Aurélien. Quand elle eut fini de se recoiffer, elle referma son miroir d'un mouvement sec et il claqua comme pour les ramener aux impératifs de leur conversation.

« Aureliano, il faut que je te dise... »

Elle respira et, après une pause un peu théâtrale, elle poursuivit :

« Gaetano, il ne va pas bien et je m'inquiète.

— Il te l'a dit ?

— Non, mais je le sens. Il n'est pas comme avant. Il ne dort plus, il est angoissé. Cela ne lui ressemble pas. »

Son regard plongé dans le visage d'Aurélien faisait des allers-retours entre son œil droit et son œil gauche. La technique empruntée aux starlettes des années soixante pour accentuer la teneur dramatique de son propos donnait l'impression à Aurélien d'être cadré en 35 millimètres dans un film de Fellini.

« Aureliano, reprit-elle doucement, il ne veut même plus nous faire l'amour. »

Par discrétion, il ne releva pas la première personne du pluriel.

« C'est si grave ? » La question avait jailli, stupide et innocente.

« C'est grave, assez grave. » Elle hochait le menton, l'air sérieusement embêtée.

« Je vais lui parler. Tu crois qu'il y a un risque... »

Comme si elle avait deviné ce qu'il avait en tête, Giuseppina l'interrompit et lui prit la main.

« C'est un grand professionnel, le plus grand peut-être. Ne t'inquiète pas de ce côté-là. Mais parle-lui. Ne le laisse pas tout seul, seul avec le tableau... »

Il avait suffi qu'elle dise « Ne t'inquiète pas » pour que, inquiet, il le devienne instantanément. Ce soir-là, Aurélien aurait aimé que Giuseppina passe la main dans ses cheveux pour caresser ses tempes d'un geste inlassable et lent. Il aurait fermé les yeux, aurait incliné la tête et se serait peut-être abandonné à verser une larme ou deux. Il se sentait si fatigué. Il aurait oublié ses soucis, il serait revenu en Italie, à cette magnifique soirée avec Armando et Toni où elle et Lucrezia avaient mimé les madones. Elle lui aurait chanté une comptine de son enfance, en italien, de sa voix chaude de sable et d'or. Il serait revenu dans la calanque, roulant sur le fond parmi les pierres comme un oursin bercé par le doux ressac de la mer Tyrrhénienne, le soleil flottant au-dessus de sa tête, chips molle déformée par l'onde.

« Aureliano ? »

Il lui fallut un moment pour ramener vers Giuseppina son regard parti dans le vague de l'arrière-plan. « Repose-toi, *amore*. Toi aussi, tu as l'air fatigué. »

Une jeune femme de Lübeck

Depuis le départ de *La Joconde*, Homéro était désœuvré. Il expédiait sa tâche avec une nonchalance qu'on ne lui connaissait pas. Après quoi, il guettait la fin du service. Il profitait du relâchement qui précédait le rappel du vestiaire pour se détacher du groupe et arpenter le musée, dérivant sans but au gré de son instinct.

Il s'était fait reprendre, on l'avait trouvé où il n'aurait pas dû être, loin de la Grande Galerie et des maîtres italiens, jusque dans la peinture espagnole, chez les Goya et les Vélasquez, aux confins de l'aile Denon. « Qu'est-ce que tu fous ici ? » lui avait-on dit. Pardon, il s'était perdu. La prochaine fois, il aurait un avertissement. Ça ne l'avait pas tellement découragé.

Un soir, ses déambulations le guidèrent dans une des salles de la peinture allemande, déjà désertée par les équipes de nettoyage. Seules les œuvres étaient illuminées se détachant des murs anthracite comme autant de fenêtres dans un songe obscur. Il avançait à pas feutrés, dans la lumière tamisée des veilleuses, fouillant les cimaises d'un œil avide. Il s'arrêta sur un petit portrait qui représentait une jeune femme assise dans un habit vert et écru, le front ceint d'une lourde coiffe brodée, et elle l'intrigua parce qu'elle tenait ses mains posées l'une sur l'autre dans la même position que *La Joconde*. Pour le reste, les deux tableaux étaient tout à fait différents. Il le contempla un moment.

« Elle vous plaît ? »

La voix avait surgi, proche de lui.

Tout entier absorbé par l'œuvre, il n'avait pas senti la silhouette glisser à ses côtés. Homéro lui jeta un coup d'œil curieux. C'était une grande femme – elle le dépassait bien d'une tête –, cintrée dans un tailleur de velours. Il acquiesça d'un hochement du menton.

« Regardez comme elle est délaissée. Son cadre est toujours couvert de poussière. »

Homéro, par solidarité avec sa corporation, baissa le front.

Ils demeurèrent tous deux en silence.

Il lança un deuxième regard dans sa direction. Il sembla à Homéro qu'il l'avait déjà vue. Il examina de nouveau le tableau, puis il se tourna tout à fait vers elle et la dévisagea attentivement. Il s'approcha encore.

Elle réprima un mouvement de recul, le type était près. Visiblement, il n'avait pas intégré la notion de distance personnelle ou de périmètre intime ; celui de Daphné était devenu un *no man's land* qui n'avait cessé de s'agrandir au fil des ans et de sa progression dans la hiérarchie sociale, malgré les efforts de son sourire et de ses manières empathiques. À dire vrai, c'était une conquête satisfaisante à laquelle elle s'était habituée. L'envie de lui assener d'une phrase sa position dans l'organigramme la démangeait mais elle se retint. Elle pouvait entendre son souffle comme il pouvait entendre le sien ; elle tenta de ramener celui-ci à un rythme normal.

Elle observa avec appréhension les mains de cet homme monter au contact de ses épaules qu'il orienta face à lui d'un mouvement léger mais ferme ; son aplomb avait quelque chose de rassurant. Elle le laissa faire, étrangement hypnotisée. Il était petit. Ses yeux bordés de longs cils parcouraient ses traits comme un docteur qui vous ausculte. Il attrapa ses mains qu'elle tenait le long de son corps et, sous son regard incrédule, il les amena à lui et les disposa l'une sur l'autre, sa paume droite sur son poignet gauche, dans l'exacte position du modèle de van Utrecht. Puis il tendit les doigts vers son visage. Son pouls s'accéléra. Elle tressaillit et expira un souffle inquiet. Il leva le menton ; il s'affairait, sûr de lui. D'une douce pression de ses phalanges, Homéro orienta sa tête de trois quarts, réglant son inclinaison avec minutie, tout en jetant des regards réguliers à la peinture, à côté d'elle. Ses gestes étaient précis et Daphné s'y abandonna, docile.

En ce moment même elle était la *Jeune Femme de Lübeck*, cette fille dont elle ne savait rien et dont elle savait tout, parce qu'elle partageait les mêmes traits, parce que dans les yeux d'un autre elle était son incarnation vivante. Et c'est exactement comme ça qu'on devrait ressentir les beaux-arts ; sans bagages, sans cartels et sans discours, dans une expérience transcendantale et intime. Voilà ce qu'elle n'avait cessé de faire et de préconiser : il fallait désencombrer le musée du lourd poids du savoir, l'ouvrir à tous les sens, à tous les vents du monde, à toutes ses âmes. Qu'importe si les bruits de couloir la décrivaient comme inculte et superficielle, obsédée par la performance et le pouvoir de l'image, qu'ils la renvoyaient sans cesse à sa prétendue ignorance. Chaque jour, grâce à elle, des foules toujours plus nombreuses vibraient d'émotion, et peut-être que certains venaient jusqu'ici, dans la salle 809 de la peinture allemande, attirés par leur soif de découverte, guidés par leur désir de rencontre, car c'était bien de quoi il s'agissait, de rencontre ; rencontrer n'est pas une histoire de connaissance mais d'expérience. Et peut-être que, parmi ces visiteurs, certains avaient accroché leur regard sur l'une ou l'autre de ces figures du passé et senti leur cœur s'emballer, portés par un élan d'amour inexplicable de la même manière qu'elle avait jeté son dévolu sur cette *Jeune Femme* de van Utrecht, dont elle ne savait rien et dont elle savait tout.

Il se détacha et elle eut envie de le retenir contre elle. Elle se tenait immobile. Elle fixait le point qu'il lui avait indiqué. Homéro fit quelques pas en arrière. Il pencha la tête, satisfait, puis il disparut dans la pénombre du musée endormi.

Du courage

Un mois avait passé pendant lequel Aurélien avait essayé sans succès de sonder Gaetano sur ses préoccupations. L'Italien demeurait mutique, concentré sur sa tâche mais l'humeur taciturne, les traits tirés et la mine renfrognée.

Un soir, vers 23 heures, Aurélien découvrit sur son téléphone plusieurs appels en absence du restaurateur. Il lui avait laissé un long message. On y entendait, lointaine, une musique baroque, peut-être un air de Marin Marais, Aurélien n'en était pas certain. Sur le chant lancinant des violes, d'une voix caverneuse comme si elle était enregistrée depuis l'autre bout d'une pièce, Gaetano mélangeait italien, français et ce curieux patois toscan dont il parsemait ses phrases quand il témoignait des signes d'agacement. Elle disait avec une excessive lenteur :

« Aureliano, que vaut le travail sans le doute ? »

Souffles amplifiés d'une respiration vadorienne.

« Qui est l'artiste et qui est l'artisan ? Quelle est la vérité d'une œuvre ? »

Longue pause.

« Quel est l'état initial ? »

La musique couvrait les mots et Aurélien n'arrivait plus à discerner leur sens. À un moment, il lui sembla que le restaurateur s'exprimait de nouveau en français.

« Et le courage, Aureliano, où réside le courage ? Le courage d'affronter la peinture… Où sont les génies ? Et les artistes ? Où est Picault ? »

On distinguait ensuite des bruits de pas, celui d'une porte qui s'ouvre et quelques sons étouffés, puis le surprenant fracas d'une chasse d'eau. Par conscience professionnelle, il écouta jusqu'au bout.

La voix reprit :

« Qu'y a-t-il après ? Et quand est-ce qu'après veut dire la fin ? Où est la fin, Aureliano ? Où est le courage ? »

Cette litanie de questions plongea le conservateur dans une profonde perplexité. L'Italien, visiblement, était à bout. Il avait sous-estimé la pression de la tâche. Fallait-il envisager une nouvelle pause dans la restauration ? Daphné ne l'accepterait jamais. Plus vite *La Joconde* regagnerait la salle des États, plus vite la fréquentation du musée retrouverait son niveau attendu.

Et puis que venait faire Robert Picault au milieu de cette logorrhée ? Que voulait signifier Gaetano en le convoquant dans son message ? Ne l'avait-il pas déjà mentionné en Italie ? Aurélien connaissait le restaurateur du XVIIIe pour les dommages irréversibles que sa technique avait infligés à la *Charité* ainsi qu'à quelques autres tableaux qui avaient eu le malheur de passer entre ses mains. Mais au fond, il ne savait pas grand-chose de lui. Bertrand pourrait le renseigner.

Il prit une profonde inspiration. Il avait hâte que l'on en finisse. Après quoi, il s'accorderait des vacances. Au moment d'aller se coucher, il tenta de rappeler Gaetano mais tomba sur son répondeur.

Robert Picault

Le lendemain matin, Aurélien réalisa que Claire n'était pas rentrée. Elle ne lui avait pas donné d'excuses. De l'autre côté du lit conjugal, il ne trouva que le froid de l'absence. Pas de SMS, pas de messages vocaux. Pas de mensonges à gober, d'histoires alambiquées, pas de clients tyranniques, de boss autocrates, de comex de dernière minute, pas de séminaire en Camargue ou de copines à consoler sur le point d'en terminer. Pas de regards en biais qui n'osent plus se croiser de peur que la vérité immense, cette gigantesque baudruche planant au-dessus de leur tête qu'il feignait consciencieusement d'ignorer, n'éclate accidentellement. Pas de ces silences si gênants et si laborieux à meubler, pas de conversations diversions poussives et banales, pas de questions posées sans conviction, pas de réponses que l'on espère créatives et crédibles pour ne pas avoir à surjouer la comédie, car la comédie ce n'est pas notre fort. Pas de sourires compassés, de hochements entendus, pas d'airs affligés – « Je comprends, ce n'est pas facile pour Nathalie en ce moment. » Pas de faux-semblants.

Il ne demandait jamais rien, il ne montrait que modérément son inquiétude, par discrétion, pour ne pas peser sur sa liberté. Parfois, après l'avoir intensément mûri, il se permettait d'envoyer un : « Je t'attends pour le dîner ? » Il ne voulait pas être invasif. Elle lui avait expliqué, les hommes invasifs, c'est terrible. La jalousie, tout ça, ce n'est pas des comportements du XXIe siècle. Il tenait tellement à elle. Mais jusque-là, elle avait joué le jeu. Elle lui avait servi des alibis qu'il avait crus, au départ, puis qu'il avait ensuite voulu croire. C'était bien comme ça, à condition qu'elle se donne un peu de mal. Qu'elle travaille un peu sa partie. Il n'en demandait pas beaucoup. Il ne posait jamais de questions pièges, il n'entrait jamais dans les détails. Le mensonge le rendait triste, mais il dissimulait ses effets du mieux qu'il pouvait. Il savait ne pas faire peser sa mélancolie sur elle. Il se mettait au piano, jouait quinze minutes de Schubert et revenait à une humeur légère. Il proposait un film et, sur le canapé, il cherchait le contact de ses mains qu'elle lui laissait parfois.

Mais Claire ne faisait plus le minimum, Claire ne se donnait même plus la peine de mentir. Peut-être s'était-elle lassée d'avoir à se justifier ? Mentir n'est agréable pour personne, Aurélien pouvait comprendre cela.

Il pensa que cette histoire se finissait comme un sparadrap qui se décolle dans l'eau de mer. Sans panache et sans heurt, sans même que l'on s'en aperçoive. Il déplorait que leur relation ne vaille même pas une dispute ou une explication, seulement la désertion de l'espace conjugal par la partie adverse, lâche et silencieuse. Lui-même n'avait aucune envie de s'infliger les justifications de Claire, d'ajouter des sanglots à l'humiliation. Il était triste et las.

Il se souvint avec inquiétude du message vocal de Gaetano reçu la veille et décida de se rendre à l'atelier de restauration. Il y pénétra sans bruit. Les hautes fenêtres qui donnaient sur les jardins du Carrousel baignaient la pièce d'une clarté blanchâtre. L'Italien était assis devant le chevalet et semblait perdu dans la contemplation de l'œuvre. Ses paumes reposaient sur ses genoux, ses outils étaient rangés et les flacons fermés sur l'inox de la tablette à roulettes. L'équipe de tournage était absente et Aurélien eut une légère appréhension en voyant Gaetano seul avec la peinture, comme s'il eût craint pour elle. Retenant son souffle, il l'observa depuis le seuil de la porte sans dire un mot. Il le trouva rabougri, les épaules en berne et les mains maigres. Le restaurateur ne bougeait pas. « Tout va bien ? » formula Aurélien d'une voix claire et un peu forte. L'Italien sursauta. « Tu es là, Aureliano ? Tout va bien, tout va bien. »

Aurélien s'approcha encore un peu dans sa direction.

« Tu m'as laissé un message hier ?

— Quel message ? Ah oui, le message ! Non, non, oublie, ce n'est rien.

— Tout est OK, Gaetano ? insista le conservateur.

— *Va tutto bene.* »

En sortant du pavillon de Flore, Aurélien envoya un SMS à Bertrand. « Je t'offre une bière au Marly à 19 heures. »

Il le vit arriver de loin, traversant la cour Napoléon sur une roue gyroscopique, italique et précaire, un casque trop petit sur la tête. On l'aurait dit échappé d'un film de Jacques Tati. Il s'immobilisa en se retenant au parapet, avec la prudence caractéristique des gens qui font leurs premiers pas sur une patinoire. Aurélien l'observa replier péniblement son matos.

« Quoi de neuf ? lança Bertrand, rougeaud et suant, feignant la décontraction.

— Ça va. Quelques ennuis personnels, mais sinon ça va. »

L'expression de tristesse fugace qui traversa le visage d'Aurélien ne mentait pas et Bertrand garda un silence de compassion assorti d'un demi-sourire gêné.

« J'aimerais que tu me reparles de Picault.

— Robert Picault ?

— Oui, tu l'as évoqué dans ton cours. Tu disais de lui que c'était une "drôle de personnalité". »

Bertrand éclaircit sa voix. Son cou faisait de multiples plis au-dessus de son col de chemise, il libéra le premier bouton, il était 19 heures, après tout.

« Écoute, il est mystérieux, Picault. Fils de peintre, il tente de succéder à son père mais, sans talents particuliers, il se tourne vers la gravure et la dorure où il apprend à se servir des acides. Il acquiert une certaine réputation dans le nettoyage des bronzes et devient fournisseur du Roi. En 1738, il déclare avoir découvert le secret de l'*enlevage* des peintures – la fameuse transposition. On ne sait pas exactement comment cette technique lui est parvenue. Ce qui est sûr, c'est que Picault n'est pas l'inventeur de ce procédé né probablement en Italie au début du XVIIIe, même s'il s'est, en quelque sorte, arrogé sa paternité. Six ans après avoir annoncé ses capacités, il réalise sa première transposition officielle sur les fresques d'Antoine Coypel à Choisy, qu'il décolle de leurs murs de plâtre pour les maroufler sur toile. L'intérêt de transférer des fresques sur toile pour en faire des objets mobiles est évident. Mais un autre usage de la pratique va s'imposer : de nombreux tableaux peints sur panneaux de bois présentent des soulèvements de leur couche picturale. Le bois joue, se courbe et subit les attaques d'insectes xylophages ; sa fragilité compromet la pérennité des peintures. La transposition de bois sur toile, matériau jugé bien plus satisfaisant, va s'avérer un remède indispensable.

« En 1752, comme tu sais, on expose au palais du Luxembourg *La Charité* d'Andrea del Sarto, transposée par ses soins.

— Hélas ! soupira Aurélien. Elle y a perdu beaucoup de nuances.

— C'est vrai et c'est malheureux. Mais à l'époque, l'exhibition de l'œuvre présentée théâtralement à côté de son ancien support, un panneau vermoulu, impressionne le milieu de l'art et au-delà. L'événement fait les gros titres des gazettes et consacre sa notoriété. Deux ans plus tard, Picault confirme son statut avec *Le Grand Saint Michel* de Raphaël. Le roi, bluffé, le comble de faveurs. Il reçoit pension, logement et brevet. Il jouit à ce moment-là d'un prestige incomparable. Aidé par son fils, il réalise plusieurs transpositions d'envergure. Picault réussit le tour de force d'incarner la figure de la restauration et surfe longtemps sur l'épisode glorieux de *La Charité*. Il parvient à se faire payer dix fois plus que ses rivaux, plus encore que le premier peintre du Roi. On lui reproche même de toucher davantage d'argent que les auteurs des tableaux en ont obtenu pour leur exécution.

— Pourtant, il n'est pas le seul à transposer…

— En effet, très vite ses concurrents, la veuve Godefroid et Jean-Louis Hacquin, proposent, eux aussi, une technique validée par l'académie. Mais la méthode de Picault impressionne : si les autres parviennent à un résultat comparable en rabotant le support original depuis l'envers jusqu'à l'amincir complètement, lui réalise ce qu'on appelle des transpositions d'épargne en préservant le support qu'il remet à la fin de l'opération à son commanditaire. C'est saisissant. On s'est même demandé s'il n'avait pas triché, s'il n'avait pas présenté à l'exposition du Luxembourg un faux panneau de bois vermoulu à côté de sa *Charité* restaurée. Peu probable à mon avis. Ce dont on est sûr, c'est qu'il est devenu maître dans l'utilisation de chimies particulièrement nocives autant pour lui que pour les œuvres.

« Dès l'épisode de *La Charité*, on le presse de livrer son "secret", comme il l'appelle. Il s'y refusera toute sa vie, avec un entêtement constant. Il déteste l'idée du partage universel des connaissances que souhaitent Diderot et les encyclopédistes. Robert Picault revendique son droit à ne pas divulguer son procédé et s'oppose frontalement au siècle des Lumières. »

L'expression de Bertrand s'était couverte d'une certaine gravité et Aurélien ne savait s'il devait y déchiffrer de l'indignation ou, au contraire, de la considération pour la résistance d'un homme contre un système qui n'avait eu de cesse de le faire plier. Il y a toujours quelque chose d'admirable dans l'obstination.

« Malgré son talent, ses prétentions financières abusives et son refus de coopérer mettront un terme à sa carrière. L'administration lassée fera de moins en moins appel à lui. *Saint Jean à Patmos*, qu'on croyait de Raphaël, sera sa dernière transposition. Son fils, pâtissant de la réputation de son père, ne pourra plus exercer la charge de restaurateur accordée par le roi. Il deviendra néanmoins un observateur avisé de la discipline et l'un de ses premiers experts. Mon prédécesseur en quelque sorte !

— Penses-tu que Picault se considérait lui-même comme un artiste ? »

Bertrand resta un moment songeur.

« C'est évident. Il signe ses "œuvres" sur leur revers : *Picault, artiste*. Tu peux retrouver cette signature au dos du *Saint Jean à Patmos*, du *Défi des Piérides* de Rosso Fiorentino, mais aussi sur une œuvre de Francesco Napoletano, la *Madonna Lia*, à l'époque attribuée à Vinci. C'est facile d'imaginer le plaisir qu'il prend à accoler son nom à celui des plus grands génies de la peinture. On peut penser qu'il prolonge ici une tradition d'orfèvres habitués à signer leur travail. Et puis, il tient son titre d'artiste du roi lui-même. Mais je crois que chez lui, cela va plus loin. Il se considère véritablement comme tel. Il est convaincu que, sans lui, les peintures sont vouées à l'anéantissement. *La Charité* ne tenait que sur une planche de bois pourri, il l'a sauvée. C'est bien plus qu'un médecin. C'est un thaumaturge capable de faire revenir une œuvre d'entre les morts, de lui faire passer le Styx dans l'autre sens. Il croit de toute évidence qu'il peut insuffler aux œuvres la vie éternelle, arrêter sur elles le cours du temps. Cela a pu lui monter à la tête, oui. Même si la transposition est une opération traumatisante pour les œuvres qui depuis a montré ses limites, dans la perspective de son époque, c'est l'unique moyen de préserver les tableaux très endommagés. Qui sait si sans lui certains chefs-d'œuvre n'auraient pas définitivement disparu ? »

Depuis les arcades, ils pouvaient observer la cour délicieusement animée. Ce soir-là, les militants italiens étaient absents et leur banderole, en partie repliée sur elle-même, était illisible. Quelques couples d'Asiatiques en habits de mariage se disputaient les points de vue les plus photogéniques. Des vendeurs de pacotilles faisaient voler des pigeons mécaniques qu'ils remontaient avec des élastiques et dont les trajectoires désordonnées semaient la pagaille parmi les groupes de badauds ; la persistance de l'existence de ce jouet qui n'avait pas changé depuis son enfance avait quelque chose d'infiniment réconfortant. Une jeune femme gracile et fluette déguisée en mime Marceau élaborait des bulles de savon immenses qui auraient pu contenir un adulte. C'était le jour de l'année où la pyramide de Pei était inspectée. L'opération, assez impressionnante, nécessitait un grimpeur chevronné, harnaché depuis le sommet. Le type jouissait d'une aisance évidente et gambadait avec nonchalance sur l'armature d'aluminium, consacrant plus de temps à sourire aux smartphones des touristes pointés vers lui qu'à examiner les jeux du verre et du métal de la structure. Une fois en haut, il se hissa sur le pinacle, redressant lentement son corps jusqu'à se tenir complètement debout, les bras en croix, savourant la vue offerte à ces vingt-deux mètres d'altitude. Sacré casse-cou, pensa Aurélien. Le soleil couchant découpait une frange rosée sur les contours de sa silhouette. Parvenu à conforter son équilibre, il adressa quelques V de la victoire à ses admirateurs transis, puis, faisant semblant de se laisser choir en arrière, il fit quelques bonds lunaires sur la paroi, corde de rappel tendue, ôtant même son casque pour saluer les salves d'applaudissements qui l'encourageaient. Maintenant qu'il tentait d'attraper les bulles de savon gigantesques du mime Marceau, la scène n'avait plus rien à envier à un spectacle de Zavatta.

Une lueur traversa le regard d'Aurélien.

« Se pourrait-il que Picault incarne un âge d'or de la restauration du point de vue de ceux qui exercent ce métier ? Un âge regretté où la reconnaissance de la profession est telle qu'elle est mieux payée que celle de premier peintre du Roi ? Où l'on signe au dos des œuvres, au côté du nom des maîtres ? Où le roi lui-même offre le qualificatif d'"artiste" ?

— Difficile à dire. Évidemment les restaurateurs du XVIIIe étaient des pionniers et, à ce titre, bénéficiaient d'une certaine liberté d'action. Mais la modernisation du métier a eu aussi du bon pour ceux qui l'exercent. C'est rassurant d'avoir des procédés établis, des règles, un cadre, une déontolo… » Il s'arrêta net.

« Gaetano t'a parlé de Picault ? »
Aurélien fixait la pyramide.
« Oui. Il l'a évoqué dans un message qu'il m'a laissé hier. C'était… confus. »

Après Claire

Le départ de Claire était prévisible et, quelque part, Aurélien fut presque soulagé qu'il advienne finalement. Sa tristesse n'en fut pas pour autant allégée, peut-être fut-elle seulement plus diffuse. Comme si, au lieu d'une douleur aiguë, elle était un poison insidieux et lent, s'immisçant dans tous les aspects de sa vie. Au travail, il ne se donnait même plus la peine de masquer la morosité de son humeur derrière son habituel entrain de façade, et ce relâchement dans sa pudeur lui fit un peu de bien.

Ils réglèrent les détails de leur séparation par SMS. Aurélien ne s'en était pas rendu compte, mais tout ce qui appartenait à Claire et qui avait de la valeur avait déjà foutu le camp. Dans les derniers mois de leur relation, les placards avaient été vidés sans qu'il s'en aperçoive. Elle passa un jour alors qu'il était au musée pour récupérer ce qu'il restait : quelques papiers, des chaussures de running et la Nespresso. Sur le buffet en teck du salon, elle laissa en évidence un portrait d'eux, une photo prise à Rome dans le Trastevere où ils s'étaient embrassés, et c'est peut-être ce qui attrista le plus Aurélien, que cette photo qu'elle disait tant aimer – leurs visages baignés dans la *golden hour*, ils y étaient particulièrement à leur avantage – demeure là, au milieu du néant, provocante, inconvenante. Inutilement tragique.

La fin de l'hiver fut maussade. *Raviver* La Joconde*, ambition et technique d'une restauration* fit un flop. Sans son égérie, la fréquentation du musée avait dégringolé à un niveau catastrophique et l'exposition ne fut d'aucune aide pour atténuer le choc. Le sourire bienveillant de Daphné n'était pour Aurélien qu'un heureux souvenir. Les efforts de la présidente pour masquer son exaspération derrière un rictus affecté étaient louables, mais ni l'un ni l'autre n'y croyaient plus. Elle le jugeait responsable de ne pas avoir su intéresser les foules qui, il est vrai, n'avaient manifesté aucun enthousiasme pour le parcours pédagogique sur la restauration de *Monna Lisa*, peut-être trop scientifique et difficile d'accès. Aurélien pensa qu'on n'attrape pas des mouches avec du vinaigre et qu'il ne fallait pas attendre d'une exposition sur *La Joconde* les mêmes résultats que l'exposition de *La Joconde*. C'était d'ailleurs un signal rassurant, parmi toutes ces choses qui allaient à vau-l'eau, que de constater que le public ne pouvait être berné par quelques panneaux explicatifs et un fac-similé, si ressemblant soit-il. On démonta l'exposition qui fut remplacée par un accrochage sur Marie-Guillemine Benoist et les femmes peintres à l'école de David, à l'initiative d'une jeune conservatrice talentueuse. Ce choix sensible aux préoccupations de l'époque s'avéra tout de suite plus payant.

Il fallait qu'Aurélien soit aveugle pour ne pas voir la spirale de l'échec enrouler ses tourbillons vicieux autour de son existence. Jusqu'où pourrait-elle l'entraîner ? Il préféra ne pas y penser, mais il sentit grandir en lui l'impératif urgent d'une réaction. Son chagrin l'avait laminé, la guérison de son être devrait passer par le rétablissement de son corps délaissé, sacrifié tout entier à l'étude, la réflexion et la projection mentale et qui, ces derniers temps, avait maigri au-delà du raisonnable. Si un jour son désir devait se réveiller, s'il lui fallait de nouveau séduire, il aurait besoin d'un allié plus vaillant que cette enveloppe frêle de grand adolescent.

Quand au mitan de la vie toutes les promesses de l'aube sont déçues, les horizons du succès obstrués par la réalité implacable, il ne reste que le sport individuel et ses slogans de blockbuster, ses indicateurs de performance et ses bracelets connectés pour y chercher les bribes de réussite nécessaires à la survie de l'ego. Ainsi Aurélien se retrouva-t-il à arpenter les Tuileries, New Balance aux pieds, pendant sa pause déjeuner, parmi une foule de congénères dégarnis désireux de reprendre le contrôle d'une trajectoire qui inéluctablement leur échappait. Le rythme puissant de *Leonardo's Paintin'* lui donnait une énergie substantielle pour affronter ses sessions de running.

Look at me like a Leonardo's paintin'
Keep your distance, let me be
I'm sexy like a Leonardo's paintin'
Hold my gaze but don't touch me.

Il réfléchit à s'inscrire aux Cercles de la forme. La visite des infrastructures du club de la rue Flamel lui plut, c'était plutôt propre, aéré, mais il ne parvint pas à se projeter dans l'atmosphère narcissique et chargée de testostérone qui y régnait. Il lui sembla qu'il ne s'aimait pas assez, physiquement parlant, pour pouvoir endurer l'omniprésence de son reflet sur tous les miroirs de la salle de sport. Il pensa à se remettre au tennis qu'il avait pratiqué à un bon niveau dans sa jeunesse, mais quand il fallut trouver un partenaire il se rendit compte qu'il n'avait presque plus d'amis, encore moins d'amis sportifs, et parmi eux aucun ami tennisman. Ces dernières années, il avait laissé Claire gérer leur carnet d'adresses, délaissant petit à petit ses propres amis pour les siens, des gens *frais* et marrants, des gens qui ne se prenaient pas au sérieux, et Aurélien s'était dilué dans le tourbillon mondain dont Claire était l'épicentre radieux, bringuebalé de dîners en vernissages, passager clandestin, éternel *plus un*, où du reste on le trouvait gentil, c'est ça qui ressortait, gentil, pas drôle ou sympa, pas même charmant ou intéressant, mais gentil, gentil et discret, ce qui était une manière polie de dire qu'avec ou sans lui les choses auraient été strictement pareilles. Et Claire partie, bien sûr, personne n'avait songé à inviter un type gentil et discret, qualités tout à fait inutiles pour animer une table ou divertir la compagnie. D'ailleurs, personne n'avait pensé à prendre de ses nouvelles, à part Elvire, l'amie d'enfance de Claire, qui lui avait envoyé un message comme des condoléances – *J'imagine que ce n'est pas facile en ce moment et je pense à toi émoji bisou* –, un message certes chaleureux et probablement sincère, mais qui était surtout destiné à alléger la conscience de son auteur et qui, dans le fond, n'engageait à rien. En dehors de ses relations professionnelles, dans sa vie privée Aurélien se trouvait remarquablement seul.

Finalement, le travail, la course à pied, les quelques verres partagés avec Bertrand, la fréquentation assidue du cinéma d'auteur coréen et la découverte d'une application de yoga sur iPhone remplacèrent l'amère souffrance de la séparation par un état neutre écrêté de toute émotion, une ascèse monotone tendue vers un unique objectif : la fin de la restauration de *La Joconde*.

Trois

L'Italie lui manquait.

Elle se rappelait les étés sur les côtes calabraises, les grappes de garçons massés sur les rochers et leurs encouragements tandis qu'elle gravissait la falaise. Cette douce clameur d'admiration qui montait vers elle lui faisait l'effet d'un parfum voluptueux et délicieusement enivrant alors que, parvenue au point le plus haut, elle s'en décrochait comme une pierre, mimant la chute dans un cri qui paralysait la plage ; et pendant que son corps fonçait vers l'eau, elle renversait la tête, arquait le dos, tendait les bras et joignait les mains, alignait jambes, bassin et épaules au dernier moment, et crevait la surface dans un plongeon arrière parfait qui propageait une onde de soulagement. Dans ces temps prépubertaires, les frontières des sexes abolies, elle était une fille parmi les garçons, elle jouissait de la même liberté qu'eux ; elle partageait leurs jeux dangereux et brutaux, les courses sur la plage, les virées à trois sur les Vespa qu'elle conduisait à toute blinde dans les ruelles étroites des villages de la côte. Elle fumait, elle crachait, elle provoquait, bourrée d'un esprit vif et gouailleur. Elle était la chef de la bande. On l'appelait Peppina.

Du jour au lendemain, elle avait muté, d'une manière aussi radicale que la chenille qui devient papillon, une transition soudaine, sans coup de semonce, une traîtrise, une forfaiture. Il avait suffi d'un été pour qu'on ne la reconnaisse plus. Ses seins avaient explosé, sa silhouette s'était cambrée, ses hanches s'étaient élargies. Elle avait cru un temps qu'elle pourrait faire comme avant, mais le comportement de la bande avait changé. L'innocence avait quitté leurs jeux. Les mains s'étaient faites pressantes dans son dos ; les regards curieusement mobiles s'attardaient sur ses contours, les pupilles chargées d'une intensité désagréable ; les conversations autrefois légères étaient pourries de sous-entendus. Le naturel avait fait place au malaise. Giuseppina était brusquement devenue l'objet du désir à son cœur défendant, et cette situation l'avait terrifiée. Sa mère constatant la métamorphose lui avait lancé, avec un certain réalisme et beaucoup d'inquiétude : « Ma fille, tu n'es pas la plus belle, mais tu es bien plus que ça. Ils te voudront tous. »

En effet, ils la voulaient tous.

Un type plus malin que le lot lui avait mis le grappin dessus. Un brave gars, un mécanicien doublé d'un entrepreneur qui à vingt-six ans possédait déjà son garage dans les environs de Catanzaro et un plan de vie réglé comme les cylindres d'un V8 Ferrari. Alors quand il l'avait demandée en mariage elle avait dit oui, un peu par amour, un peu pour tenter de mettre fin au regard des hommes sur elle. La bague au doigt, elle était devenue *signora* dans un petit appartement perché en haut d'un immeuble telle une voile de béton sur le front de mer, un deux-pièces, cuisine de magazine, moquette turquoise, living-room panoramique, stores jaunes et voilettes aux fenêtres. Un enterrement de première classe dont la seule perspective à peu près enthousiasmante serait l'arrivée d'un enfant. Mais la grossesse désirée avait tardé à venir, plombant le couple d'attentes tristes et d'espérances déçues, jusqu'à ce que des examens lui apprennent qu'elle n'avait aucune chance de pouvoir un jour enfanter. Une fois de plus, son corps jouait contre son camp. De dépit, son mari l'avait quittée ; trois mois après il s'était installé avec une autre ; six mois plus tard l'autre paradait à la plage, son ventre rond ceint d'un léger paréo bleu. Cela lui avait tant déchiré le cœur qu'elle avait fui ; elle était montée à Milan, il faudrait désormais qu'elle vive pour elle.

La ville l'avait accueillie à bras ouverts et elle y avait trouvé sa liberté. Les Milanaises brillaient par leur sens de la sophistication ; à leur contact, elle avait affiné son sex-appeal. Giuseppina avait pris de l'assurance. Pas cruche pour un sou, elle ajoutait à sa plastique troublante le tempérament piquant de son double adolescent et un sens de la repartie à rabrouer vertement tous ceux qui lui auraient prêté quelques facilités.

Elle n'avait jamais été scolaire et, après avoir abandonné ses études d'orthophoniste pour se dévouer à l'administration du garage de son mari, elle s'était retrouvée sans diplôme et sans perspectives. Dans un de ces moments de l'existence où tout peut mal tourner, une main providentielle s'était tendue, une main qui avait quelques moyens, un problème insoluble et pas assez de temps à y consacrer. Ledit problème impliquait une jeune fille en décrochage, un copain accro à la cocaïne et une ardoise chez un dealer. Le mois suivant, la fille réintégrait les bancs de la fac, le dealer sa prison, tandis que le copain entamait une nouvelle vie à Miami. Impressionnée par de tels résultats, la main lui avait donné d'autres missions. Voilà comment Giuseppina était entrée dans l'intermédiation.

Elle gérait des affaires pour des types discrets qui l'envoyaient au front, confiants dans ses irrésistibles charmes et sa vivacité redoutable. Elle *closait* les deals sur les nappes blanches de restaurants gastronomiques et empochait les commissions, stilettos acérés et lunettes géantes au bout du nez. Elle obtenait ce qu'elle voulait : délais de paiement, crédits, ristournes substantielles, locaux bien placés… De fil en aiguille, elle s'était rapprochée de familles influentes, des barons de la mode et de l'automobile, tous ces patronymes qui incarnent pour le monde entier la Réussite, des noms devenus logos entrelacés ou animaux cabrés sur des carlingues comme des blasons de puissance et de gloire. Pour ces gens, elle négociait, facilitait, fluidifiait, mettait de l'huile dans des rouages un peu grippés. Elle touchait en échange des sommes rondelettes qu'elle dépensait aussitôt dans des vêtements de marque et des vacances à Capri, des sorties en boîte arrosées de Dom Pérignon et le loyer d'un charmant duplex idéalement perché à deux pas du Duomo.

Cela aurait pu continuer ainsi éternellement si, au milieu de la trentaine, elle n'avait senti quelque chose lui échapper, quelque chose qui s'en allait à pas de loup, en catimini, comme les effluves d'une ivresse. Le temps faisait son travail de sape, lent et minutieux, petites batailles et défaites inéluctables. Une étrange lassitude la gagnait à des moments impromptus, la laissant hagarde au milieu d'une piste de danse ou dans les bras d'un énième amant. Elle vieillissait.

Et puis, Gaetano…

Elle l'avait approché pour le compte d'un de ses clients, qui voulait faire passer une mauvaise copie pour un Lippi et cherchait un connaisseur à la notoriété établie qui pourrait lui produire un papier dans ce sens. Elle avait écarquillé les yeux devant le look fringant du restaurateur. Bel homme, avait-elle immédiatement pensé. Elle ne s'attendait pas à ça. Face à sa mine circonspecte, Gaetano avait d'abord promené la main sur la peinture, lentement, sans la regarder, sur son endroit puis son envers. Ce geste-là, la caresse de ses longs doigts effleurant la matière picturale, d'une manière à la fois technique et sensuelle, Giuseppina ne l'oublierait jamais. Il avait ensuite collé son oreille sur le panneau et avait donné une ou deux pichenettes à quelques endroits choisis. Au point où l'on en était, elle s'était demandé s'il n'allait pas le renifler. Après avoir enfin jeté à l'œuvre un coup d'œil dédaigneux, ostensiblement bref et rasant, il avait conclu que c'était de la merde, à peine le travail d'un second couteau d'atelier, mais que, si elle voulait, il pourrait en faire un Lippi et même un Botticelli ; elle n'avait qu'à demander.

Plus tard elle saurait qu'il disait vrai, mais sur le moment elle avait remballé sa croûte, légèrement vexée. Si le type était un peu rustre, deux choses lui avaient plu au point qu'elle y avait souvent repensé les jours suivants : le « elle n'avait qu'à demander » et le regard qu'il avait posé sur elle, un regard de désir certes, mais un désir espiègle, non pas concupiscent ou conquérant, mais joyeux et joueur.

Cette rencontre l'avait titillée, et ces choses qui vous titillent, on sait bien que le destin prend un malin plaisir à vous les renvoyer dans les pattes. Quelques mois plus tard, elle avait de nouveau affaire à lui pour restaurer le tableau d'un petit maître français, une peinture légère à l'inspiration mythologique dans le style flou et délicat de Watteau. L'œuvre, oxydée, présentait des lacunes importantes ainsi qu'une grande fente qui cisaillait la toile de part en part. Gaetano avait fait dessus un travail de sauvetage extraordinaire. Le propriétaire était ravi et ce n'est qu'une fois le tableau de nouveau accroché dans le vestibule de sa somptueuse villa de la via Teodosio que Giuseppina reconnut près d'un buisson de l'arrière-plan, sous les traits d'une muse couronnée de laurier, ses traits à elle, ses longs cheveux de Marie-Madeleine, son nez retroussé piqué de rousseurs et ses lèvres anachroniquement pulpeuses, ouvertes dans une expression extatique. Elle en avait gloussé de plaisir de se voir ainsi portraiturée en nymphe espiègle et charnelle dans une robe légère qui laissait apercevoir un sein gouleyant.

Le soir même elle l'avait appelé, ils s'étaient revus et ils s'étaient aimés.

L'homme lui prenait vingt ans, mais dans ses bras, c'est comme si elle-même en avait vingt de moins. Il y avait dans les yeux de Gaetano quelque chose qu'elle n'avait jamais vu ailleurs. Une brillance, une curiosité vive. Si la mécanique humaine et les désordres de la vie amènent inexorablement les individus à voir s'émousser leurs désirs, à éprouver toujours moins d'enthousiasme et de confiance, l'élan de Gaetano ne semblait pas faiblir. Il ne concevait aucune nostalgie. Il portait un regard neuf sur les choses, jamais encombré du poids d'une expérience qu'il avait pourtant et qui lui avait appris qu'aucune situation ne se présente deux fois sous le même jour. Le travail de Gaetano était de faire oublier les traces du temps, et Giuseppina eut l'étrange conviction que l'avoir à ses côtés pourrait la maintenir jeune éternellement.

Tour à tour salace et spirituel, satyre et divin, il oscillait entre ciel et terre et c'était ce qu'elle aimait chez lui, ses brusques changements de registre, sa manière de faire rimer le vulgaire et le sacré. Elle le revoyait nu dans la fontaine de Trevi, Poséidon de pacotille, nu comme un ange déchu au sommet du Duomo dont on lui avait « prêté » la clef, nu dans l'atelier face au *Triomphe de la chasteté*, quelle ironie ! Elle aimait qu'il cherche sans cesse à transcender la vie.

Gaetano respectait son indépendance et n'attendait pas d'elle des choses qu'il ne s'appliquait pas à lui-même. La contrepartie, c'est que ce désir immense, cette vitalité, ce souffle fascinant et dévorant qui la grisaient la faisaient aussi souffrir ; ses voyages incessants, ses absences impromptues, ses étudiantes peu farouches. Elle avait beau être libre elle aussi – il n'y avait pas d'autre servitude que celle de son amour –, elle craignait qu'il ne revienne pas. Du reste, quand bien même elle pouvait faire ce qu'elle voulait, il en est ainsi de la liberté qu'il ne suffit pas d'en avoir pour en profiter.

Et puis Lucrezia était arrivée. Quelque part, cela l'avait soulagée, cette arrivée de Lucrezia dans leur vie. Une fois mise de côté sa jalousie, curieusement assez vite, elle s'était dit qu'à deux elles pourraient le retenir pour toujours. Qu'il valait mieux le savoir avec elle qu'avec d'autres inconnues, qu'il valait mieux un demi-Gaetano que pas de Gaetano du tout.

Elle avait appris à connaître Lucrezia, elle savait ce qu'elles avaient de différent. Elle jouait sur un autre registre. À Lucrezia le charme désordonné et bohème, et cette nature secrète de chat ; à elle l'exubérance et l'esprit, et ce sex-appeal comme un aimant. Les deux femmes s'entendaient bien, respectant entre elles une distance courtoise tels les arbres qui sont si proches et qui maintiennent ce qu'on appelle joliment une timidité. Cette dynamique n'appartenait qu'à eux. Bien sûr, on jasait sur cette polygamie, on hésitait entre la condamner pour son anachronisme ou pour son indécente liberté, mais les arrangements de la vie l'avaient décidée ainsi.

Voilà l'étrange structure de leur amour. Être trois n'avait rien de facile. C'était un jeu d'équilibre précaire. Alors, si l'on y ajoutait une quatrième personne, quand bien même elle était morte il y a cinq cents ans, cela faisait beaucoup.

Elle avait hâte que l'on passe à autre chose.

Le désir d'Hélène

Le Louvre était plus paisible depuis que *La Joconde* était en restauration. Hélène aimait bien cela, cet état léthargique du musée comme une baleine assoupie. L'absence du chef-d'œuvre avait, semble-t-il, écrémé la population. Même dans les salles dont elle avait la responsabilité, il y avait moins de monde. Des visiteurs plus calmes, plus attentifs, plus respectueux des œuvres. Les gens prenaient davantage leur temps. Il y avait sensiblement moins d'incidents.

Elle avait accepté un verre avec un collègue de Marina : « Tu vas voir, il coche toutes les cases. » Après quelques *dates* qui l'avaient laissée plutôt tiède, même s'il était gentil et qu'en effet il avait beaucoup d'atouts – beau garçon, stature athlétique, bonne situation, sens du style, capacités sociales éprouvées –, le type avait accéléré et sorti le grand jeu. Il avait loué une décapotable et l'avait emmenée à Trouville rejoindre des amis pour le week-end. Ils avaient enchaîné Les Vapeurs, le casino et un Airbnb de charme surplombant le port. Sur le papier c'était parfait. Dans la tête d'Hélène, un peu moins. Elle avait maquillé son détachement derrière un sourire composé assorti d'un regard flottant qui lui donnait un air d'héroïne de la Nouvelle Vague, insaisissable et mystérieux. Le soir, sans enthousiasme, elle avait suivi le garçon dans sa chambre ; tant d'énergie avait été dépensée pour qu'ils en arrivent là. Après qu'elle se fut laissé faire sans passion, sans érotisme, d'une manière que l'on pouvait presque qualifier de scolaire, elle avait pleuré en silence dans l'obscurité. Le matin, elle pleurait encore dans sa chicorée. Elle pleurait dans sa douche, en faisant ses valises, elle pleurait devant la vue quatre étoiles sur le port. Un ruissellement intarissable de larmes chaudes, salées comme les embruns. Dans un premier temps, le type avait été sincèrement embarrassé. Il avait demandé s'il y était pour quelque chose, s'il avait mal agi. En lui tendant la boîte de mouchoirs, il lui avait rappelé qu'elle avait donné des signes évidents de consentement. « Non, non, s'était-elle excusée en reniflant bruyamment, tu n'y es pour rien. »

Elle avait pleuré sans s'arrêter sur le chemin du retour alors qu'il remontait à 180 kilomètres à l'heure les réverbères de l'A14 vers Paris. Elle croyait interpréter dans les feulements rageurs du moteur l'exaspération du conducteur.

Marina était tombée des nues. « Où est le problème, chérie ? Tu sais combien aimeraient être à ta place ? Tu as un type parfait, qui s'attache à toi. Exactement, il me l'a dit, il était “en train de s'attacher”. Aucune tare ou hobby bizarre, un *dix sur dix*, sympa, *smart*, belle gueule et gaulé, ce qui ne gâche rien. Fiche de paie incroyable, je l'ai vue de mes yeux. Il t'offre un week-end de rêve, il te traite comme Julia Roberts. Cela fait combien de temps que j'ai pas eu ça, une escapade en Normandie ? Tu crois que Fred pense à ce genre de choses pour moi ? Et Patrick, il t'emmenait en Normandie ? Il te faisait le coup des pétales sur le lit ? Oui, il m'a dit pour les pétales. D'accord, c'est un peu nase, mais c'est l'intention qui compte. Une chance, un mec comme ça. Donc il fait tout ça et toi, tu le noies sous les larmes. Une fontaine, il m'a raconté. Il ne savait plus où se mettre. Alors, explique-moi, où est le problème ? »

Après une profonde respiration, Marina avait repris d'une voix plus lente, qui se voulait plus amicale : « Sans vouloir t'offenser, c'est peut-être toi le problème. Il faut savoir cueillir les fruits de la vie, se satisfaire de ce qu'on trouve. Il faut savoir faire un effort, Hélène. Tu ne voulais pas le rejoindre dans sa chambre ? T'avais qu'à le dire, t'es une grande fille. Il a pas forcé, que je sache. Bon et puis, excuse-moi, mais tu t'attendais à quoi ? »

Hélène était restée silencieuse, la tête dans son cappuccino.

« Ce n'est pas ça ? Alors c'est quoi ? Qu'est-ce que tu ne me dis pas ? »

Et brusquement, Marina avait compris. « Non, c'est pas vrai ! Ne me dis pas que tu es encore sur le gars des statues ! Sérieusement, Hélène, ne fous pas ta vie en l'air pour ce type. Qu'est-ce que ça veut dire ? Je me tue à te trouver un mec dont on rêverait toutes et tu fantasmes sur un homme de ménage en surpoids qui se prend pour Béjart. Ne me fais pas le coup de la femme indépendante et bohème, t'es pas dans *Marie Claire* ! Il te rend heureuse, ce type ? T'es épanouie ? Vous construisez quelque chose ensemble ? Alors ! Non, là, je ne peux plus rien pour toi. » Elle avait ramassé ses affaires, s'était levée et l'avait toisée avant de quitter la table. « Du gâchis, Hélène, regarde-toi. C'est un putain de gâchis ! »

Pourquoi, après tout, s'était-elle laissée aller à ces rivières de larmes ? Marina avait peut-être raison : la chance était là, elle s'était présentée sous ses meilleurs atours, Ray-Ban Wayfarer et décapotable, et elle, Hélène, lui avait tendu des bras mous, elle l'avait étreinte comme un courant d'air, sans désir et sans conviction, elle s'était alitée avec elle à contrecœur, avant de l'arroser de ses pleurs. Pourquoi ?

C'est qu'Hélène avait trouvé dans les marges invisibles de la société, dans l'antithèse de son idéal, elle avait trouvé un diamant. Et maintenant qu'elle avait connu son éclat, il lui était impossible de revenir en arrière. Elle ne pouvait pas l'oublier et peut-être qu'elle ne le pourrait jamais. À côté, tous les autres lui paraissaient ternes et insipides. Alors oui, le collègue de Marina remplissait certainement de nombreuses cases, mais lesquelles ? Pas celles qui lui importaient à elle, pas celles qu'Homéro comblait.

Elle qui fréquentait dans son métier les plus grands admirateurs de la sculpture, passionnés, experts et théoriciens, des gens qui, toute la journée, cherchaient les mots pour décrire les qualités esthétiques de la statuaire antique, elle qui parcourait avec eux les salles et les réserves du plus beau musée du monde, jamais on ne lui avait montré la beauté de cette façon. Ses œuvres, ses enfants, dont elle prenait tant soin, si attentive à leur bien-être, elle ne les avait jamais regardées de cette manière, de *sa* manière à lui.

L'amour – puisque définitivement cela ne pouvait être que ça – lui broyait les entrailles, un amour à sens unique, un amour dont les chances de réciprocité n'allaient qu'en s'amenuisant. Car son objet lui échappait, préoccupé, distant. Et plus il fuyait, évidemment, plus il lui manquait, plus elle le voulait près d'elle, plus son ventre avait faim de lui, plus sa peau voulait sa douceur, plus son esprit voulait sa fantaisie, plus ses yeux voulaient sa vision étrange et pure. La raison du détachement d'Homéro ne faisait aucun doute pour elle : il était accaparé par une autre, elle en était convaincue. Et cela n'avait rien d'étonnant à ce qu'on soit désiré et courtisé quand on portait en soi le secret de la beauté du monde. C'est pour cela qu'elle pleurait, d'amour et de jalousie.

Le lendemain, elle l'avait guetté après son service. Elle l'avait vu arriver avec les autres agents d'entretien. Elle ne l'avait pas tout à fait reconnu ; il avait maigri, il avançait abattu comme une ombre. Hélène avait parlé très vite. Elle lui avait demandé de la retrouver là où ils avaient traversé toutes ces nuits, au pied du dieu Pan. Ils n'étaient pas obligés de faire l'amour, elle voulait juste sentir le contact de sa peau, plonger ses pupilles dans les siennes. S'il te plaît, Homéro. Il avait posé sur elle des yeux étonnamment caves où tout éclat avait disparu. Puis sans un mot il lui avait tourné le dos. C'était la première fois qu'il se refusait à elle.

Inspection

Depuis les paroles de Giuseppina et le message laissé sur son répondeur, la santé mentale de Gaetano était pour le conservateur sa principale préoccupation. L'Italien vivait avec *La Joconde*. Il passait l'intégralité de ses journées à l'atelier de l'aube jusque tard le soir. Loin de l'apaiser, le contact avec la peinture semblait le rendre nerveux. Il trahissait des signes de fébrilité ou, au contraire, affichait un air hébété qu'on ne lui connaissait pas. Il donnait l'impression de ne jamais investir les conversations ; il restait en surface et ne prenait plus la peine de meubler les silences. Il s'irritait des visites des membres de la commission. Il avait eu quelques mouvements d'humeur embarrassants et s'était emporté contre l'historienne du vêtement à qui il reprochait des dérangements incessants. Selon le témoignage qu'Aurélien avait recueilli, elle avait été mise à la porte de l'atelier *manu militari*, ce qui avait provoqué un petit scandale que le conservateur avait dû calmer avec toute la diplomatie dont il était capable.

Aurélien s'était résolu à avertir Daphné. Il lui avait fait part de la pression que subissait le restaurateur, qu'il sentait exténué. À bout, avait-il ajouté. Il avait suggéré que Gaetano prenne quelques jours de repos. La réaction de la présidente fut celle qu'il avait anticipée : « D'accord, Aurélien, mais qui paye ? Tu sais ce que nous coûte chaque semaine sans *La Joconde* ? Tu as une idée pour compenser ? Je suis désolée, j'entends ce que tu me dis, mais ce n'est pas le moment de flancher si près du but. Surveille-le H24 s'il le faut, mais on ne peut pas se permettre le moindre retard. »

Aurélien augmenta la fréquence de ses visites au pavillon de Flore, passant plusieurs fois par jour, en fait dès qu'il le pouvait. Il y trouvait l'Italien plus calme, concentré sur sa tâche. Quelquefois, l'équipe du documentaire était là et Aurélien s'asseyait discrètement sur une chaise en retrait pour avancer sur ses dossiers en silence, un œil sur son ordinateur, l'autre sur la peinture. Après tout, c'était son sacerdoce, protéger les œuvres. Gaetano travaillait pieds nus avec des gestes de plus en plus lents. Il avait cessé de tailler sa barbe qui avait poussé d'une façon anarchique. Les semaines s'étiraient, interminables, quand, les traits tirés et les yeux hagards, l'Italien annonça aux alentours d'avril la fin de l'étape de l'allègement des vernis dont il entendit soumettre le résultat à la commission.

Aurélien accueillit la nouvelle avec un immense soulagement. La restauration s'arrêtait au juste endroit, redonnant de l'air au ciel, de la vie à la chair. L'ensemble de la gamme chromatique avait viré d'un brun verdâtre à une nuance plus fraîche, une lumière qui, si elle restait chaude, se parait désormais d'une aura doucement bleutée dans les lointains. Si l'atmosphère était toujours teintée de vert et que la peau conservait une tonalité terreuse, c'était déjà un grand choc de voir le chef-d'œuvre ainsi rafraîchi. Ce qui rassurait Aurélien, c'était que le tableau était tout à fait conforme à l'image *n° 3 – Allègement modéré*. L'algorithme avait deviné juste, *Nostradamus* avait su avec brio préjuger du rendu des couleurs. C'était une victoire pour Sigrid, pour le rayonnement du C2RMF et l'assurance de perspectives heureuses pour son programme.

Aurélien ne voyait pas ce que la commission pourrait trouver à redire. Du reste, la plupart des experts avaient suivi en direct les étapes de la restauration. Il appela Daphné pour la prévenir et elle accourut aussitôt. Elle pénétra dans l'atelier sans prononcer un mot et s'avança au pied du chevalet. Elle observa un bref moment la peinture, puis demanda si c'était suffisant, si le public verrait la différence. « Ça ne manque pas un peu de pep's ? » À titre personnel, elle aurait aimé qu'on aille un peu plus loin. Elle s'inquiéta surtout de savoir quand le tableau pourrait regagner sa vitrine. Aurélien répondit qu'il convenait d'abord de le présenter à la commission, puis Gaetano devrait le protéger d'une nouvelle couche de vernis avant qu'il puisse retrouver son cadre. Ensuite, on pourrait le dévoiler aux officiels et à la presse. « Au plus vite, Aurélien, fais au plus vite ! »

Une semaine après, les membres de la commission reçurent une invitation succincte qui mentionnait : *Présentation du résultat de la restauration de* La Joconde, *suivie d'un cocktail.*

Le jour venu, à la porte de l'atelier, l'excitation était palpable quoique bien différente de la première réunion qui avait eu lieu dans la salle des États. L'ambiance potache et agitée avait laissé place à une solennité fiévreuse. Tous ou presque avaient une idée précise de l'état du tableau. On ouvrit et les membres de la commission pénétrèrent religieusement dans l'espace rendu exigu par le nombre. En file indienne, ils se déroulèrent sur deux rangs en arc de cercle autour du chevalet. Un silence ému saisit l'assemblée. Aurélien observa les regards plissés, les bouches entrouvertes, l'inclinaison des têtes. Les mots ne sortaient pas encore. Les uns et les autres prenaient conscience du chemin parcouru depuis le tumulte de leur premier débat. Enfin on y était arrivés et, sans aucun doute, l'aventure valait le coup. Chacun pouvait reconnaître dans cette œuvre collective sa contribution. Ceux qui avaient défendu la prudence se sentaient l'âme de gardiens du temple. Ceux qui avaient demandé qu'on pousse un peu plus loin se voyaient comme des explorateurs sans qui on serait restés enténébrés. Quelqu'un lança des applaudissements qui furent repris en chœur. Aurélien eut le sentiment que cette acclamation lui était aussi adressée. On prit la parole à tour de rôle et dans des termes élogieux on vanta la restauration, la jugeant respectueuse, conduite avec intelligence et maîtrise.

Gaetano n'avait pas taillé sa barbe, mais s'était peigné. Il avait revêtu une veste à col mao et des sandales de cuir. La vétérane de la commission eut cette observation que si le tableau s'en trouvait rajeuni, son restaurateur, lui, paraissait avoir considérablement vieilli. La remarque suscita quelques rires et acheva de détendre l'assemblée.

Par quel tour de force Aurélien en était-il arrivé là ? Les experts se précipitèrent vers le conservateur pour lui serrer chaleureusement la main. On le remercia du cadeau fantastique qu'il venait de faire à ses contemporains. On loua le courage qu'il lui avait fallu pour mener à bien cette mission, l'adresse et la diplomatie avec lesquelles il avait conduit la commission, et l'intuition d'avoir confié à ce talent singulier l'acte chirurgical de la restauration. On se congratula beaucoup aussi, on se félicita des garde-fous posés par « notre collège d'experts », de cette main invisible qui avait retenu le solvant et le grattoir, on s'arrogea la réussite de l'opération et chacun ici préparait déjà les mots qui seraient bientôt livrés aux journalistes, ces mots qui sauraient si bien attribuer à leur auteur la paternité du geste et le succès de l'entreprise.

Au bout d'une heure de louanges, les invités quittèrent l'atelier pour se diriger vers les espaces de réception où avait lieu le cocktail. Gaetano, qui n'avait pas besoin de surjouer la fatigue, se retira après avoir annoncé qu'il reviendrait le lendemain pour protéger l'œuvre d'une mince couche de vernis et lui dire un dernier adieu.

Alors qu'Aurélien s'apprêtait à suivre le flux qui menait au buffet, Daphné le retint par la manche. « J'ai reçu un message du ministère : le président voudrait profiter de la visite en France du président du Conseil italien pour lui montrer le tableau restauré. Ils viendront le voir mardi matin. On est bons en termes de timing ? » Cela leur laissait trois jours pleins, avait décompté Aurélien, trois jours qui seraient suffisants pour vernir, réencadrer et replacer *La Joconde* dans la salle des États. « Ils vont nous appeler d'ici une demi-heure pour planifier, retrouve-moi dans mon bureau. » Quand il la rejoignit, Daphné et l'administrateur général étaient en ligne avec l'attaché de la sécurité de l'Élysée pour mettre au point les modalités logistiques de la visite du chef du gouvernement transalpin. On échangea sur les questions d'ordre sécuritaire. Les services de la présidence demandèrent la liste de toutes les personnes qui seraient présentes sur le site. On décida de donner congé aux conservateurs, régisseurs et restaurateurs qui profitaient habituellement du mardi, jour de fermeture, pour faire le diagnostic des collections. On réclama au chef des pompiers du Louvre les plans d'accès au toit pour pouvoir y positionner les tireurs d'élite. On négocia la présence de la directrice du C2RMF, mais celle de Bertrand fut refusée. On convint que Daphné, Aurélien, la directrice des relations extérieures, Sigrid et Gaetano, à la demande de l'Italie, constitueraient la délégation autorisée à pénétrer dans la salle des États avec le président du Conseil italien, le président français, la ministre de la Culture et son homologue transalpin. On échangea tard dans la nuit de multiples SMS. À la demande des Italiens, on incorpora à la délégation l'actrice Valeria Bruni Tedeschi. On refusa la présence de son agent et de son compagnon. On remplaça finalement

Valeria Bruni Tedeschi par Monica Bellucci, moins exigeante. Daphné quitta Aurélien en lui intimant de rester joignable le week-end pour la préparation de la visite présidentielle.

Lucrezia

Quand Aurélien rejoignit le cocktail, il était tard et le buffet comme l'assemblée étaient déjà clairsemés. Daphné, dès lors qu'il n'y avait pas de journalistes, ne participait jamais aux réjouissances organisées pour les experts et les scientifiques. Quelques invités parlaient politique culturelle à côté des derniers petits fours, des blinis au saumon exempt de colorants, à l'aspect grisâtre et peu engageant.

Un peu plus loin, l'équipe du documentaire fêtait bruyamment la fin du tournage avant l'étape fastidieuse du montage et le tri de milliers d'heures de rushes. Le réalisateur déjà éméché enchaînait les coupes de Laurent-Perrier sous le regard réprobateur de la productrice.

Dans un coin de la pièce, Lucrezia, qui ne connaissait personne, était entretenue par un spécialiste du quattrocento au visage adipeux et bonhomme, qui mesurait sa chance et se délectait de chaque seconde passée en sa compagnie.

À la vue d'Aurélien, elle se jeta à son cou. «*Aureliano ! Salvami*», lui chuchota-t-elle à l'oreille. Elle se pressa contre lui, une odeur de figue émanait de ses cheveux. À contrecœur, Aurélien fut arraché à elle par les félicitations d'un confrère. Il arpenta la salle, récoltant encore ici et là des compliments qu'il accueillit avec un mélange de gêne et de gratitude. On l'empoignait avec chaleur, on lui témoignait de sincères marques d'admiration. On lui fit part d'un enthousiasme quasi unanime et, excepté Jacqueline Champagne qui s'apprêtait à dire partout qu'on avait eu la main bien lourde et le respect léger, et quelques autres qui, au contraire, auraient préféré qu'on aille un peu plus loin, la grande majorité était emballée par le résultat.

Le champagne aidant, Aurélien ressentit son adrénaline se dissiper. Le stress de ces derniers mois, l'immense pression qui avait pris d'assaut son organisme, les nuits blanches et les réveils en sueur, les étreintes thoraciques, tout ça allait cesser. Il se sentit soudain débarrassé d'un costume de plomb.

Alors qu'il écoutait d'une oreille distraite les propos d'une conservatrice volubile sur la politique d'acquisition du musée, il parcourut la salle du regard. Lucrezia était en pleine discussion avec un jeune homme qu'Aurélien reconnut comme le cadreur de l'équipe de tournage, un grand brun à la coiffure désordonnée qui, en un tour de main, avait subtilisé l'Italienne à l'expert du quattrocento et déployait à présent pour elle l'impressionnante panoplie de ses charmes.

Aurélien surveillait leur manège depuis un moment, tout en hochant la tête sans conviction aux affirmations de la conservatrice, quand il eut une révélation.

En regardant Lucrezia moulée dans la robe fourreau noire qu'elle portait avec de curieuses baskets blanches à semelles compensées, il la vit enfin telle qu'elle était ce soir-là, légère comme une figure amphore du Parmesan, avec son cou de cygne, ses pommettes hautes, ses poignets graciles, ses épaules étroites, son élégant déhanché contrapposto à la manière de ceux qu'on observe sur les statues de Polyclète. Dès lors, Aurélien sut sa beauté ; une beauté un peu sauvage, dissimulée sous une apparente banalité, des sourcils épais et foutraques, et les vestiges d'une acné adolescente. Une beauté familière sans clairons, contenue dans quelques détails qu'il pouvait voir maintenant, confondants de simplicité, une bouche au volume normal, la lèvre supérieure finement ourlée et rehaussée d'un léger duvet, des dents semées dans un désordre charmant, une joliesse fragile et pourtant bien là derrière ces quelques fausses disgrâces qui ne sont que l'apanage de la vérité. Une beauté du détail, comme la forme exquise de ses yeux, leur espacement, la longueur de son nez et ses minuscules oreilles. Une beauté qui se donnait en deux temps, mais qui une fois perçue ne vous lâchait plus. Une beauté qui feignait de ne pas avoir conscience d'elle-même ou qui peut-être s'ignorait, mais ça, il en doutait. Lucrezia se tourna dans sa direction et, si elle s'esclaffait aux mots d'esprit du grand brun, il sembla à Aurélien que c'était bien à lui qu'elle adressa son sourire.

Ils échangèrent d'abord des coups d'œil furtifs et fréquents, comme s'il s'agissait de s'assurer de la présence de l'autre dans l'espace, auxquels se substituèrent des regards plus appuyés, plus intenses. Quand toute ambiguïté fut levée sur le tour que prenait leur parade, ils manœuvrèrent chacun leur interlocuteur pour se rapprocher, entreprenant de subtils déplacements, pivotant sur eux-mêmes, éprouvant la géographie de la pièce en stratèges, évitant collègues flagorneurs et expert adipeux jusqu'à se trouver dos à dos. Aurélien sentit l'épaule de Lucrezia contre la sienne et les vibrations de ses rires traverser son propre corps. Leurs mains se cherchèrent à l'aveuglette, et soudain s'emparèrent l'une de l'autre. «*Andiamo*», lui murmura-t-elle. Sans hésitation, il planta la conservatrice au beau milieu de son monologue, elle abandonna le jeune éphèbe en riant. Elle entraîna Aurélien dans l'escalier de pierre, ils coururent dans l'aile Denon – Vivant, Vivant Denon, quel prénom ! – et il repensa à ce couple qu'il avait surpris un soir en train de faire l'amour au milieu des statues, qu'il n'avait pas voulu interrompre. Une fois dehors, ils taillèrent la ville au pas de course, l'un contre l'autre, grisés par cette soirée de printemps qui se prenait déjà pour une soirée d'été, tiède et lumineuse. Dans une épiphanie, il se souvint de ce bar près de Beaubourg, La Fusée, qui préparait des croque-monsieurs à se damner. C'était bondé mais on allait s'arranger. On leur indiqua une place dans un recoin inaccessible et ils firent lever la moitié de la salle pour y parvenir. Sous la table exiguë, leurs genoux se touchaient et le temps de leur dîner ils s'efforcèrent de conserver ce contact léger, à peine perceptible. Il commanda une bouteille d'un pouilly fumé un peu âpre. Elle riait sans cesse et cela l'enhardissait, lui. Chacune de ses saillies la faisait rire aux éclats, ses dents blanches comme des perles. Il avait terriblement envie d'elle.

Leur débit avait ralenti, à présent ils parlaient avec moins d'effusion, l'alcool rendait leur élocution plus difficile. Ils se levèrent, réglèrent l'addition et, aussitôt dans la rue, la fraîcheur de la nuit les cueillit. Ils traversèrent l'esplanade de Beaubourg où un groupe d'adolescentes faisaient du hula-hoop avec des cerceaux lumineux. Les filles ondulaient au son d'une boom box, faisant monter et descendre à volonté le cercle de feu le long de leurs corps. Des vagues amples parcouraient leurs membres depuis le macadam jusqu'à leurs mains qu'elles avaient jointes au-dessus de leur tête. Dans son irrésistible ascension, le cerceau prenait son temps dans le creux de leurs genoux et de leurs hanches, imprimant sur la rétine des spectateurs des traits de LED hypnotiques qui cisaillaient la nuit comme les anneaux de Saturne. Aurélien retenait son souffle quand le rythme lui paraissait ralentir et que quelque saccade ou anomalie dans les révolutions du cerceau mettaient en péril son équilibre. Il était toujours étonné qu'un imperceptible mouvement du bassin suffise à le relancer et du peu d'effort que cela semblait représenter. Ils restèrent un moment à les contempler.

Rue de Rivoli, il héla un taxi. Dans la berline, la sono diffusait une chanson de Benjamin Biolay qui parlait de s'asseoir sur une chaise à Tokyo. « No manga no bongo, une chaise à Tokyo. » L'air était à la fois sautillant et mélancolique, comme une rengaine d'enfant un peu triste. « Inutile de rêver, ça ne reviendra… jamais. » Lucrezia appuya la tête sur son épaule. Il osa la question qui le taraudait : « Et

Gaetano ? » Elle éclata de rire : « *Non ti preoccupare !* » Aurélien pensa à Claire, à Daphné, à Gaetano. Le taxi les déposa aux confins du XVIIe arrondissement devant un immeuble haut et moderne caparaçonné d'une structure de métal. L'ouvrage futuriste semblait répondre à un cahier des charges strict qui proscrivait les angles droits. L'appartement se situait au quatorzième étage au fond d'un long couloir, c'était un grand studio avec balcon, peu meublé comme le sont souvent les biens de location. En guise de lit, un sommier à même le sol. Face à la fenêtre, une harpe et un tabouret. Dans un coin, une kitchenette. C'était à peu près tout.

Une fois la porte fermée derrière eux, Lucrezia passa les bras autour de son cou. Son expression prit une gravité soudaine, ses paupières s'abaissèrent et elle tendit vers lui sa bouche entrouverte, lascive. Avec prudence, Aurélien baisa ses joues, ses pommettes. Elle sourit de ces chastes prémices. Il baisa son front, ses sourcils, la commissure de ses lèvres. Cette fausse pudeur l'amusait. Il la sentait fébrile, impatiente. Elle ondulait entre ses doigts. Dans les frissons de sa peau affleurait son irrépressible désir.

Alors il colla sa bouche contre la sienne et ses mains empoignèrent sa taille avec une ardeur contenue. Et pendant qu'ils se déshabillaient, ils poursuivaient le contact de ce baiser, comme s'il y avait quelque enjeu à ne pas interrompre ce bouche-à-bouche, comme si tout pouvait retomber.

La robe fourreau coula sur ses chevilles, dévoilant les aréoles brunes de ses seins, son ventre albescent, les lacis cuivrés de sa toison. Il eut l'envie de prendre du recul pour admirer son corps. Il avait terriblement besoin de la regarder. Il se refrénait, il craignait de paraître étrange. Les mains de Lucrezia s'activaient et déjà il était nu lui aussi.

Ils basculèrent sur le lit.

Ce soir-là, Aurélien connut la beauté.

Il parcourut ses ovales et ses longueurs, il les parcourut avec les yeux, les mains et les lèvres. Il envoya ses doigts comme des antennes cartographier ses reliefs frémissants. Ils s'égarèrent dans ses moindres replis.

Il s'enivra de ses odeurs. Celle sucrée de son cou, celle acide de ses aisselles, celle musquée de son sexe. Il goûta sa bouche et son intimité brûlante. Il saisit sa chair et, les mains pleines, il mesura le poids de ses seins et celui de ses fesses. Il l'admira sans relâche, avec une curiosité avide, et tout le long il garda les yeux grands ouverts pour ne rien oublier.

Elle l'accueillit dans sa bouche et il faillit bien s'y dissoudre immédiatement. Il résista, mais craignant de rendre trop tôt les armes il se retira. Il chercha l'accalmie, sa tête dans le va-et-vient de ses hanches. Il baisa son ventre et son nombril et encore le creux de sa taille. Il reprit confiance.

Ils roulèrent, elle vint sur lui. À contre-jour, elle n'était qu'une silhouette dans l'ombre bleue, opaque et sinueuse. Cavalière. À travers ses cheveux, il perçut les feux de la ville. Ses pupilles dilatées cherchaient le dessin de ses formes, crevant de ne rien voir. Dieu, qu'il voulait voir !

Ils roulèrent encore ; il la coucha dans un halo de lumière sélène, son visage maintenant baigné d'une clarté bleutée. Ils ralentirent. Il arracha pour l'éternité les images macro du grain de sa peau perlée de sueur, d'une mèche brune plaquée sur la tempe, d'un hélix percé d'argent. Il captura le profil ourlé de ses lèvres entrouvertes et l'aile frémissante d'une narine. Elle ferma les paupières tandis qu'il la regardait plus intensément encore. Prunelles ardentes, désinhibées. Jamais rassasiées.

Il appuya ses paumes sur l'intérieur de ses cuisses pour qu'elle les ouvrît plus grand. Alors il l'éreinta de sa fougue nouvelle. De ses yeux clos, il ne savait plus rien. Il embrassa ses phalanges, chercha le moule de son sein avec fièvre et empressement. Il se vit disparaître en elle. Ses cuisses pantelantes et ruisselantes. Il sentit le goût du sel et du métal, il courba l'échine. Sur ses propres épaules, il éprouva les stigmates de ses ongles, sur son cou, la chaleur de son souffle haletant. Ses bras enroulés pesaient sur sa nuque, il tenait bon. Leurs respirations s'accordèrent sur un tempo rapide. Plus profondément encore, il enfonça son désir. Cœurs tambours, poitrine battante. Gorges gonflées et palpitantes. Elle retint un cri, ouvrit brièvement les paupières. Son regard révulsé ne laissa voir qu'un blanc de nacre.

Il y eut un tressaillement dans la mécanique de leurs corps ; aux mouvements synchrones et fluides succédèrent des hoquets, des saccades de contraction, de courtes apnées successives. L'une de ses mains écrasa l'un de ses seins.

Enfin il ferma les yeux et, dans un souffle rauque, il capitula et se répandit. Une ondée froide parcourut son membre et, presque aussitôt, il faiblit. Insignifiant, fragile et mou, Aurélien bascula sur le côté et s'endormit.

L'état initial

Aurélien se réveilla au son cristallin de la harpe. Il lui fallut un moment pour s'assurer qu'il ne rêvait pas. Lucrezia jouait de l'instrument, vêtue seulement d'un short en soie. La vue de ses seins délicats le rendit instantanément heureux. Elle tenait sa tête légèrement inclinée au bout de son long cou, ses cheveux ramenés en un chignon désinvolte, quelques mèches éparses sur ses épaules ; il repensa au Parmesan. Ses traits placides ne trahissaient aucun effort, tout juste si ses sourcils s'animaient de temps en temps d'un froncement aussi furtif qu'un frémissement de papillon. Ses mains bondissaient de corde en corde avec une grâce nonchalante, s'arrachant à leurs vibrations comme deux ballerines à la gravité, dans une chorégraphie verticale. Il passa une bonne partie de la matinée à la regarder et à l'écouter répéter différentes pièces, dont un air envoûtant de l'opéra *Lucia di Lammermoor*. Ils refirent l'amour un peu avant midi. Ils sortirent ensuite pour aller déjeuner dans un bistrot des Batignolles. Il ignora plusieurs appels de Daphné. Vers 15 heures, ils rentrèrent et Aurélien rappela enfin la présidente. Ils discutèrent rapidement de la visite officielle. Elle voulait s'assurer que tout serait bien prêt pour mardi et que *Monna Lisa* aurait regagné sa place derrière sa vitrine. Après avoir raccroché, Aurélien tenta de joindre Gaetano, sans succès. Il lui envoya plusieurs messages pour l'informer des modalités de la venue des présidents, lui demander où il en était du revernissage du tableau et quand il pourrait passer le voir. Ses SMS restèrent sans réponse. Il pensa que le restaurateur était affairé à l'atelier ou bien qu'il avait fini et qu'il était rentré chez lui se reposer. Il s'inquiéta un peu malgré tout. Il aurait dû faire un saut au Louvre, c'eût été raisonnable, mais il lui était difficile de s'arracher à la volupté de Lucrezia.

L'Italienne avait déplié une planche à repasser et chantonnait en faisant glisser le fer sur ses vêtements. Aurélien attrapa un polar qui traînait sur la table de chevet, afin qu'il lui serve d'alibi pour l'observer à la dérobée. Elle avait enfilé une robe légère retenue par de fines bretelles. Elle esquissait parfois un pas de danse sur la pointe des pieds. Elle ne s'inquiétait pas trop de lui, occupée à mettre en ordre son appartement. Elle était terriblement désirable. Il s'abstint d'exprimer quoi que ce soit. Le soir, il sortit acheter quelques tomates, il passa chez le fromager puis chez Nicolas où un hipster barbu lui conseilla sur le ton de la confidence le vin nature sans sulfite d'un ami vigneron. Ils dînèrent, le vin était excellent, puis ils se mirent en tête de choisir un film sur Netflix, mais très vite les mains d'Aurélien s'égarèrent dans les moiteurs de Lucrezia et ils firent de nouveau l'amour. Le dimanche, il dut se faire violence pour quitter l'appartement de la jeune femme. Il se dit qu'il aurait pu habiter là, se satisfaire de la regarder être et vivre, c'était un plan de vie tout à fait honorable que de contempler la beauté, de l'étudier, la documenter, noircir des rapports à son sujet, relever des correspondances, élaborer des théories depuis son poste d'observateur privilégié, devenir un expert, peut-être même son référent universel, une tâche au fond pas si éloignée de celle qu'il exerçait quotidiennement au musée.

La beauté dormait encore, sa joue dans le moelleux de l'oreiller, son dos largement découvert par les plis corrégiens du drap de lit jusqu'à la naissance de ses fesses. À intervalles réguliers, un ronflement bref et charmant venait annoncer un changement de position. Il l'embrassa sur le front et ferma la porte de l'appartement avec précaution. Il hésita à aller directement au Louvre – il s'inquiétait toujours de n'avoir aucune nouvelle du restaurateur –, mais il regagna finalement son domicile. Vers 14 heures, il reçut enfin de la part de l'Italien un énigmatique émoji pouce levé qui ne le rassura pas tout à fait. Cela le travailla le restant de l'après-midi et vers 18 heures, guidé par une forte intuition, il se rendit au pavillon de Flore. Les deux vigiles gardaient l'entrée, fidèles à leur poste. On le reconnut et on lui autorisa l'accès. À 18h32, il pénétra dans l'atelier de la restauration de *La Joconde*.

À peine la porte s'était-elle refermée derrière lui que son organisme en alerte le submergea de signaux, d'abord légers puis intenses, comme si son corps avait perçu avant son esprit que quelque chose ici n'allait pas, du moins ne suivait pas le cours attendu des événements. La chaleur sur ses tempes, anormale, des salves de frissons éparses formaient des messages contradictoires de chaud et de froid. Sa tête engourdie lui donnait l'impression qu'elle était enfouie sous un coussin, comme si l'air trop épais et trop lourd empêchait la diffusion des sons, le laissant seul avec lui-même – la frénésie de ses pensées confuses et les battements trop rapides de son cœur – et un bruit blanc obsédant dans les fréquences les plus aiguës du spectre, paradoxalement inaudible et assourdissant. Son champ de vision s'était anormalement rétréci, déformant la géographie même de l'espace ; les murs s'étaient écartés jusqu'à l'infini, le sol s'était dissous, rongé par le vide, ne subsistait qu'un chemin de parquet de la porte vers le chevalet au milieu de la pièce, si loin, une bande maigre qui faisait comme une passerelle suspendue au-dessus du néant.

Il s'avança vers la peinture à pas excessivement prudents, l'abîme magnétique de part et d'autre, vers ces quelques taches de couleurs vives que sa vue ne parvenait pas à restituer, que son cerveau ne savait comment interpréter, comme si leur signification s'était égarée dans le trajet du nerf optique, entre la cornée et le cortex visuel à l'arrière du crâne. Un mélange de connu et d'inconnu, de familier et d'étranger vers lequel il progressait lentement, craignant de choir et d'emporter tout avec lui, craignant que ses jambes ne fassent plus leur travail de jambes. Il les sentait mollir, parcourues de contractions involontaires, la chaîne cinétique déjà désordonnée de son corps sur le point de s'enrayer. Un tapement sourd martelait ses tempes bouillonnantes, et le boum de ses propres pulsations l'oppressait comme la bande-son anxiogène d'un mauvais thriller. Il se concentrait pour ne pas tomber, tout entier tendu vers le chevalet et son alarmante incertitude. Les murs avaient disparu dans un flou indicible et avec eux toute la périphérie de l'atelier, les armoires métalliques remplies de chimies et d'outils, les châssis et les rouleaux de toile, le grand panneau de liège punaisé de consignes plastifiées. Il n'avait nulle part où s'appuyer sauf peut-être le tabouret, là, à un mètre encore. Ses mains l'agrippèrent avec soulagement, ses doigts se crispèrent sur l'assise capitonnée comme s'il avait cent ans. Il s'y assit avec difficulté pour reprendre son souffle. Il inspira longuement, haletant et ruisselant.

Sur sa rétine, l'image se fixa enfin.

Ce qu'il avait devant lui ne ressemblait en rien à ce qu'ils avaient laissé le vendredi soir. Les couleurs de *La Joconde* vibraient dans des tons primaires et acides. Un bleu d'azur franc électrifiait le ciel, les joues exhibaient une carnation de pêche rosée. Les manches éclataient d'un jaune d'or insolent, presque obscène. Les cheveux chatoyaient d'un roux brûlant. Une clarté aveuglante éclaboussait le tableau depuis le fond des montagnes. Les broderies jaillissaient de la peinture par le contraste de leur relief. Les boucles se détachaient une à une, dans toutes les dimensions de l'espace. Le regard brillait, liquide, son ambre quasi vert et translucide. Chaque ton se disputait la lumière dans une compétition impitoyable. Le sang battait dans les lèvres, frémissait dans la gorge, palpitait jusque dans les doigts de la jeune femme. L'effroyable effet de la Vie, celle qui saisit dans un grand cri le nouveau-né respirant pour la première fois, s'était emparé de Monna Lisa, la précipitant dans une spectaculaire réalité.

Gaetano avait débarrassé le tableau de l'intégralité de ses anciens vernis, jusqu'à effleurer la couche picturale. Sur un papier, griffonné à la hâte et posé sur le chevalet, il avait simplement écrit ces quelques mots : *Ecco lo stato iniziale*.

Ecco lo stato iniziale, comme une sinistre épitaphe.

Aurélien resta un moment ébaubi, bouche béante, yeux exorbités. Le temps que l'image s'imprime dans ses hémisphères, que son cerveau incrédule demande la confirmation que le message reçu n'était pas une illusion, que les pupilles fouillent la matière à la recherche d'une éventuelle anomalie, que sur la rétine une forêt de cônes et de bâtonnets captent ces milliards de photons, qu'ils transforment leur énergie électromagnétique en impulsions nerveuses, que ces signaux bioélectriques soient acheminés par le nerf optique jusqu'aux lobes les plus reculés de l'encéphale pour y être de nouveau analysés, et que là, décodés par le cortex, ils délivrent indéfiniment la même information, toujours égale – couleurs hallucinées et indécemment saturées –, et ainsi de suite, jusqu'à ce que le doute se dissipe, que le constat s'impose, implacable et terrible : il n'y avait pas d'illusion ou de mésinterprétation, pas de défaillance des organes qui jouaient impeccablement leur rôle malgré le stress abominable, rien qui ne venait contrecarrer les lois de l'optique, tout était au clair ici, tout était parfaitement limpide ; telles étaient les nouvelles couleurs de *La Joconde*.

Alors, il lui sembla qu'on avait actionné sous ses pieds une trappe ouvrant sur un gouffre immense, ou plutôt que la maigre passerelle de sol dévorée par le vide avait rompu sous le poids de son émotion. Il se sentit tomber, le cœur en apesanteur, les yeux révulsés dans le vertige. Il chercha sa respiration dans les tréfonds de son abdomen, un filet d'air siffla bruyamment en s'engouffrant dans ses bronches, il le retint aussi longtemps qu'il put avant de l'exhaler de tout son être, paupières désormais closes. Un point atrocement douloureux foudroya son côté. L'attaque déclarée de l'angoisse lui arracha un cri atone, un cri intérieur long et terrible qui résonna dans sa tête à n'en plus finir, bondissant sur les parois de sa boîte crânienne vidée de tout le reste. Il se replia sur son ventre, s'efforçant de trouver un réconfort dans la position fœtale quand tout autour de lui vacillait.

Il demeura ainsi en silence, le visage entre les genoux, prostré et exsangue, devant la peinture méconnaissable.

Quand Aurélien se reprit – combien de temps plus tard ? –, son premier réflexe fut d'appeler Daphné. Il saisit son téléphone, mais révisa cette option. La situation ne pointait qu'une seule responsabilité : la sienne. C'est lui qui était allé chercher Gaetano, lui qui était chargé de le contrôler et qui avait lamentablement échoué.

Il lui fallut peu d'efforts d'imagination pour entrevoir la curée qui se profilait devant lui. Il pensa à Frédéric Villot que le scandale de la restauration du *Saint Michel* avait contraint à la démission. Encore que démissionner, c'était bien peu de chose. Parmi tous les déséquilibrés qui avaient pour obsession *La Joconde*, il y en aurait bien un pour s'occuper de réparer l'odieuse profanation, et qui sait si le prix de ce vandalisme n'était pas le sang du conservateur ? Sans parler des Italiens et de l'inévitable crise diplomatique qui ne manquerait pas de mettre en ébullition la politique étrangère. Et la visite présidentielle ? Et Daphné ? Et Claire ? Que penserait Claire ? Y avait-il un châtiment à la hauteur de son incurie ? De toute manière, s'il en réchappait, il devrait ployer à jamais sous le poids de la culpabilité, l'échec tatoué sur le front. Il voyait déjà son appartement assiégé par la presse, traqué comme un forcené, sa vie sociale réduite à néant, sa vie professionnelle reléguée à un souvenir diffus, objet de rires et médisances, son fantôme hantant de sa sinistre légende les couloirs du Louvre et les dîners des jeunes conservateurs. Dans sa tête tournait en boucle un carrousel de visages connus et inconnus, aux masques grimaçants et moqueurs. Il pouvait sentir les crachats, les invectives et la honte.

Il tenta de joindre Gaetano, mais, comme il s'en était douté, il tomba directement sur son répondeur. Il quitta la pièce, le pavillon, le Louvre, il retourna chez lui à pied. En traversant la Seine, il avisa les flots bruns. Il n'avait le courage de rien.

La solution

La solution, évidente, lui apparut vers 4 h 30 du matin. Il la médita un long moment, fixant le plafond de sa chambre plongée dans la pénombre. Au lever du jour, sa décision était prise. Il se trouva à 7 heures devant le pavillon de Flore. Il pénétra dans la remise qui jouxtait les ateliers. Là, parmi les calicots et les bannières, les bornes multimédias et les cartels, il reconnut le matériel de l'exposition *Raviver La Joconde.* Il repéra le prototype de Vadim qui avait été enveloppé de papier bulle et il s'en saisit. Il se présenta ensuite à la porte de l'atelier de restauration. Les vigiles, qui finissaient leur nuit de garde, le laissèrent entrer en réprimant quelques bâillements. Aurélien pénétra dans la pièce engourdie de silence. Il attendit que le battant termine sa course sur ses gonds et le clic métallique du pêne dans sa gâche pour avancer vers la peinture. Devant l'œuvre de Gaetano, il eut une brève hésitation. La violence des couleurs le frappa un peu moins que la veille. Tout de même… Dehors, il entendit la voix de Sigrid qui s'entretenait avec les gardiens. Alors, dans un seul mouvement leste, il échangea sur le chevalet le véritable tableau avec le prototype de Vadim et déposa le panneau de peuplier original dans un coin de l'atelier, face contre le mur, à moitié dissimulé par un imposant châssis qui attendait d'être rentoilé. En moins d'une minute, il avait permuté l'œuvre et sa reproduction.

Quand la porte s'ouvrit, il se tenait immobile devant le chevalet. Sigrid s'avança à petits pas. « Aurélien, tu es là. » Elle chuchota, avec un enthousiasme contenu pour ne pas troubler ce qui lui semblait être une atmosphère de recueillement : « Enfin, elle est vernie ! » Elle approcha un peu plus encore. « Quelle beauté ! Les vigiles m'ont dit que Gaetano est parti tard hier. Il a pris son temps. Pas facile j'imagine de quitter Monna Lisa après ces longs mois en tête à tête ! » Aurélien hocha la tête d'un air entendu. Ils restèrent un moment absorbés tous les deux sans parler. L'ambiance était dangereusement propice à une inspection minutieuse. Aurélien chercha quelque chose à dire, mais les mots lui manquaient et il demeura silencieux. À la dérobée, il observait Sigrid admirer le fac-similé. Il traquait la moindre hésitation dans son expression recueillie, le plus léger froncement de ses sourcils, la plus subtile contraction de son sourire, mais rien ne trahissait un doute de sa part. Après un moment, elle joignit les mains et fit un pas de plus vers le chevalet. « Quelle aventure ! Quel bel équilibre ! » souffla-t-elle. Puis, en se retournant vers lui, elle proposa d'appeler les encadreurs pour qu'ils rhabillent le panneau de bois de son cadre Renaissance.

Aurélien pensa qu'il était encore temps de tout arrêter, avant que le fac-similé ne soit encadré et replacé dans la vitrine de la salle des États. Il pourrait toujours invoquer un geste désespéré, Sigrid comprendrait son désarroi si elle voyait ce qu'était devenue l'œuvre originale. Il était encore temps de revenir en arrière, d'admettre l'inadmissible. Il hésita, il manquait de lucidité, il avait besoin d'air. Finalement il sortit de l'atelier. En chemin, il croisa les encadreurs.

TROISIÈME PARTIE

La peinture, ça ne se regarde pas, ça se fréquente.

Pierre SOULAGES

Diplomatie

Le président du Conseil italien avait franchi le garde-corps et s'était approché au plus près du tableau, aussi près que le lui permettait la tablette en bois massif. Il le dévisageait, la tête penchée et les sourcils froncés. Pour ne pas être en reste, le jeune président français avait également enjambé la rambarde d'un mouvement leste, en appui sur l'avant-bras. Il gagnait chaque fois un avantage à faire démonstration de sa forme physique et de sa jeunesse, leçon qu'il avait apprise d'Obama en son temps. De l'autre côté de la balustrade, toute la délégation attendait avec impatience le verdict de l'Italien. Au bout d'un long moment, il pointa la vitrine et demanda : « *Possiamo aprirla ?* »

Aurélien acquiesça et rejoignit les présidents, en contournant la barrière, aussitôt suivi par Daphné qui ne voulait pas rester sur la touche. Il fit un signe aux manutentionnaires et l'on se recula pour les laisser déposer la vitrine. Dans un silence religieux, le chef du gouvernement italien haussa le menton. Lentement, il leva son index et l'approcha à quelques millimètres de la peinture. Il effleura les boucles ambrées, puis, d'un geste paternaliste non dénué de grâce, il souligna le contour du visage avec le dos de son doigt. Aurélien n'osait regarder le tableau. Par réflexe, il se surprit à vouloir arrêter le bras du chef du gouvernement transalpin, mais celui-ci le ramena de lui-même le long du corps.

Relevant encore un peu le menton, il resta un moment en apnée avant de lâcher : « *La trovo cambiata.* »

La traductrice, une jeune femme fébrile et investie, passa sous la barrière, si bien qu'ils étaient désormais cinq dans l'espace réduit entre le tableau et le garde-corps.

« Monsieur le président du Conseil trouve *La Joconde* changée.

— *Molto cambiata !* insista le président.

— Très changée ! » reprit la traductrice en s'efforçant de répliquer l'intonation originale.

Silence pesant. L'assemblée était suspendue au verdict du président qui prenait son temps pour l'exprimer.

« Elle est plus fraîche. »

Pause.

« Plus innocente. »

Longue pause.

« Elle est plus jeune. *Lei è più giovane ?* s'assura la traductrice.

— *Giovane* », confirma le président.

Puis l'Italien se retourna vers la délégation qu'il parcourut lentement du regard et posa les yeux sur Monica Bellucci.

« *Lei è più attraente.* »

La petite assemblée souffla d'un même soupir de satisfaction.

«*Molto attraente.*» Il hocha la tête sans que l'on sache à présent de qui il parlait. «*Molto attraente*...

— Très attirante, corrobora la traductrice écarlate.

— *Congratulazioni*, c'est une réussite ! »

Le président français découvrit ses dents du bonheur. Ils échangèrent une franche poignée de main. Aurélien fit refermer la vitrine et la délégation quitta la salle des États.

Alors que le groupe retournait vers la Cour carrée, le président du Conseil italien ralentit le pas pour attendre Aurélien.

« Vous avez eu de la chance, monsieur, lança-t-il dans un français étonnamment impeccable.

— De la chance ? questionna Aurélien qui eut brusquement très chaud.

— Absolument. Vous avez eu de la chance d'avoir trouvé un artiste qui a si parfaitement saisi les subtilités d'une telle restauration. Seul un de mes compatriotes pouvait exécuter ce travail avec autant de finesse et de sensibilité. »

Ils firent quelques pas en silence et le président reprit :

« D'ailleurs, pourquoi n'est-il pas là aujourd'hui ?

— Gaetano est quelqu'un de secret, balbutia Aurélien.

— Modeste ! Cela ne m'étonne pas. »

Le bruit tonitruant du monde

Ce soir-là, Aurélien rentra chez lui dans un appartement vide. Si, du moment où il avait quitté l'atelier jusqu'à la présentation officielle aux présidents il avait flotté dans un état second, le voile du déni commençait à se déchirer. Il tourna un moment dans le salon, incapable de calmer une agitation croissante. Il tenta d'appeler Lucrezia, mais elle ne répondait pas. Il aurait voulu s'oublier dans ses bras, retrouver le confort de sa tendresse, connaître encore sa beauté puis rouler sur le côté, anesthésié de ses craintes. Dans l'immédiat, il ne voyait pas d'autre remède à son angoisse démesurée. Cette perspective d'un soulagement, même éphémère, l'obsédait ; il décida de se rendre chez elle. Il sortit et sur le boulevard il héla un taxi qui, une vingtaine de minutes plus tard, le déposa dans sa rue. Il mit du temps pour retrouver l'immeuble, il avait confondu avec un carrefour un peu plus loin. Il profita de l'entrée d'un jeune couple pour s'introduire dans le hall où trônait un ficus déplumé au beau milieu d'un ersatz de jardin japonais. Il ne l'avait pas remarqué la première fois. Le projet avait peut-être été plus ambitieux comme en témoignait une petite fontaine asséchée, mais faute d'entretien le résultat, au lieu d'être apaisant, était tout à fait anxiogène.

Il prit l'ascenseur jusqu'au quatorzième étage, parcourut le corridor et sonna. Il se tint immobile, attentif à d'éventuels bruits de pas, mais personne ne vint ouvrir. Les parties communes étaient sinistres. La minuterie liée à un capteur de présence était réglée trop juste et la lumière s'arrêtait régulièrement, plongeant le couloir dans le noir total. Il devait agiter le bras pour la réactiver. Une dame âgée sortit sur le palier. « Que faites-vous, monsieur ? La jeune femme est partie hier avec ses valises. Allez-vous-en ! »

Aurélien n'avait aucune envie de rentrer chez lui. Les émotions violentes des derniers jours, la soudaine prise de conscience de l'irréversibilité de son acte le laissaient dans un état contrasté de grande fatigue et d'extrême nervosité. Il déambula un long moment dans le quartier désert de Lucrezia. Il fut étonné qu'une telle concentration de logements n'aboutisse pas à plus de vie au pied des immeubles. Au lieu de revenir vers les Batignolles ou de héler un taxi, il marcha aux confins de la ville, à la frontière du périphérique, mêlant sa silhouette à celles des ombres de minuit, travailleurs nocturnes, promeneurs solitaires qui avaient un différend avec le jour, propriétaires de chiens, sans-abri et déshérités. Il ne pensait à rien, avançait sans choisir de direction, au hasard, vidé de tout désir.

La laideur de la ville lui sauta au visage. Sa face sombre et brute. Des bâtiments de nature diverse se succédaient avec comme seule homogénéité leur disgrâce. Même les réverbères, qui dans son quartier revêtaient un charme doisnesque, répandaient ici sur la chaussée une lumière crue et violente. Une lumière d'un jaune monochrome, qui écrasait toutes les autres couleurs, sauf le vert. Le vert résistait à la nuit. Le vert des poubelles éventrées, le vert des barrières de travaux renversées, le vert des Vélib'et des trottinettes éclatés, désossés et abandonnés à leur sort çà et là. Il y avait quelque chose de réconfortant à ce que, dans son état, la ville soit laide, chaotique et peuplée de spectres. Comme si cela pouvait l'aider à relativiser sa propre souffrance, ou plutôt à la fondre dans les difficultés d'autres existences humaines.

Tandis qu'il s'égarait à la lisière des Épinettes, il lui revint une autre anecdote sur *La Cène*. Une histoire fantasque que lui avait rapportée un journaliste à l'abondante chevelure de jais, alors que lui-même était jeune conservateur. Léonard de Vinci, quelques mois après avoir peint Jésus, s'était mis en tête de trouver un modèle pour son Judas. Il avait cherché partout dans Milan, dans les pires rades de la cité, le long de ses canaux, aux abords de ses bordels et de ses tavernes, jusque dans ses geôles, sans succès. Et puis un jour il l'avait vu, dans un renfoncement obscur, exactement comme il se l'imaginait, en guenilles et mauvaise compagnie, le visage traversé de toutes les sinistres expressions que l'on pouvait prêter à celui qui avait trahi le Christ ; il avait devant lui son Judas, en chair et en os. Quand Léonard l'avait interpellé pour lui demander de le retrouver le lendemain à son atelier, l'homme interloqué lui avait répondu : « Avec plaisir, maître, mais tu m'as déjà dessiné ! » Devant la mine circonspecte du peintre, il avait précisé : « Rappelle-toi, il y a quelques mois... Tu m'as pris comme modèle pour être le Jésus de ta fresque ! » Aurélien se souvint que le journaliste, sûr de son effet, avait assené cette chute d'une voix sifflante. C'était un propos très différent de celui de Vasari et qui n'avait aucune valeur historique, mais l'anecdote pour quelques raisons parlait à Aurélien et, alors qu'il errait aux marges de la ville, elle le détourna un instant de ses angoisses.

Aux abords de la rue Navier, Aurélien croisa un groupe de jeunes aux accoutrements étranges, emmené par une silhouette à l'allure androgyne qui tourna vers lui deux pupilles de chat. Venant d'une ruelle perpendiculaire, d'autres jeunes encore marchaient vite avec une excitation contenue, certains tenaient des canettes de bière à la main. L'un d'eux escalada une voiture qu'il avait eu la flemme de contourner avec l'agilité feutrée d'une panthère. Quelques mètres plus loin, un troisième groupe manqua de le bousculer, deux garçons ainsi qu'une fille dont les baskets s'illuminaient à chaque contact des semelles avec la chaussée. Le regard d'Aurélien accrocha celui de la fille, il crut y lire une invitation. Intrigué, il tourna les talons et leur emboîta le pas.

Ils furent bientôt ralliés par une multitude d'ombres. Ils marchèrent en cortèges parallèles sur les rues Leibniz et Belliard qui encadraient l'ancienne ligne ferroviaire de la Petite Ceinture, puis, un peu après la rue du Poteau, ils descendirent sur les voies désaffectées. D'autres encore arrivèrent depuis l'horizon des rails, perçant la brume du soir comme une armée de zombies. Ils étaient maintenant peut-être une centaine, étrangement silencieux. Les flancs de la tranchée étaient couverts de tags. L'un d'eux disait : *We're a sad generation with happy pictures.* Il aperçut devant lui, crevant le mur de pierres, un faible halo de lumière qui émanait d'une ouverture. Ils s'y engouffrèrent en file indienne, elle les engloutit un à un. Aurélien se retrouva dans un sas étroit. Un son de basses lui parvint, sourd et viscéral. Il descendit un grand escalier en métal qui plongeait dans les entrailles de la Terre, le long d'un impressionnant réseau de gaines techniques. Les pulsations bourdonnantes faisaient vibrer la structure de manière inquiétante. Il suivait toujours les baskets lumineuses de la jeune femme qui clignotaient tantôt en rouge, tantôt en bleu, c'était son seul repère. Ils émergèrent dans une chapelle de béton, aux volumes gigantesques. Aurélien fut happé par le son et la foule.

Un magma humain, compact et mouvant, s'abandonnait aux lourds battements d'un kick brutal qu'attendrissaient des mélodies de *steel drums* scintillantes. Des refrains addictifs scandés par des chœurs filtrés aux accents soul contribuaient à réchauffer l'ensemble. Il n'avait jamais rien entendu de semblable ; le mix de ces sonorités étranges propageait dans l'assistance une euphorie mélancolique. Ses propres émotions en étaient exacerbées, les progressions d'accords déclenchaient des rafales de frissons qui couraient le long de sa peau. Le DJ était invisible, le son paraissait venir du sol ou des corps mêmes des participants.

La population était un assemblage éclectique de tribus qui ne correspondaient à aucune des nomenclatures connues d'Aurélien, ni punk, ni gothique, ni techno. Une somme d'individus aux styles divers, principalement des jeunes, même si tous les âges étaient représentés, et qui donnaient le sentiment de s'être réunis spontanément. Il n'y avait aucun signe d'une quelconque organisation, pas de marques ou de logos. De hauts podiums émergeaient comme des icebergs sur une mer humaine. Sur l'un d'eux, il reconnut une des filles aux cerceaux de Pompidou. Elle avait troqué son anneau de LED contre un cercle embrasé de flammes réelles auxquelles elle semblait insensible. Pour Aurélien, tout paraissait disparate, confus, hétéroclite. Rien ici pour lui n'avait de sens.

Il se fraya un passage parmi la foule. Il avait perdu de vue les baskets luminescentes. Il ne pouvait plus distinguer le *beat* des pulsations de son propre cœur.

Il avait sous les yeux, dans l'interlude des éclairs stroboscopiques, le foisonnement vertigineux du *Paradis* de Tintoret, la fureur grouillante de *La Bataille d'Anghiari* de Vinci. Dans ce désordre déchaîné, ces amas de corps aux frontières diffuses, il ne pouvait nier que s'imposaient en lui les symptômes d'une émotion esthétique. Si l'harmonie et le chaos étaient les deux faces de la médaille de la beauté, peut-être que ceux qui traquaient la grâce poursuivaient la même quête d'éblouissement que ceux qui soumettaient leur regard à la dissonance, au tumulte, au fracas. Peut-être que seuls différaient les chemins empruntés.

Aurélien se sentit à la fois très vieux et très jeune, ou plutôt ni l'un ni l'autre. Il eut l'impression d'habiter le présent, un présent sans nostalgie, un présent sans passé et sans futur, un présent ultime, comme s'il se situait dans le moment exact de son époque, à la pointe de la frise chronologique. Mais il eut aussi le sentiment que cet événement ne laisserait aucune trace, qu'il ne pouvait être un marqueur temporel, qu'il ne serait documenté nulle part, et que même dans la mémoire de ceux qui y participaient il ne serait jamais un repère, condamné à un souvenir flou et insaisissable, à peine plus réel qu'un songe.

Aurélien ferma les yeux et pendant un court moment, aussi bref qu'intense, il entra en synchronisation avec le bruit tonitruant du monde.

Au petit matin, Aurélien se rendit à l'atelier. Leur mission terminée, les deux vigiles avaient quitté les lieux. La porte était ouverte. Le chevalet vide trônait au milieu de la pièce, imposant l'absence terrifiante de la peinture. Le tabouret de Gaetano, celui d'où il s'était livré à son ostensible méditation, était toujours face à lui. Il chercha des yeux le panneau de peuplier. Sa nuque chauffa d'inquiétude. Il le retrouva à l'ombre d'un grand châssis appuyé sur le mur, à peine dissimulé. Il mit *La Joconde* dans un sac qu'il avait trouvé, un sac de courses Carrefour qui représentait un paysage de Bretagne, une avancée rocheuse surmontée d'un phare. La peinture dépassait largement. Il se servit de sa veste pour recouvrir sa partie émergée. Il n'osa même pas la regarder. Il n'avait pas de plan particulier. Il décida de l'emporter dans son bureau à l'autre extrémité du pavillon de Flore. Il fit le trajet en apnée, à peine une cinquantaine de mètres, si peu et si loin. Une fois arrivé, il glissa le tableau sur la dernière étagère d'un placard métallique rempli de dossiers de prêts. Il souffla. Il n'était pas fait pour le crime.

L'âme envolée

La joie d'Homéro quand il pénétra dans la salle des États fut immense. Elle lui avait tant manqué. Il en oublia de passer le plumeau sur les cartels de Véronèse et du Titien. Léger comme un cabri, il gagna en quelques pas *La Joconde*. Il négligea le garde-corps en bois massif, qu'il effleura pour la forme d'un chiffon sec. Vite, il le contourna. Il aspergea sa peau de chamois d'un pschitt de solution dégraissante et, d'un geste méthodique, en deux temps trois mouvements il nettoya la surface de la vitre avant de plonger ses yeux dans l'œuvre avec l'appréhension que procure un saut dans le vide, le palpitant à cent à l'heure.

Homéro découvrit avec un bonheur sans nom le résultat de la restauration. Il se noya dans les nombreux détails nouveaux qu'elle offrait à son regard vierge. Il eut envie de la couvrir, car l'allègement des vernis en atténuant la teinte jaune avait rendu l'atmosphère légèrement plus froide. Il l'aimait encore plus qu'avant. Il l'admira aussi longtemps qu'il put. Derrière lui, les autres techniciens s'affairaient et les quatre minutes consacrées à la remise en état de la salle étaient écoulées. On l'arracha à sa contemplation et il n'attendit qu'une chose, être au lendemain pour prolonger leur tête-à-tête. Les jours qui suivirent, il se gorgea de la vision de l'œuvre. Il la couvrit d'un regard insatiable. Il ne prenait même plus la peine de dépoussiérer les cartels, il marchait à pas pressés depuis la Grande Galerie jusqu'à la salle des États, aspergeait trois gouttes de produit sur la vitrine, frottait rapidement la paroi de verre et passait le reste du temps à admirer la peinture, faisant parfois semblant de donner un coup de chiffon s'il se sentait observé.

Pourtant, progressivement, à l'émerveillement des retrouvailles se substitua un sentiment mitigé. Quelque chose gênait Homéro sans qu'il puisse en déterminer la raison. Il examina le tableau avec davantage d'attention, fouillant dans sa mémoire pour confronter son souvenir à ce qu'il avait à présent sous les yeux. À part les couleurs, bien entendu, chaque chose était strictement à sa place, identique à ce qu'il avait laissé, jusqu'au réseau de lézardes et de minuscules ridules qui parcourait le visage de la jeune femme et qu'il connaissait par cœur. Il retrouvait bien dans chaque détail la finesse et la sensibilité qu'il avait tant aimées, et pourtant, c'était comme si la magie n'opérait plus. La clarté nouvelle qui s'était emparée du portrait avait désagrégé le mystère magnétique de la peinture. Il n'était pas certain que sa perception modifiée soit uniquement liée au changement chromatique, somme toute modéré. Les couleurs étaient plus agréables, certes, l'atmosphère plus lumineuse et, malgré cela, quelque chose manquait. C'était plus profond. Cela avait à voir avec la matière, sa brillance et sa densité.

Cela avait à voir avec la chair de la peinture, comme si l'imperceptible souffle de vie qui autrefois l'animait l'avait abandonnée, ne laissant à contempler que le masque mortuaire parfaitement imité de la vie, mais qui n'était plus la vie. Cela avait à voir avec son âme envolée.

L'instinct d'Homéro avait parlé et l'instinct était devenu certitude. De la même manière que l'on sait si on est amoureux ou si on ne l'est plus, il savait désormais que l'âme de *La Joconde* n'habitait plus la salle des États. Ce qui restait n'était pas *La Joconde*. S'il avait fallu le prouver, il en aurait été bien incapable, mais pour autant il en avait l'absolue conviction.

Introspections

Dans les semaines qui suivirent, Aurélien perdit le sommeil. Au cours de ses nuits fragmentées en brefs épisodes somnolents alternaient cauchemars et réveils en sueur. Incapable de repos, il était épuisé physiquement comme psychologiquement. Plusieurs fois, il songea à se présenter au commissariat. Une intense paranoïa grandissait en lui. Lorsqu'il arpentait les couloirs du Louvre, il redoutait chaque instant de voir surgir les agents qui viendraient l'arrêter. Il en arrivait à craindre toute interaction avec l'espèce humaine. Constamment sur le qui-vive, cette vigilance continue l'éreintait.

Il repensait souvent à la rapidité avec laquelle les événements s'étaient précipités. Moins de quarante-cinq secondes avaient suffi à faire de lui un criminel. Certainement que c'est ainsi pour la plupart. Peut-être que le crime que l'on imagine mûrir patiemment dans l'individu, s'épanouir lâcheté après lâcheté, bassesse après bassesse, peut-être n'a-t-il pas besoin de toutes ces préparations. Peut-être qu'il attend juste l'occasion pour surgir. Peut-être qu'il remonte des tréfonds de la personnalité, invisible de la surface, comme le requin blanc attrape le surfeur sur la crête de la vague, pour emporter une situation tangente. Peut-être qu'il se résume le plus souvent à un acte simple, un geste banal dans la mauvaise direction. Avec quelle effroyable facilité peut-on à jamais bouleverser son destin !

À la suite de la restauration, Aurélien avait été sollicité par les médias pour en commenter le résultat. Entretenir ce mensonge lui était insupportable. Il avait parfois craint de s'effondrer. Il s'imaginait à genoux, tête baissée et pathétique, bégayant un *mea culpa* larmoyant devant un parterre de journalistes, à l'instar de ces responsables de l'équivalent nippon de la SNCF, qui se répandent en jérémiades à deux doigts du harakiri lorsque le Tokyo-Osaka a sept minutes de retard.

Comme pour mieux éprouver sa culpabilité, les nouvelles couleurs de *La Joconde* avaient été superbement accueillies. Les polémiques initiées par Jacqueline Champagne et sa revue *Le Chevalet* avaient fait pschitt. La presse était dithyrambique et, si quelques rares pinailleurs avaient déploré la timidité de l'intervention, Aurélien, mortifié par cette ironie terrible, s'entendait répondre que l'on avait eu à cœur de ne faire peser aucun risque sur la peinture.

Au Louvre, la fréquentation avait explosé. De ce côté-là aussi, l'opération était un formidable succès. Les foules plus nombreuses et enthousiastes que jamais se précipitaient pour s'extasier sur le teint rafraîchi de Monna Lisa. Hormis quelques problèmes liés au flux de circulation des visiteurs, les résultats, excellents, s'avéraient conformes aux prédictions de CAMP. Le triomphe de Daphné était total, son sourire merveilleux n'en finissait plus de faire la une, et l'on ne pouvait que lui pardonner l'immodeste citation postée sur son compte LinkedIn : *Impose ta chance, serre ton bonheur et va vers ton risque. À te regarder, ils s'habitueront.*

Quant aux experts qui avaient admiré l'œuvre lors de sa présentation dans l'atelier et l'avaient revue sous la vitrine, aucun ne s'était imaginé que ce n'était plus le même tableau – Bertrand lui-même n'avait pas cillé. Le contexte du musée rendait de toute façon cette hypothèse inconcevable.

Étrangement, personne ne s'était inquiété de la disparition de Gaetano. Aurélien s'était fait le porte-voix de son absence auprès de sa direction qui s'en ponce-pilatait, le travail en apparence parfaitement délivré. Lorsque la presse réclamait le restaurateur, il redirigeait les demandes d'interview vers la présidente, toujours heureuse d'occuper le terrain médiatique, ce qui en général ravissait les journalistes et suffisait à leur faire passer l'envie d'interroger l'Italien dont on se souvenait aussi qu'il était une diva peu coopérative n'ayant jamais daigné accorder la moindre entrevue au sujet de *La Joconde*. De toute façon, on avait bien compris qu'il était fêlé, il n'y avait qu'à se rappeler le pénible épisode cathodique de la méditation.

De son côté, Aurélien avait tenté de le joindre plusieurs fois, mais dès le lendemain de la découverte du tableau restauré sa ligne téléphonique renvoyait à un message de l'opérateur sans équivoque : « Le numéro demandé n'est pas attribué. » Le clan des Florentins s'était volatilisé, Gaetano, Giuseppina comme Lucrezia, cette dernière laissant chez Aurélien un souvenir brûlant et amer assorti de douloureux questionnements.

Il était encore difficile pour Aurélien de détricoter les dessous de l'affaire, tout occupé qu'il était à survivre dans les lieux mêmes de son crime. Plus il y pensait, plus l'hypothèse d'un plan ourdi depuis longtemps le travaillait et bien des soirs, étendu tout habillé sur son couvre-lit, il avait déroulé la chronologie des événements depuis son voyage en Italie jusqu'aux derniers instants de la restauration, en passant par le message de Gaetano sur son répondeur ou l'avertissement de Giuseppina, revisitant chacune de leurs conversations pour y traquer les indices et les intonations qui auraient pu le mettre sur la piste d'une préméditation.

Accepter l'idée d'une opération planifiée, c'était aussi faire entrer en lui un doute glaçant sur la sincérité de sa brève mais intense relation avec Lucrezia. La pensée qu'elle ait été un appât utilisé pour faire diversion le temps que Gaetano dévernisse le tableau lui tordait le bide au point qu'il en avait vomi ses tripes dans les toilettes visiteurs de la peinture française. Imaginer qu'il avait été berné, jusque dans son intimité et ses sentiments empressés, le taraudait presque autant que la découverte des réelles motivations de l'Italien.

Celles-ci restaient profondément obscures. Il y avait bien l'allusion à ce restaurateur du XVIIIe, Robert Picault, et tout ce qu'Aurélien pouvait conclure était que Gaetano, aux prises avec un délire mégalomaniaque, avait poursuivi un objectif de réhabilitation du caractère artistique de sa profession, ou alors qu'il avait agi par goût, un goût à l'encontre de tout ce qu'Aurélien connaissait de lui et de sa manière subtile, ou encore qu'il avait voulu adresser au monde un message, c'était peut-être ça, oui, un message, mais lequel ?

La formule cryptique qu'il avait trouvée au chevet de la peinture ne l'éclairait pas tellement plus, même si son ton assertif – *Ceci est l'état initial* – semblait couronner l'aboutissement d'un ultime défi artistique et technique qui tenait davantage d'une quête personnelle jusqu'au-boutiste que d'une revendication universelle.

Maintenant qu'Aurélien était partie prenante de cette histoire, et quand bien même il s'était sincèrement inquiété de la disparition des Italiens, il était inconcevable qu'il prévienne la police au risque de la mettre sur la piste de sa fraude. Il était donc dans son intérêt que le restaurateur et ses assistantes se soient volatilisés, et si possible – c'était terrible de le dire – à tout jamais.

Qu'avait pensé Gaetano en constatant que son geste ultime accouchait d'une souris ? Car nul doute qu'il était tombé de sa chaise en découvrant, avec le reste de l'humanité, la photo des présidents encadrant comme deux cierges d'église une peinture modérément restaurée, parfaitement conforme aux attentes et aux prévisualisations, rien à voir avec l'étourdissante version qu'il avait concoctée dans les derniers mètres du marathon de la restauration. Aurélien avait craint que l'Italien ne réapparaisse pour révéler au monde que l'on s'extasiait désormais sur un faux. Mais ce faisant Gaetano aurait été inquiété et, s'il était parti, c'est bien qu'il ne voulait pas rendre de comptes sur son geste. Aurélien s'accrochait à cette pensée rassurante. À moins que l'Italien ne prévienne les journaux à coups de courriers anonymes, c'est ce qu'aurait fait Aurélien s'il avait été à sa place, encore fallait-il que l'information soit prise au sérieux, ce genre de déclarations farfelues devaient pleuvoir dans les rédactions, mais quand même, l'idée que quelque part un journaliste fouille-merde, gobelet de café à la main, se gratte la tête devant leurs portraits épinglés sur un panneau de liège lui donnait des sueurs froides.

En fin de compte, Aurélien n'avait qu'une hâte : détourner le projecteur de *La Joconde* et de Léonard. Il aspirait autant que possible au retour à la normale de ses activités. Il avait pris du retard, les demandes de prêts s'empilaient et la direction s'inquiétait de la programmation future du département. Croyant faire un effort dans le sens de l'époque, il avait proposé une exposition sur l'influence des femmes de Pérugin, del Sarto et Lippi dans leurs œuvres respectives. Daphné l'avait rembarré : « Sérieusement ? Tu n'as pas un thème plus actuel que les muses ? » C'était maladroit, il en convenait.

Son implication dans son travail ne parvenait pas à effacer son tourment. Car si Gaetano avait outrepassé le cadre de sa mission, quand bien même il avait dénaturé à jamais l'aspect de *La Joconde*, cela tenait plus de la faute professionnelle – si énorme soit-elle – que du vandalisme. Aurélien, lui, avait délibérément remplacé le chef-d'œuvre absolu de la peinture par une copie et entretenait depuis ce mensonge éhonté, ce qui au regard de la loi était autrement plus grave. Et, s'il s'efforçait de refouler cette idée, il savait au fond de lui qu'un jour ou l'autre, dans quelques mois, un an, deux ans tout au plus, on s'en rendrait compte.

À l'occasion d'une inspection, *Monna Lisa* révélerait la supercherie. Une enquête aurait lieu. Il serait interrogé. Lui comme d'autres. On irait chercher les bandes des caméras de surveillance qui jusque-là n'avaient pas mouchardé. Sur les moniteurs de contrôle, on aviserait le phare de Bénodet prenant le large sur un sac de courses étrangement déformé, emporté par une silhouette grise, trop furtive, trop pressée. À moins que les images n'aient pas été conservées. Combien de temps gardait-on ces enregistrements ? Il n'en savait rien, il ne voulait pas y penser.

Il tentait de se déculpabiliser en se persuadant qu'il avait agi dans l'intérêt général, pour la raison d'État, pour éviter une crise diplomatique certaine, mais surtout, argument suprême, pour préserver le sens de la beauté. La beauté malmenée, violentée, agressée de toute part, depuis des décennies, la beauté qui, pour tous, avait cessé d'être une priorité. Alors que montait en lui une colère froide, une voix intérieure piquée d'accents maternels, il sentait s'ouvrir, béantes, les vannes de son ressentiment. Et dans la vindicte obsessionnelle et quelque peu ridicule qu'il dirigeait tous azimuts, il maudissait les gouvernements de Pompidou et de Giscard qui avaient laissé les villes devenir ces ensembles hétérogènes et informes, il les maudissait tout autant que la gauche mitterrandienne qui avait érigé sur le même piédestal les graffitis et la peinture classique, le rap et l'opéra, le breakdance et le ballet. Il vouait à de pareilles gémonies les industriels qui avaient inondé la planète d'un océan de plastique, les fabricants d'interrupteurs qui avaient renoncé à la porcelaine, les fabricants de voitures qui avaient abandonné les chromes et sacrifié le dessin des lignes pour contenter des normes léonines, les fabricants de cuisines qui avaient substitué au toucher du bois massif le contact gluant du polymère, et qui, esprits vils et misérables, camouflaient ce subterfuge par des jpeg de textures imprimés. Il exécrait les maisons de couture qui commercialisaient des joggings informes et des sneakers synthétiques, les architectes qui ne connaissaient plus rien des proportions et qui, par un productivisme idiot, avaient bazardé avec mépris les décors et ornements qui font le sel de la vie. Il en voulait au monde d'avoir renoncé à la beauté. La beauté qui se patine et qui passe, dont on sait avec certitude qu'elle sera plus belle encore le lendemain. La beauté de Claire, la vraie beauté, qui trouve son mystère et sa richesse dans son propre évanouissement.

Inéluctablement, jour après jour, puisque rien n'arrivait, son angoisse déclinait. S'il craignait chaque sonnerie de téléphone, ou coup de sonnette lorsqu'il était à son domicile, il y pensait moins le reste du temps.

Rushes

Deux mois après la restauration, l'équipe de cinéma qui avait suivi Gaetano envoya à Aurélien un premier montage d'un peu plus de trois heures. Encore dépourvu de musique et d'habillage, le film collait bout à bout des rushes souvent silencieux de l'Italien travaillant dans l'atelier, des plans macro légèrement angoissants du scalpel grattant le vernis ramolli par le solvant et des vues plus larges du laboratoire. On y voyait les experts intervenir les uns après les autres, suggérer ceci ou cela, s'interroger sur le détail d'une broderie, un contour évanescent, ou l'hypothèse d'éventuels repentirs. On y voyait beaucoup un Aurélien lumineux et conciliant, diplomate et enthousiaste, à l'écoute, ouvert, sincèrement joyeux devant l'œuvre. Voilà l'image qu'il donnait de lui à l'extérieur et il en fut agréablement surpris.

Au fur et à mesure que progressait le montage, on revenait plus fréquemment sur le profil de Gaetano filmé en gros plan, sa peau parcheminée, son regard d'aigle concentré sur sa tâche, s'abandonnant à de longs monologues. Les questions avaient été coupées, c'était un parti pris de la réalisation même s'il n'était pas évident que le restaurateur ait répondu à de véritables interrogations. Peut-être que cela lui servait de point de départ, mais qu'ensuite il laissait libre cours à une logorrhée confuse, sautant d'un sujet à l'autre pour toujours revenir « aux entraves qui le retenaient de percer la vérité ». Avec le message qu'il lui avait laissé un soir, Aurélien avait déjà eu un aperçu de cet aspect de la personnalité de Gaetano, qui tranchait avec l'image qu'il avait longtemps conçue du restaurateur, un homme au discours clair et construit, en parfaite maîtrise de ses paroles et de ses actes.

En consultant le *time-code* dans le coin inférieur droit de la vidéo, il se rendit compte que ses monologues intervenaient plus volontiers dans la seconde moitié de la restauration et allaient en s'accentuant au rythme de sa progression. Tout n'était pas audible, mais Gaetano seul face à son chevalet reprochait qu'on le brime. Que l'institution œuvrât *sans couilles*, qu'elle était à genoux devant les journalistes, les experts et les critiques. Que tout cela était politique, pour ne pas brusquer le bourgeois de son confort culturel. Qu'on le retenait. Il lâchait des phrases du type « s'il ne tenait qu'à moi » et le silence qui suivait était lourd de sens. Ces considérations semblaient toutefois lui échapper car il se reprenait d'un *va tutto bene*. À un moment, il parla de « l'ombre éclairée d'une aurore nouvelle » et l'idée effleura Aurélien qu'il n'évoquait pas seulement lę modelé du tableau, mais peut-être aussi la condition de sa profession.

Le réalisateur avait un peu de talent, il savait donner de l'emphase à ces propos en laissant sa caméra planer longtemps sur l'expression singulière et troublante qui figeait le masque de Gaetano. Parfois l'Italien relevait ses drôles de lunettes loupes et fixait l'objectif d'un regard intense et fou, comme s'il cherchait à se voir dedans. Son nez se déformait sous la focale, c'était un peu grotesque.

Il enlevait ses chaussures, car il voulait être ancré dans le sol. Il parlait de chaîne cinétique qui reliait sa voûte plantaire aux phalanges de sa main gauche – il était gaucher comme Léonard. Il s'emparait du tableau sans réserve et sans crainte, sûr de son talent. De temps en temps, il s'arrêtait pour l'écouter. Il approchait son oreille et le bruit du coton-tige sur le support lui indiquait l'épaisseur du vernis restant. Il prenait plaisir à devancer le résultat des machines, il annonçait 24 microns et c'était bien 24 microns que le technicien du laboratoire sondait. Il goûtait le solvant d'un coup de langue reptilien.

Quelquefois, il se levait en clamant qu'il allait chier et, quand il revenait à son tabouret, il avait toujours quelques mots pour décrire ses selles, précis comme Pontormo dans l'étrange journal de sa fin de vie. Vaillantes, fragiles ou torturées. Il disait cela en reprenant son outil, plissant les yeux. On se demandait de quoi il parlait jusqu'à ce qu'il spécifie *la mia merda*. Souvent, il balançait des obscénités. Il disait qu'il avait faim et qu'il lui fallait des seins, et on le voyait juste après saisir son téléphone pour s'enquérir de Giuseppina, avec l'urgence que l'on prête à Raphaël réclamant sa Fornarina. Toutefois, ces grivoiseries se faisaient plus rares au fur et à mesure de l'avancée de la restauration.

Mais Gaetano pouvait aussi montrer un autre aspect de sa personnalité. Quand il ne discourait pas, il pouvait travailler extrêmement vite, parcourant la surface d'une main virevoltante et agile, ce qui contrastait singulièrement avec la lenteur pénible des dernières semaines de la restauration. Avec une aisance stupéfiante et des mouvements à la fois amples et précis, il passait le coton-tige imbibé de solvant, ramassait la pâte molle du vernis dissous avec la tranche de son scalpel, essuyait d'un coup de chiffon pour recommencer aussitôt ce ballet hypnotique. À le voir avancer avec une telle célérité, si concentré, Aurélien comprit qu'un week-end lui avait suffi pour se débarrasser de la totalité des vernis.

Tantôt gracieux et charmant, tantôt irascible et tourmenté, l'homme se tenait quelque part entre la *sprezzatura* de Raphaël et l'aura terrible de Michel-Ange, passant de l'un à l'autre, déconcertant et fascinant.

Le montage des rushes s'arrêtait au moment de la présentation de *La Joconde* restaurée dans l'atelier. La caméra parcourait un à un les visages des membres de la commission, en gros plan. Leur émotion était manifeste. À la fin du travelling, la réalisation confrontait dans un même cadre l'expression de soulagement d'Aurélien, habité d'une joie sincère, et la mine sombre aux traits creusés de Gaetano, avant de faire le point sur le sourire de Monna Lisa.

Aurélien demanda la suppression de tous les passages sujets à polémique tels que les monologues, les digressions obscènes et les regards caméra.

Rooftop

«Je viens vous chercher dans une heure», rappela Mehdi en refermant la trappe sur lui. «Et pas de bêtises !» l'entendirent-ils crier alors qu'il avait déjà disparu dans les combles.

Mehdi habitait le Louvre. La 43e compagnie de la brigade des sapeurs-pompiers de Paris, l'unité spéciale qui assurait la sécurité du musée et de ses visiteurs, mobilisait en permanence une quinzaine de pompiers sur les lieux ; Medhi était l'un d'eux. C'était l'interlocuteur d'Hélène quand il s'agissait d'organiser des exercices d'évacuation des œuvres en cas d'incendie ou de gérer des malaises aux abords de la *Vénus de Milo*. L'été, lorsque la foule était dense, les touristes y tombaient comme des mouches.

Elle lui avait demandé l'accès au toit et il avait accepté. Elle ne savait pas d'ailleurs pour quelle raison ; il prenait un risque. Elle se rendait compte que, dans l'ensemble, les gens avaient à cœur de satisfaire ses désirs. Il suffisait de les exprimer.

D'un pas sportif, Medhi les avait escortés, Homéro et elle, dans les étages du musée, jusque dans les combles ; ils avaient gravi un étroit escalier circulaire puis d'un coup ils s'étaient retrouvés à l'air libre, saisis, les pieds sur le zinc, la tête dans le ciel, et sous leurs yeux ébahis la ville déjà cisaillée de lumière. On a beau s'y attendre, ça fait toujours un effet bœuf.

Hélène pensa à Zola. *La Curée* était son roman préféré. Dans celui-ci, Haussmann creusait la cité de larges avenues, et Saccard, grâce à un délit d'initié, s'en mettait plein les fouilles. Saccard, «un nom à aller au bagne ou à gagner des millions», avait écrit Zola. Paris était devenu Paris et, aux yeux d'Hélène, la plus belle ville du monde. Elle se demanda si, à l'époque des travaux pharaoniques du baron Haussmann, les Parisiens approuvaient les transformations de la capitale ou s'ils s'étaient révoltés contre le changement.

Ils restèrent là, silencieux et contemplatifs. L'air était bon, juin enchaînait les journées radieuses qui mouraient doucement dans la chaleur du soir. Un vent léger faisait vibrer la robe d'Hélène. Elle s'était faite belle discrètement; elle avait quelques attentes. Au-dessus de la Seine, une mouette envoya un cri exotique. Homéro avait pris un peu de hauteur. Au bout d'un moment, elle brisa le silence.

«J'ai ce que tu m'as demandé.»

Elle lui tendit une enveloppe kraft.

Serge n'avait pas posé de questions. Il avait sorti les bandes sans même y jeter un œil. Deux semaines d'enregistrement, cela faisait beaucoup. Elle-même ne les avait pas regardées. Ce n'était pas son secteur, le pavillon de Flore. Des millions d'images étaient stockées chaque jour sur les serveurs; à moins d'avoir une bonne raison et d'y chercher spécifiquement quelque chose, qui avait le temps de les visionner ?

Elle n'avait aucune idée de ce qu'Homéro en ferait. Il ne lui avait pas donné d'explication et, quand elle lui avait demandé, il avait éludé. De toute façon, elle ne pouvait rien lui refuser et puis c'était l'occasion de le voir. Ça valait bien quelques compromissions.

« Ça reste entre nous, je te fais confiance.

— Merci », dit Homéro. Il saisit l'enveloppe sans l'ouvrir.

Il avait l'air heureux.

Ils demeurèrent un temps sans parler. Elle s'assit sur le zinc. Ses yeux ne se lassaient pas du spectacle des toits bleutés sur ce fond de ciel brûlant et déjà violacé.

« Tu vas bien ? demanda Hélène.

— Ça va.

— Tu es toujours avec elle ? tenta-t-elle après avoir évalué intérieurement le risque de se faire mal.

— Avec elle ? » Il sourit, évasif. Après un temps de réflexion, il répondit : « Non, elle est… partie.

— Partie ?

— Oui, je crois. »

Hélène fronça les sourcils.

« Tu n'en es pas sûr ?

— Si. » Il allait et venait sur le zinc, le regard marin, comme s'il cherchait à distinguer dans les aurores de la périphérie la forme rassurante d'un rivage. « Si, j'en suis sûr. Elle est partie. »

Une lueur éclaira le visage d'Hélène. Elle resta un temps en silence, se laissant bercer par la douce félicité de son espérance.

« Que vas-tu faire ?

— La retrouver. »

L'espoir était mort-né.

Hélène ne voulait pas gâcher le moment. Elle regarda vers le nord-ouest. Peut-être qu'elle pourrait apercevoir La Garenne et la maison de son enfance. Ce devait être un point dans la nuit. Elle avait coulé des jours insouciants et heureux dans cette banlieue paisible jusqu'à ce que, au seuil de l'adolescence, sa cousine l'invite à passer un week-end chez elle dans le VIIIe arrondissement. À travers la vitre de la BX paternelle qui faisait défiler les immeubles en pierre de taille comme autant de promesses de réussite et de richesse, elle avait ressenti l'étroitesse de son propre monde et l'appel de la capitale. Elle s'était fait le vœu qu'un jour, elle en serait. Elle avait nourri l'idée fausse mais tenace qu'à chaque kilomètre qui vous éloignait du centre, la vie perdait en intensité. Elle serait Rastignac, elle serait Bel-Ami, elle serait Rubempré – la littérature classique manque cruellement de personnages féminins qui montent à Paris y fracasser leurs ambitions. Aujourd'hui parvenue à un âge où la plupart de ses amis s'exilaient de la ville devenue hors de prix pour des horizons plus verdoyants ou de précieux mètres carrés supplémentaires, l'orgueil de son moi adolescent jouissait encore du fait d'y vivre et de travailler dans son cœur battant.

« Tu vas t'en aller donc ? »

Il répondit par un sourire et quand il lui souriait elle était désarmée, toutes ses émotions négatives étaient désamorcées.

Homéro vint s'asseoir près d'elle. Hélène posa la tête sur son épaule.

Elle souffla d'une voix rêveuse : « Tu t'es déjà demandé ce que tu ferais dans une autre vie ? » Ils restèrent tous deux silencieux, les yeux rivés sur le lointain.

Hélène aimait son travail, c'était un job passionnant qui correspondait à sa nature organisée et consciencieuse. Elle trouvait un sens profond dans la responsabilité des œuvres, à l'heure où la plupart des gens sont bien en peine d'expliquer ce qu'ils apportent à la société. Et puis, contrairement aux apparences figées du musée, il s'y passait toujours quelque chose, il y avait toujours du mouvement : des prêts que l'on préparait avec la même inquiétude que l'envoi d'un enfant en colonie de vacances, des acquisitions qui, à l'inverse, faisaient l'effet d'agrandir la famille d'un nouveau membre à qui il fallait faire une place dans les lieux et dans son cœur, des restaurations que l'on attendait avec un sentiment mêlé d'impatience et d'anxiété. Elle aimait particulièrement les montages des grandes expositions, les accrochages méticuleux, la symphonie des manutentionnaires et des artisans, la mécanique implacable de l'organisation, ce jeu d'optimisation du qui fait quoi et quand. Elle aimait l'émulation collective et l'excitation des veilles d'inauguration, la fatigue des nuits tirées jusqu'aux aurores et la satisfaction d'avoir une fois de plus réussi l'impossible. Elle aimait travailler au Louvre et s'y sentir comme à la maison.

« En fait je crois que je ferais la même chose… » Elle hésita un peu avant d'ajouter : « Mais tu serais avec moi. »

Il eut un sourire embarrassé et ne répondit rien. Elle résista, courageuse, au ressac d'une nouvelle vague de tristesse.

Elle se reprit : « Et toi, Homéro, que ferais-tu ? »

Il tourna son visage vers le sien, puis se leva pour s'accroupir en face d'elle.

« Ferme les yeux, lui intima-t-il d'une voix douce.

— Je ferme les yeux ?

— Oui. »

Elle s'exécuta un peu inquiète, un peu amusée de cette nouvelle *homérie*. Secrètement, elle caressait toujours l'espoir d'un baiser.

« C'est bon ? Alors écoute ! Tu es à Manaus, au Brésil.

— À Manaus…

— Oui. C'est le soir et l'air est chaud. » Il égrenait les mots avec lenteur et solennité. « Tu traverses une place et tu te diriges vers un magnifique bâtiment rose surmonté d'une coupole chamarrée. Tu portes une robe longue, d'un jaune radieux. Les portes s'ouvrent devant toi. Tu montes de grands escaliers couverts de velours. Tu es seule.

— Seule ?

— Exceptionnellement, ce soir tu es seule. Ton amoureux est à la maison.

— J'ai un amoureux ?

— Bien sûr. Tu prends place au premier balcon, légèrement sur le côté. Tu t'émerveilles du plafond richement décoré. » Son débit s'accéléra un peu. « Tu as une vue plongeante sur la salle, tu détailles l'orchestre et l'assemblée. Ils sont beaux dans leurs costumes et leurs robes de cocktail. Ton cœur frémit d'impatience. »

Jamais Hélène n'avait entendu autant de mots dans la bouche d'Homéro. Elle se délecta de sa voix profonde. Elle chuchota, l'échine secouée d'un frisson adolescent.

« Continue…

— Quand enfin le rideau se lève, tu as devant les yeux une forêt luxuriante, une forêt brésilienne, dense et mystérieuse. Les lianes vomissent de la scène, des oiscaux multicolores volettent d'arbre en arbre. Un gros rocher trône au milieu. Sur le côté, une petite cascade répand un filet d'eau claire. Au pied de l'estrade, le chef d'orchestre tient ses mains gantées en l'air. »

Hélène, paupières closes, ne pouvait le voir, mais il mimait les mains suspendues, la mine pénétrée.

« Les murmures s'éteignent subitement, comme une bougie que l'on aurait soufflée. Le silence s'installe, profond et pesant. Maintenant, écoute…

— J'écoute, Homéro.

— Tu entends le chant de la flûte ? Il perce le silence, doux et fébrile, sur le fil. Les notes se succèdent, comme désordonnées. Pourtant tu distingues une mélodie. Et là, un scintillement de harpe. Puis les hautbois et les violons. Ça y est, l'orchestre commence à jouer. Bientôt tu vas ouvrir les yeux.

— Maintenant ?

— Non, attends ! Tu vas ouvrir les yeux et tu vas le voir.

— Voir qui ?

— L'esprit de la forêt. C'est une créature bizarre, c'est un faune ! Il s'éveille de sa sieste. Tu es prête ?

— Oui !
— Alors, ouvre les yeux !
— J'ouvre ?
— Oui, ouvre ! »

Juché sur une imposante cheminée sculptée, Homéro mimait les contorsions étranges de la créature qui s'étire. Il étendait ses bras tour à tour, faisant mine de sortir du sommeil. La tour Eiffel balayait sa poursuite au-dessus de lui. Il se laissa couler de son promontoire d'une manière un peu comique et Hélène pensa à l'ours du *Livre de la jungle*. Puis il esquissa quelques pas légers sur le zinc avant de gagner en deux bonds un parapet de pierre qui limitait les contours du toit. Il continua son numéro en équilibre sur la balustrade, sa silhouette se découpant sur le ciel désormais magrittien. Le voir surplombant le vide provoquait chez Hélène un vague sentiment d'inquiétude qu'estompait l'euphorie du soir. Sa gestuelle empruntait autant au ballet classique qu'à la danse contemporaine ; enfin, c'était quelque chose de très personnel et bizarrement esthétique. Il n'avait pas le corps d'un danseur mais tout le reste, ô tout le reste ! Hélène riait, d'un rire grand et pur comme l'enfance. Homéro dominait la ville. Il était le faune de Debussy, curieux et indolent. Il était le chaos de la vie, sa part étrange et lumineuse.

Elle se rappela les cours de Mme Caponi, les pointes et le tulle froncé des mercredis après-midi, l'odeur de bois ciré du vestiaire et le douloureux moment du chignon sur lequel s'énervait son père impuissant à manier épingles et filet, le soulagement de le voir sauvé par une mère de famille prise de pitié pour cet homme à la peine. Elle se souvint de son rêve de danseuse étoile jusqu'à la désillusion heureusement précoce de ses sept ans, comme quatre-vingt-dix-neuf pour cent des petites filles qui, à peine le tutu acheté, s'étaient imaginées petits rats de l'Opéra. Elle se souvint des émotions de *Billy Elliot*, des *Chaussons rouges* et plus tard de *Foot Loose*, *Dirty Dancing* et toutes ces chorégraphies apprises par cœur. Qu'aurait dit Mme Caponi de la danse homérique ? Elle aurait dit que, s'il y avait l'intention jusqu'au bout des doigts, alors il y avait la grâce.

Homéro revint d'un pas souple chuchoter à l'oreille d'Hélène :

« Dans une autre vie, je serais Homéro du Brésil, le plus grand danseur d'Amérique du Sud. »

Oman

Giuseppina remonta à bord. Un jeune éphèbe en short marine et polo blanc l'attendait avec une serviette monogrammée aux couleurs de leur hôte. Lucrezia lisait, étendue sur le dos à même le teck. Autour d'eux, les eaux vertes de la péninsule de Musandam contrastaient avec l'ocre orangé des montagnes qui encadraient l'espèce de fjord. Giuseppina fit quelques pas sur le pont avant de se laisser choir sur un transat, et se donner tout entière aux rayons du soleil.

Elle alluma une cigarette qu'elle fit crépiter longuement. Elle était contente d'avoir quitté Paris, elle s'y était fait globalement chier. Paris était surcoté. Ça va cinq minutes, mais à la fin le soleil vous manque. Toutes ces mines grises, ces toits gris ; les psys devaient y faire des affaires fantastiques. Et puis Paris avait failli tuer Gaetano. Elle avait cru le perdre, son homme, elle aurait pu le perdre dans la peinture, noyé dans son obsession de la couleur. Il en avait fait des choses compliquées, mais, cette fois-ci, il avait manqué d'y laisser sa peau. C'était moins une.

Elle tira sur sa clope avec un bonheur infini. Dieu, que c'était bon. Ce serait difficile d'arrêter. Elle avait de la pitié pour Aurélien. Dans un accès de faiblesse, elle lui avait parlé. Elle espérait que Gaetano n'en saurait jamais rien. Elle avait vu dans le visage fatigué du conservateur qu'il n'était pas à la hauteur de la tâche, que peut-être il n'avait jamais véritablement souhaité qu'on touche à *La Joconde*. Elle avait eu envie de passer la main dans ses cheveux pour le réconforter. Elle aimait bien la manière dont il la regardait ; elle pouvait sentir du désir dans ses yeux chastes, et elle voyait que ça le perturbait d'éprouver une telle attirance, il ne l'assumait pas. Il devait être sacrément dans la merde à l'heure qu'il est. Elle inspira une profonde taffe. Sacrément dans la merde.

Gaetano passa une tête par un hublot au-dessus d'elles : « *Ragazze, tra cinque minuti !* »

Il lui sourit. Elle ferma les yeux. Sous l'effet de la chaleur, un frémissement de plaisir parcourut son corps. Elle se remémora leur dernière fois, belle et tragique. Elle avait trouvé Gaetano exsangue dans l'atelier, mutique devant le tableau, fossilisé dans une scrutation intense, peut-être plus exactement là. Elle l'avait cru mort, les yeux ouverts. Elle avait mis une main sur son entrejambe, l'autre sur sa joue. Elle lui avait murmuré qu'elle l'aimait et qu'il fallait qu'il revienne. Il n'avait pas bougé, mais elle l'avait senti durcir. Alors elle avait dénoué sa ceinture et l'avait libéré, puis elle avait remonté sa jupe, écarté sa culotte d'un geste furtif et s'était glissée sur lui. Elle avait été économe de mouvements, un peu gênée par la présence de la peinture. De toute façon, il ne s'agissait pas de s'élever vers des cieux paradisiaques, mais de ramener un mort parmi les vivants. Appelons cela une opération de sauvetage. En quelques contractions, elle lui avait arraché la jouissance dans un râle rauque. Cette fois-là, elle avait eu l'impression de baiser une momie ; elle l'avait trouvé rudement vieux.

La voix de l'Italien la tira de ses pensées. Il s'impatientait.

« *Arrivo !* » Elle éteignit sa cigarette. Lucrezia aussi se leva nonchalamment, les yeux toujours rivés sur son polar. Depuis qu'ils avaient quitté Paris, une brume mélancolique flottait sur son visage. Si Lucrezia venait à partir, elle lui manquerait.

Elles gravirent quelques marches et retrouvèrent Gaetano dans le grand salon panoramique qui dominait le pont du bateau. Un homme d'équipage apporta des boissons, puis manipula une télécommande et une dalle noire fit irruption depuis le plafond dans un mouvement synthétique. Gaetano s'enfonça dans l'onctueuse banquette de cuir. Il avait l'air mieux, quoique aminci, et affichait un sourire confiant. Elles prirent place à ses côtés. L'écran scintilla et l'image se figea un bref instant avant que la présentatrice d'Al Jazeera annonce les titres. Dans l'ordre : le prince héritier avait eu une fille, le prix du baril se stabilisait, *La Joconde* restaurée retrouvait sa vitrine.

La fille du prince s'appelait Salma et faisait 3,2 kilos. Giuseppina caressa son ventre. C'était trop tôt pour en parler et ce n'était pas le moment, mais elle aimait bien Antonella. Elle se le répéta plusieurs fois. Pour un garçon, ce serait Raffaello car il n'y a pas de plus beau prénom ni de plus grand peintre. Mais elle pressentait une fille. Absorbée dans ses pensées, elle n'avait rien retenu de la séquence. Quand tout avait été dit sur le bébé et le prix du baril, on passa à *La Joconde*. Elle se redressa dans l'assise et glissa ses doigts le long de la nuque de Gaetano.

On y était.

La caméra montra d'abord un plan panoramique de la cour du Louvre et de la pyramide étincelante. On discernait dans le commentaire en arabe quelques mots familiers et Giuseppina se demanda si elle pourrait un jour parler cette langue ; ça ne lui semblait pas évident. On vit ensuite les deux présidents se serrer la main sous la *Victoire de Samothrace* et monter l'escalier d'un pas synchrone. Elle sentit son cœur se comprimer quand les traits d'Aurélien s'affichèrent sur l'écran. Il confia au micro quelques phrases qu'il voulut enthousiastes, mais son air trahissait son inquiétude. Elle éprouva un léger sentiment de honte. Dans l'assemblée, elle aperçut Monica Bellucci et son visage de madone. À présent, les officiels se massaient derrière le garde-corps et jouaient des coudes pour être au plus près du tableau. L'image était un peu ridicule. Des manutentionnaires ouvrirent la vitrine. C'était excitant. Culpabilisant et excitant. Il y eut une coupe et *Monna Lisa* apparut en gros plan.

Porca puttana ! Qu'est-ce que c'est que ce truc !

Devant la télévision, on les crut frappés par la foudre. Mâchoires béantes, yeux exorbités, souffles amputés. Cœurs martelant la poitrine comme s'ils ne demandaient qu'à en sortir, membres raidis parcourus de contractions incontrôlées. Les deux femmes précipitées dans un abîme d'incompréhension échangèrent un regard d'effroi avant de se retourner sur la face livide de Gaetano. Aucune des deux n'avait vu *La Joconde* après l'ultime restauration – Gaetano avait œuvré seul –, mais elles ne s'attendaient certainement pas à ça. Ce n'était pas ce qu'il leur avait raconté. Il avait dit que la peinture n'avait plus rien à voir ; il avait décrit avec émotion le bleu céruléen du ciel, la peau rosée grand frais, les boucles d'un ambre vénitien, l'admirable effet 3D, l'impression de vérité totale qui en découlait. Il fallait voir ces couleurs, avait-il insisté, elles justifiaient tout cela, et il avait fait un geste ample et circulaire. Ce qui était montré à la télévision, là, sous leurs yeux, ce n'était rien, à peine une toilette timide, un astiquage trouillard et insignifiant.

Que s'était-il passé ?

Gaetano ferma les paupières et prit une inspiration lente et très profonde, comme s'il s'était mis en tête d'aspirer tout l'air de la cabine. Giuseppina pouvait presque visualiser le flux qui n'en finissait pas d'entrer par ses narines dilatées et se demanda où il pouvait bien le stocker. Ça lui parut interminable. Enfin il exhala un souffle, ou plutôt une saccade de souffle ; les prémices d'un ricanement qui muta en rire nerveux, qu'il réprima avant qu'il ne devienne démentiel. On le sentait traversé par mille sentiments contradictoires. Son humeur tournait comme le vent sur la Méditerranée.

Il souffla entre ses dents : « *Aureliano...* »

Le mal comme expiré, il se leva d'un bond. Giuseppina posa une main sur son épaule, qu'il dégagea brutalement. D'un geste net, il éteignit la télévision et sortit sur le pont. Elles l'observèrent, interdites, depuis la baie panoramique de la cabine. Il se dirigea vers l'avant du bateau, martelant le teck d'un pas violent. Il se débarrassa de son polo qu'il envoya valdinguer, puis du reste de ses habits. Il avança jusqu'à la proue et enjamba le garde-corps. Les deux femmes accoururent et s'immobilisèrent quelques mètres en retrait. Lucrezia amorça un mouvement un peu vain dans sa direction, mais Giuseppina l'arrêta. L'Italien se retenait au bastingage, son corps oblique et nu suspendu au-dessus du vide, figure de proue sèche et veineuse offerte à la brise chaude de la mer d'Oman. Il lâcha prise, bascula en avant et disparut à leurs yeux.

Le temps se figea comme il s'était figé sur l'expression de Monna Lisa, si bien qu'on ne pouvait savoir dans quelle direction allait son sourire, s'il apparaissait ou s'effaçait, et quelque part, à ce moment-là, une même incertitude planait sur l'existence de Gaetano. Giuseppina sentit l'épaule de Lucrezia se presser contre la sienne. Elles s'approchèrent et passèrent leur tête au-dessus du balcon avant. Le trou dans l'onde s'était refermé, déjà recouvert par le clapot tranquille des mouvements de la coque. Leurs yeux fouillèrent les eaux vertes en spirales excentriques et les secondes s'écoulèrent, inquiétantes et interminables.

Giuseppina la première le vit. Des tréfonds de la mer, comme surgissant des limbes, le corps-anguille de Gaetano remonta à la surface. À quelques dizaines de mètres en avant de la proue, il émergea dans un plein bouillon d'écume. Il lança un bras dans un grand moulinet, puis un autre et, d'un crawl aux puissantes coulées, il creusa un sillon blanc dans l'infini turquoise. Un trait de scalpel sur la toile de l'océan.

L'agriturismo

Aurélien sortit sur le perron d'où il pouvait voir la route en lacet se dérouler à ses pieds, sinuant entre les vignes, depuis la cour jusqu'au bas du coteau. Il lui arrivait encore d'y jeter un regard inquiet, conscient que les éventuelles perturbations de son destin adviendraient par ce chemin. C'est par là qu'avait débarqué quelques années auparavant un petit homme replet, à la peau mate, habillé d'un survêtement en nylon Puma associant avec audace le violet et le turquoise, un sac de sport en bandoulière. Il se souvint de l'étrange impression qu'il lui avait faite. Son allure rapide et déterminée n'était pas celle des vacanciers qui, quand ils gravissent la route, s'émerveillent du point de vue qui leur est offert virage après virage, tout soufflants et transpirants, joyeux et fourbus. Non, l'homme avançait avec assurance et sans mollir, et en un rien de temps il avait déboulé devant lui pour se planter à quelques centimètres, beaucoup trop près, avait pensé Aurélien qui avait reculé d'un demi-pas. Sans prononcer un mot, le type l'avait dévisagé, en arborant un sourire courtois, presque espiègle, difficilement déchiffrable. Au bout d'un moment long et pénible, Aurélien avait fini par demander ce qu'il lui voulait. L'autre n'avait rien répondu, il avait appuyé son sourire, puis, en le contournant prestement, il était entré dans la maison par la porte de la cuisine demeurée entrouverte. Aurélien s'était précipité sur ses talons, mais l'homme était rapide. En un éclair, il s'était retrouvé dans la grande pièce fraîche qui servait à la fois de salle à manger et de séjour. Il avait embrassé l'espace d'un seul coup d'œil circulaire et avisé le passage qui menait à la bibliothèque. Avant qu'Aurélien n'ait pu l'en empêcher, il y avait pénétré et l'avait vue, là, dans une niche à hauteur d'homme, éclairée par un faisceau de lumière septentrionale comme un doigt divin pointant depuis le ciel.

L'homme bondit en arrière, comme effrayé, puis il tomba sur les genoux. Son regard fit un certain nombre d'allers-retours entre Aurélien et la peinture, incrédule. Ses yeux brillaient d'émotion. Il resta plongé dans un long silence, une expression de joie pure, béate, irradiant son visage. Aurélien en profita pour analyser la situation. Il s'approcha à reculons du tisonnier de bronze qui reposait contre la cheminée derrière lui, mais l'autre, anticipant la manœuvre, l'en dissuada : « Je ne vous conseille pas de faire ça », dit-il simplement dans un français parfait. C'était de toute manière une mauvaise idée et Aurélien ne voyait pas comment elle aurait pu ne pas dégénérer. L'homme s'était relevé et s'approcha à quelques centimètres du portrait. Il tendit une main hésitante et ses doigts comme des antennes effleurèrent la matière avec une infinie précaution. « Je le savais », murmura-t-il. Aurélien détourna le regard, saisi d'une étrange pudeur. « Ces couleurs… Elle est si différente et si semblable. Si semblable et si différente. » Il répétait cela en boucle, comme un mantra. Puis subitement il fit volte-face, retrouvant son assurance première.

« Je veux la voir tous les jours et, pour ça, je compte m'installer ici. Je contribuerai au gîte et au couvert. Chaque jour je passerai une heure, seul, avec elle. En tête à tête. » Il pointa son doigt vers la peinture. « Chaque jour sans exception. Ce sont mes conditions. Elles ne sont pas négociables.

— Pourquoi ferais-je cela ? répondit Aurélien.

— Pourquoi vous ne le feriez pas ? » rétorqua le type en sortant de son sac quelques feuilles pliées en quatre. Un bref coup d'œil aux captures d'écran imprimées suffit à Aurélien pour reconnaître sa propre silhouette, mal assurée, sortant de l'atelier, un sac sur l'épaule.

Il se décomposa.

« Comment avez-vous trouvé ceci ? » balbutia-t-il, et déjà il regrettait cet aveu.

Le type ne répondit rien, mais il lui sourit, comme s'il le comprenait, comme s'il pouvait comprendre cet acte fou, comme si c'était la chose la plus naturelle à faire après tout, la plus sensée, que de subtiliser un tel trésor si on en avait la possibilité et de le conserver par-devers soi pour lui prodiguer tout l'amour qu'il méritait.

Aurélien n'avait d'autre choix que d'accepter. Il lui donna un des cabanons qu'il louait au bout de la propriété et quand l'*agriturismo* était plein à la belle saison, l'homme dormait dans un hamac dehors. Les premières nuits, Aurélien échafauda tout un tas de plans pour s'en débarrasser, mais à part lui faire la peau – l'idée du tisonnier revenait souvent – et plonger son corps dans l'acide, ce dont il ne se sentait pas tout à fait capable, il ne voyait pas quelle solution apporter à cette intrusion. Au demeurant, l'individu était d'une discrétion agréable, son visage rond et affable inspirait une profonde sympathie. On avait envie de lui faire confiance. Il trouva d'abord un emploi saisonnier chez les vignerons alentour. Puis Aurélien lui proposa de se charger de quelques menus travaux et, au fur et à mesure, l'homme se consacra entièrement à l'entretien du petit domaine. Ils se partageaient les tâches : désherbage, taille des buis et des oliviers, bricolage divers dans les bungalows, curage de la vasque en pierre qui servait de piscine pour les mômes, tonte du carré de pelouse en dévers sur le coteau, pour lequel le type semblait prendre un plaisir particulier à conduire le tracteur tondeuse qu'il maniait avec une dextérité acrobatique. Ils cohabitaient avec discrétion, s'efforçant de ne pas peser l'un sur l'autre, économes en gestes et en paroles. Ils n'évoquèrent jamais leur vie passée. À quoi bon ?

Chaque soir vers 17 heures, l'homme se rendait dans la bibliothèque. Aurélien, par obligeance, pour se montrer accueillant, laissait la porte entrouverte. De toute manière, il ne lui demandait pas la permission pour y entrer. Une fois, pour se rassurer, Aurélien voulut assister au rituel, mais l'autre lui fit comprendre que sa présence était indésirable. Alors il fit mine de partir avant de revenir discrètement sur ses pas : ce qu'il vit ressemblait à une prière, pas exactement une méditation ni une transe, plutôt une contemplation à la ferveur tranquille, mais rien dans l'attitude de l'homme ne présentait un danger pour la peinture. Aurélien entendit son besoin de solitude et, désormais, il le respectait.

Car il en était convaincu, *La Joconde* avait été conçue pour être observée dans l'intimité d'un tête-à-tête et peut-être que deux admirateurs simultanés, c'était déjà un de trop. Il lui arrivait de penser que l'œuvre, sauvée de l'avidité visuelle des hordes touristiques pour être confiée à la dévotion d'un seul, retrouvait ici sa raison d'être.

Dès la deuxième fois qu'il l'avait vue, revêtue de ses glorieuses couleurs, le lendemain de sa découverte, il avait su qu'il finirait par l'aimer comme jamais il n'avait aimé une image. Pourtant, il n'avait pas été en mesure de renoncer à son projet de substitution, et peut-être qu'il avait déjà en lui, inconsciente, l'envie de la soustraire au regard indélicat et désabusé des masses.

Pendant des mois, le projet avait mûri, médité, questionné à coups de «et si» et de «peut-être». Et puis un jour, il s'était décidé: il avait mis en vente l'appartement de la rue Malebranche et donné sa démission.

Il se rappelait les mots de la ministre: «Nous n'allons pas vous laisser partir comme ça, après tout ce que vous avez fait ! » Quelques semaines plus tard, elle piqua au revers de sa veste la médaille d'officier des Arts et des Lettres. « Merci, au nom de la France », murmura-t-elle, visiblement émue. À la question « Qu'allez-vous faire maintenant ? », il répondit qu'il allait se consacrer à ses recherches. Elle hocha la tête. Oui, bien sûr, c'est important la recherche. Il en fallait des chercheurs, mais quand même, on le regretterait. Elle le prit dans ses bras et le serra un peu longuement, comme si elle pressentait qu'elle ne le reverrait plus. Furtivement, il ressentit une grande affection pour elle.

Ses camarades du Louvre organisèrent un pot de départ dans la salle des États. Daphné eut quelques mots bien tournés louant sa rigueur et sa lenteur besogneuse, enfin quelque chose qui pouvait être à la fois un compliment et un doux reproche. Et puis tout le monde vint lui serrer la pince sous l'œil de la fausse *Joconde*. Parfois on se retournait vers elle en lui glissant : « Et puis encore bravo ! De tout cœur, bravo ! » Il accueillait ces mots d'un hochement de tête honteux que l'on prenait pour de la modestie. Ça le rendait encore plus sympathique. Ce jour-là, il avait eu l'impression d'être aimé, plus qu'il ne l'avait imaginé.

En quittant la salle des États, en jetant un dernier regard à la reproduction de *Monna Lisa*, Aurélien songea à ce qu'avait dit Giulio Romano en découvrant la copie parfaite qu'avait réalisée del Sarto du *Portrait du pape Léon X* peint par Raphaël : cette œuvre, il l'estimait plus que l'originale, tant il y avait de talent à imiter à ce point la manière d'un autre. Vraiment, Vadim avait fait du beau travail.

Le lendemain du pot d'adieu, avec d'autres de ses effets personnels, Aurélien sortit la vraie *Joconde* par la porte des Lions. Dans une drôle d'ironie, l'agent de l'accueil porta pour lui le sac qui la contenait le temps qu'il refasse son lacet. Le soir même, Barnes lui laissa un message : l'appartement avait trouvé un acquéreur pour un montant considérable qui l'étonna. Le compromis fut signé rapidement et, en attendant la vente, Aurélien solda ses affaires ; il dut se résoudre à céder la plupart de ses livres chez Gibert Joseph à vil prix. Il conserva *Le Traité de la peinture* de Vinci, *Les Vies* de Vasari et *Le Décaméron* de Boccace dans des éditions anciennes. Mise aux enchères, sa modeste collection d'œuvres, principalement des sanguines et deux ou trois petits formats, ainsi qu'un plat de Bernard Palissy, remporta une coquette somme. Il répartit le fruit de ces ventes sur différents comptes. En vivant frugalement, il avait de quoi voir venir.

Il était arrivé ici comme un homme neuf. Il avait sillonné la région longtemps à la recherche d'une propriété et il avait trouvé cette ferme, perchée sur les hauteurs du Montalbano, entre Lucciano et Montemagno. Il s'était plu à penser que c'était peut-être la maison d'enfance de Gaetano. Il avait fait installer quelques bungalows au bout du terrain, qui avaient été livrés en kit et montés en cinq jours par trois jeunes types taiseux et concentrés. Il avait planté du gazon et quelques oliviers, réhabilité une vasque pour en faire un bassin. Quand Homéro l'avait trouvé, il vivait là dans un dénuement heureux avec *La Joconde*.

Il sourit en songeant qu'il avait réussi, qu'il avait mis le tableau à l'abri des flots dévorants et inépuisables d'Internet, qu'il l'avait écarté du déluge visuel qui chaque seconde s'abattait sur la population mondiale. Et il pensa que c'était justement ce qui terrifiait Léonard, le déluge, dont le maître était certain qu'il amènerait avec lui la fin des temps. Peut-être pas le déferlement d'eaux tourmentées et bouillonnantes qu'il avait dessiné dans les dernières années de sa vie au Clos Lucé, mais un torrent d'images continu, si abondant, si dense, qu'il deviendrait impossible d'en détacher le regard. Des milliards de formes et de couleurs, des milliards de pixels, agencés pour surprendre, étonner, captiver sans cesse, bombardés dans un flux intarissable et indigeste, une diarrhée dont on ne pourrait se soustraire à moins de renoncer à faire partie du monde. Et ce déluge aurait raison des hommes et de leur intelligence, de leur capacité à vivre et à être, de leur capacité à réfléchir et à s'émouvoir, de leur capacité à aimer. Il les détournerait des choses vraies, les obligeant à voir à travers un écran pour qu'ils n'aient plus jamais à lever la tête, courbant leurs nuques, figeant leurs regards dans la même direction pour l'éternité.

Il repensa aux cahiers de son enfance, à l'époque où il croyait qu'il pourrait embrasser toutes les images de sa vision boulimique. Et il sourit encore en songeant qu'il avait réduit cette faim à l'exclusive contemplation d'une seule. Elle lui suffisait amplement. Il trouvait dans son observation de quoi l'émerveiller chaque fois qu'il lui accordait un regard.

En prétendant vouloir préserver l'humanité de l'éclat de la peinture restaurée, en prétendant vouloir lui épargner le choc de la sidération, Aurélien s'était donné bonne conscience. Il savait désormais que la foule l'aurait digérée, comme elle digère tout. La pyramide de Pei comme les colonnes de Buren. Sans aucun doute, elle aurait fait de même des nouvelles couleurs de *La Joconde.*

Ainsi allaient les pensées d'Aurélien alors qu'il contemplait la vallée. Une odeur de pin et d'herbe coupée tapait le fond de ses narines, le moteur de la tondeuse s'était tu, rappelant la nature à son silence désinvolte. Une brise animait quelques fleurs d'alkékenge, coques vides et légères, qui, détachées de leur tige, tourbillonnaient sur le sol. Un milan planait dans les courants d'air chaud du vent thermique, royal et indolent. Ce soir, pensa Aurélien, personne ne remonterait le chemin. Autour de lui, la beauté était partout, perpétuelle, éternelle, et il ne voyait rien qui pourrait la compromettre. De leur verticalité, les cyprès indiquaient les cieux aussi sûrement que le doigt du Baptiste. Sur les coteaux dévalaient les franges de vignes qu'arrêtaient parfois une rivière, un bosquet ou un hameau aux tuiles rouges. Au loin, l'Arno déroulait son cours, lové au fond de la vallée. En face d'Aurélien s'étendait non pas le paysage virginal du tableau de Léonard, mais un décor façonné, rassurant et prospère, propre à l'épanouissement des hommes.

Et pourtant, l'arrière-plan de *La Joconde* restaurée et le panorama qui s'offrait à son regard partageaient la même lumière, la même clarté mystique, la même atmosphère céleste. Il fallait un Toscan pour restituer avec autant de véracité les intentions de Léonard, il fallait avoir mis ses yeux dans les yeux du maître pour retranscrire les infinies variations lumineuses du ciel de Toscane sur les reliefs de leur terre natale. Il fallait avoir vu des milliers de fois le soleil se lever sur ce pays de Cocagne, embrasser l'éther de ses rayons d'or, se réfléchir sur la moire de ses eaux et sur les crêtes de ses montagnes, prodiguer sa généreuse photosynthèse sur les flancs de ses collines, saturer ses particules des couleurs de la vie ; il fallait être né ici pour révéler au monde ce que le temps avait caché sous des brumes opaques, pour substituer le jour au crépuscule, il fallait être un génie dans son art, pour, sans l'endommager, redonner à la peinture sa vérité.

Alors tout prenait sens, le sourire bienveillant de la jeune femme guidait vers une lumière radieuse, témoin de sa confiance et reflet de la sérénité de son âme, vers l'espérance d'un futur rayonnant.

Vers une promesse de joie.

Una promessa di gioia.

Il attendit encore un peu. Le ciel s'était empourpré subitement. Devant lui, le soleil se couchait sur la Toscane verte et riante.

REMERCIEMENTS

J'exprime ici ma profonde reconnaissance à Aurore et Benjamin, mes premiers lecteurs qui, par leur soutien inconditionnel, ont permis à ce livre d'exister, à Philippe pour son accueil et sa confiance, à l'équipe éditoriale : Benoit, Mélanie et Thérèse-Marie, à mon père qui m'a transmis sa passion pour Léonard de Vinci.

Je remercie les conservateurs qui m'ont généreusement éclairé sur les enjeux de leur métier et ceux particuliers de la restauration des œuvres : Vincent Delieuvin, conservateur au musée du Louvre où il veille sur *La Joconde*, Paul Perrin et Marie Robert, conservateurs au musée d'Orsay. Toute ma gratitude aussi aux restauratrices Sophie de Joussineau et Osanne Darantiere qui m'ont initié aux techniques de leur discipline.

Je termine par Éléonore pour qui merci est un mot faible. Par sa patience, sa foi et son amour, elle m'allège jour après jour. Ce livre lui doit tant. Moi aussi.

PAPIER CERTIFIÉ

Composition réalisée par Soft Office

Achevé d'imprimer en France par
CPI BRODARD & TAUPIN (72200 La Flèche)
en octobre 2024
N° d'impression : 3058762
Dépôt légal 1re publication : janvier 2025
LIBRAIRIE GÉNÉRALE FRANÇAISE
21, rue du Montparnasse – 75298 Paris Cedex 06

61/2504/9